indayi

edition

KriDar – Krimis aus Darmstadt

Über den Autor:

Dantse Dantse ist gebürtiger Kameruner und Vater von fünf Kindern. Er hat in Deutschland studiert und lebt seit über 25 Jahren in Darmstadt. Stress, Burnout, Spiritualität, Körper, Familie und Liebe – das sind nur einige wenige der Gebiete, auf denen sich Coach und Autor Dantse Dantse in den letzten Jahren erfolgreich profilieren konnte.

Als unkonventioneller Autor schreibt er gerne Bücher, die seine interkulturellen Erfahrungen widerspiegeln. Er schreibt über alles, was Menschen betrifft, berührt und bewegt, unabhängig von kulturellem Hintergrund und Herkunft. Er schreibt über Werte und über Themen, die die Gesellschaft nicht gerne anspricht und am liebsten unter den Teppich kehrt, unter denen aber Millionen von Menschen leiden. Er schreibt Bücher, die das Ziel haben, etwas zu erklären, zu verändern und zu verbessern – seien es Ratgeber, Sachbücher, Romane oder Kinderbücher.

Sein unverwechselbarer Schreibstil, geprägt von seiner afrikanischen und französischen Muttersprache, ist sein Erkennungsmerkmal und wurde im Text erhalten und nur behutsam lektoriert.

Dantse Dantse

Blutige Therapie

Johnny M. Walker, der geheilte Psychopath, der Schlächter von Darmstadt-Woog

basiert auf der wahren Fantasie eines
kranken Ex-Soldaten

*Wann und wo schlägt er das nächste Mal zu und wer ist das
nächste Mal dran? Was für eine hässliche Psychose, unsere
Stadt lebt in Angst (Daku, Darmstadt-Kurier)*

indayi
edition

Besuche uns im Internet:

www.indayi.de

indayi

edition

Bibliografische Information der Deutschen Nationalbibliothek:

Die Deutsche Nationalbibliothek verzeichnet diese Publikation in der Deutschen Nationalbibliografie; detaillierte bibliografische Daten sind im Internet über http://dnb.d-nb.de abrufbar.

2. Auflage Januar 2016

© indayi edition, Darmstadt

Bildnachweise Umschlag: fotolia © lassedesignen

Umschlaggestaltung, Satz und Lektorat: Birgit Pretzsch

Printed in Germany

ISBN 978-3-946551-36-2

Diese Geschichte basiert auf der wahren Fantasie eines kranken Ex-Soldaten: Der deutsch-amerikanische Soldat hatte Krieg geführt, und die Folgen davon zerstörten sein Leben, er war deswegen beim Autor im Coaching. Er hasste sich und die Menschen, litt unter seiner zerstörten Sexualität und hatte komische, erschreckende Fantasien, die der Autor teilweise in diesem Buch verarbeitet. Der Soldat glaubte auch, als Kind von Mitgliedern seiner Familie missbraucht worden zu sein, konnte sich aber nicht richtig erinnern, weil er alle Erinnerungen an die Zeit zwischen seinem 13. und 18. Lebensjahr verloren hatte. Erst im Coaching kamen die Erinnerungen zurück, die ihn sehr wütend machten, ihm dann aber den Weg zur Erlösung wiesen.

Straftaten wurden nie begangen.

Blutige Therapie

Inhaltsverzeichnis

Deutschland, Darmstadt, Mittwoch, 06.01.2010

„Hallo, wenn Sie nicht sagen wollen, wer Sie sind und was Sie wollen, dann werde ich auflegen", sagte Dr. Camara.

„Tun Sie das nicht. Wagen Sie nicht aufzulegen, ohne zu hören, was ich Ihnen jetzt sagen werde. Sie haben schon genug Unheil mitverantwortet. Sind Ihnen die zwei Toten von vorgestern nicht genug? Haben Sie nicht davon gehört? Wie viele Tote wollen Sie noch sehen, bevor Sie das tun, was ich von Ihnen möchte? Hätten Sie auf meine Mail geantwortet, würden die zwei Menschen vielleicht noch leben. Sie tragen die Verantwortung dafür. Eine schwarze Studentin oder ein schwarzer Student wird heute in Frankfurt am Main, wo Sie praktizieren und lehren, die Kehle durchgeschnitten bekommen, falls Sie jetzt auflegen und mit mir nicht reden", drohte Johnny M. Walker.

85 Meilen von Houston, Beaumont, Texas, USA
US Post Office
5815 Walden Rd,
Dienstag, 02.02.2010, 11 Uhr

Johnny stand vor dem US Post Office 5815 Walden Rd, Beaumont, USA. Er klebte den Briefumschlag zu, der den Dankeschön-Brief und seine Beileidsbekundung enthielt und an Fr. Camara, Frau von Prof. Dr. Camara, Facharzt für Psychotherapie, Xxxx-Straße D-60599 Frankfurt, Germany, adressiert war. Es tat ihm sehr leid, was diese Familie ertragen musste, aber er sagte sich, jeder müsse für sich selbst kämpfen, so wie auch er in seinem Leben. Auch Parasiten wollten nur leben. Mitleid brachte nichts. Manche Unschuldige mussten leiden, damit manche Glückliche ihren Weg fanden. Warum hat Gott das so gemacht? fragte er sich.

Dann nahm er das andere Paket in die Hand, sah es an und lächelte. Er stellte sich vor, wie sie beim Aufmachen des Pakets reagieren würde. Jeder Mensch trägt sein Kreuz. Nun war sie an der Reihe.

Er erinnerte sich an das, was ihm ein anderer Soldat während des Kriegs im Irak bei einem gemeinsamen Essen darüber gesagt hatte:

„Hör zu, Johnny, jeder trägt sein Kreuz. *Alles, was du tust, hat eine Rückwirkung auf dich und deine Mitmenschen. Alle Aktionen provozieren auch Reaktionen. Das ist das Gesetz. Das Schlimmste ist, dass die Reaktion oft nicht mehr von da kommt, wo die Aktion getätigt wurde. Deswegen macht es die Reaktion oft unkontrollierbar. Du kannst vielleicht noch Meister deiner Aktion sein aber selten Meister der Reaktion, die dann den natürlichen Gesetzen unterstellt ist. Du kannst bestimmen, was du den anderen tust, aber du wirst niemals, beziehungsweise niemals langfristig und ständig, die Kontrolle darüber haben, wie der andere reagieren wird. Gutes bringt einmal Gutes zurück; zu wenig würden wir sagen. Vielleicht der Grund, warum wir so wenig Gutes tun und uns nicht entschieden und kraftvoll gegen das Böse stellen, oder gar das Böse wählen? Aber Böses bringt 3 Mal böse Schläge zurück und das wissen wir leider erst nachdem wir diese dreifachen Schläge zurückbekommen haben. Wir meinen einfach, wir sind im Krieg und glauben, dass es moralisch ausreicht, um den Tod von Unschuldigen zu erklären und in Kauf zu nehmen. Nein, so geht es nicht. Unsere innere seelische Unruhe ist die Antwort der Natur. Pass auf mit allem, was du tust. Du bekommst alles zurück, deswegen sind das Leben und die Natur gerecht."*

Er dachte an diesen Soldaten, der kurz danach bei einem Anschlag, der verhindert hätte werden können, seine Beine und Hände verlor. Ein paar Tage vorher, vor diesem Essen, hatte er auf eine Menschenmenge geschossen, wissend, dass sie weder bewaffnet waren noch eine Gefahr für ihn und seine Kameraden darstellten. Er tat es aus purem Frust und Stress, aus Hass gegenüber dessen, was er im Irak tat, aus purer Wut gegen diesen Krieg ohne Überzeugung. Die Schreie dieser Menschen und der mangelnde qualifizierte, psychologische Beistand (nach so einem Vorfall wurde oft versucht die Schwere der Taten zu minimieren, und dem Soldaten, der auch ein Gewissen hat, der auch nur ein Mensch ist, zu überzeugen er hätte was Gutes getan und solle sich nichts vorwerfen. Aber seine innere Stimme und Überzeugung sagten ihm etwas anderes) ließen ihn nicht mehr ruhig schlafen. So fing das Böse an, zurückzuschlagen. Schlaftabletten halfen auch nicht mehr. Depressionen und Konzentrationsmangel setzten ein. Deswegen auch diese Unachtsamkeit, die ihm lieber das Leben hätte nehmen sollen, zu seinem Pech aber leider nur beide Beine, die Schenkel und seine beiden Ober- und Unterarme zerfetzt hatten. Diese Verstümmlung würde ihm für immer, für den Rest seines Lebens, in seinem Gewissen bleiben; nein, vielmehr war und würde sie immer sein unauslöschliches Gewissen für all das, was er getan hatte sein und bleiben, so war die Natur.

„**Jo**", wie dieser Soldat ihn gern nannte, *„Jo, ja, du kannst dein Bewusstsein verändern aber dein Gewissen wirst du niemals, ich sage dir nie, nie los."*

Und weiter:

„Du zahlst alles auf dieser Erde zurück. Hier auf dieser Erde und nicht nach dem Tod. Aber weißt du, Jo? Weißt du, was gut dabei ist? Du kannst selbst ungefähr entscheiden, nein, sagen wir, du kannst ein bisschen beeinflussen, wie hoch die Summe sein wird, die du zahlen wirst. Johnny, versuch, soweit du kannst, immer und immer diese Summe, die du zahlen wirst und musst, so niedrig wie möglich zu halten, indem du deine Taten kontrollierst und so viel gute Taten wie möglich und so wenig böse Sachen wie möglich tust. Es ist nur eine Frage der Zeit, bist du für sie zahlst. Meine Rückzahlung, wie du siehst, ist sehr hoch.", hatte der Soldat zum Schluss melancholisch gesagt, als er ihn das letzte Mal im Militärkrankenhaus besucht hatte.

„Ja, wenn ich gewusst hätte, dass diese Lehre mich Jahre später stärken würde, hätte ich damals noch mehr Fragen gestellt. Danke, Richard Thompson, egal, wo du jetzt bist und was du machst, Gott segne dich", sagte Johnny nun leise.

Er hatte selbst genug an seinem Kreuz tragen müssen, nun war sie dran. Sie kann nicht verschont davonkommen. Es war soweit, meinte er. Bevor er das Paket mit den in dickes Plastik mit Aluminiumschicht doppelt-eingeschweißten, noch gefrorenen Geschlechtsteilen seines Vaters und seines Halbbruders, die er aus Deutschland mitgebracht hatte, zuklebte, steckte er noch einen kurzen Text hinein. *„Danke dafür, dass du immer für mich da warst und mich geschützt hast als sie, deine Lieblinge, wie du sie nanntest, mich jeden Tag fickten, missbrauchten und misshandelten. Danke, es geht mir jetzt gut.*" Er schrieb die Adresse auf das Paket: Margot Mackebrandt-Walker, XXXXstraße, 6xxxx Heidelberg, Germany.

Er erinnerte sich wieder an die Szene seines stummen Abschieds von seiner Mutter vor circa 3 Wochen am 13. Januar in der Gutenbergstraße in Heidelberg. Alles erschien vor seinem geistigen Auge wieder, als ob es gerade jetzt passieren würde.

Rückblick: Mittwoch 13.01.2010 gegen 15 Uhr

Nun stand er wieder vor dem Haus und schrie fast vor Wut. „Wieder er, wieder er, du verdammter Hund, verdammtes Schwein".

Das Auto von Philip stand vor dem Haus. Das hieß, dass er da war. Er wollte ihn aber nicht sehen. Er wollte ihn nie mehr sehen. Nie mehr. Er hatte einen Druck in sich, eine Stimme die ihm sagte, töte diesen Menschen. Das ist das Schwein. Aber er wusste nicht, warum er ihn töten sollte. Er hatte doch nichts getan. „Doch, doch, der ist ein Schwein, das ist das Schwein, das du in deinem Traum gesehen hast", *hörte er diese neue Stimme sagen. Diese Stimme klang nicht wie der Rebell oder die Engel. Diese Stimme war ruhiger und selbstsicher und ließ keinen Zweifel daran, dass sie Recht hatte. Diese Stimme hörte er nur dieses Mal und nie mehr wieder. Aber das prägte sich ihm so ein, dass er wieder eine schmerzhafte und tief unangenehme Erektion bekam. Was hatte sein Halbbruder mit seiner Erektion zu tun? fragte er sich und als er dessen Auto berührte, spürte er so etwas wie Hass und wusste in diesem Moment, dass er doch noch mit diesem Mann zu tun haben würde. Er war noch nicht fertig mit ihm.*

Er zog sein kleines Taschenmesser, das auf den ersten Blick wie ein Kugelschreiber aussah, aus seiner Tasche und machte alle Reifen des Autos platt. Er zerkratzte das ganze Auto und steckte das Messer wieder in seine Tasche. In diesem Moment spürten seine scharf entwickelten Instinkte, dass jemand ihn beobachtete. Er hob seinen Kopf und sah seine Mutter am Fenster des ersten Stockes, die ganz ruhig, mit einem neutralen Gesicht alles verfolgte, ohne eine Geste zu machen.

Sie schauten sich ein paar Sekunden an, dann verschwand sie wieder.

Johnny wusste sofort, dass sie seinem Bruder nichts von dem Vorfall erzählen würde. Er verstand es. Sie wollte ihm sagen, „Tu es. Mach das, wenn es dir hilft", aber er selbst wusste nicht, ob es ihm half oder nicht. Es war ihm auch egal und er fragte sich gar nicht, was wäre wenn Philip jetzt hinauskäme. Alles war ihm egal. Der Hass und die Wut steuerten ihn.

Nachdem er dem Auto richtig großen Schaden zugefügt hatte, wandte er sich nun Richtung Hauseingang. Er stand vor der Tür und wusste nicht, was er tun sollte. Reingehen, weggehen, dastehen? Er setzte sich einfach vor der Tür in den Schnee und wartete fast 15 Minuten. Seine Mutter hatte sich nicht mehr gezeigt und war auch nicht zu ihm heruntergekommen.

Da er immer noch die Schlüssel des Hauses hatte, und hereinkommen durfte wann er mochte, stand er auf, schloss die Tür auf und ging aber in den Keller. Das war das erste Mal überhaupt, dass er im Keller dieses Hauses war. Komisch, sagte er sich, obwohl er schon mehrmals da gewesen war.

Er setzte sich in der Waschküche auf die Waschmaschine und überlegte. Warum bin ich eigentlich hierhergekommen? fragte er sich. In diesem Moment sah er Bilder vor seinen Augen. Er sah eine Tür, eine Kiste. Er stand auf und ging durch die Gänge des ganzen Kellers, und plötzlich stand er vor der Tür, die er gerade in seiner Vision gesehen hatte. Die Tür war mit einem speziellen Schloss gesichert. Johnny aber lächelte. Was war das denn schon gegenüber den gepanzerten und atomar-ausgestatteten Türen, die er damals im Einsatz hatte öffnen müssen?

Kurze Zeit später war er in einem großen Raum mit vielen Kisten. Alle waren mit einem Schloss verriegelt, bis auf eine Kiste, die offenstand. In seinen Einsätzen als Soldat hatte er mehrmals solche Situationen erlebt, in denen er schnell entscheiden musste. Er hatte nicht genug Zeit, alle Kisten zu öffnen, deswegen musste er überlegen, nach einem Ausschlussprinzip agieren und so schon einige Kisten aussortieren.

Warum sind alle Kisten zugeschlossen bis auf diese eine? überlegte er. Es könnte Absicht sein, damit man gerade die offene Kiste als belanglos ansah. Ja, gerade das, was auf den ersten Blick belanglos aussah, war oft der wichtigste Anhaltspunkt, hatte er gelernt. Von dort kam oft die tödliche Gefahr. Deswegen holte er die offene Kiste, stellte sie auf den einzigen Tisch, der im Raum war und suchte darin. Er hatte Recht. Das war die richtige Kiste.

Nach 20 Minuten verließ er das Haus. Er lief wieder an dem Auto vorbei und diesmal zerkratzte er die Frontscheibe. Und auch diesmal hatte er wieder das Gefühl, dass jemand ihn beobachtete. Er hob den Kopf und sah seine Mutter am Fenster. Sie schaute nicht auf das Auto sondern auf das, was Johnny in der Hand hielt. Johnny sah sie lange an, vielleicht 5, 10, 15 Minuten? Er wusste es gar nicht mehr. Aber es war sehr lang, so lang, dass seine Finger erfroren.

Seine Mama bewegte sich nicht. Sie sah aber diesmal nicht so traurig aus wie vorhin, wie vor 45 Minuten. Sie schien, obwohl sie ihre Miene nicht verzog und keine Gefühle zeigte, ja, sie schien, als ob sie ihn anlächeln würde, als ob sie zufrieden und erlöst wäre. Ihre Augen strahlten vor Glück.

Johnny steckte das kleine Buch in seine leichte Jacke und ging weg. Er drehte sich noch einmal zu seiner Mutter um, aber sie war nicht mehr da und der Vorhang war zugezogen. Er bekam ein komisches Gefühl, ein solches Gefühl, das man hat, wenn man sich auf Nimmerwiedersehen wünschte, und etwas sagte ihm, dass dies das letzte Mal war, dass er seine Mutter sah.

Wieder im Zug nach Darmstadt blätterte er im Tagebuch seiner Mutter:

Es war weniger ein Tagebuch als ein Erklärungsbuch. Es fing über Philip an. Er las einige Seiten und steckte das Buch zurück in seine Jacke, als er wieder an den Abschied von seiner Mutter dachte.

Was er da gelesen hatte klang nicht gut. Das war schlimm. Er hatte es nie geahnt. Das klang schrecklich. Er hatte sich immer wieder folgende Fragen gestellt: Was geht durch den Kopf dieser Frau? Was trägt sie so mit sich? Was belastet sie so? Warum lachte sie so wenig? Warum ist sie nie glücklich, auch wenn sie sich freut? War das, was er jetzt gelesen hatte, der Grund dafür? fragte er sich, oder nur einer von vielen Gründen?

Er wollte dieses Buch in Ruhe irgendwann weiter lesen, aber jetzt nicht mehr.

„Ich will jetzt nicht ihre Jammerei hören und ihre Entschuldigung auf diese Weise erfahren. Es ist feige, sie hätte direkt mit mir reden können", sagte er sich, auch wenn es ihm ein bisschen leid tat, was sie erlitten hatte.

Ja, das war die Erinnerung an den Abschied von seiner Mutter. Die Sache hatte sich so schnell entwickelt, dass er das Buch total vergessen hatte und sich erst jetzt wieder daran erinnerte.

Wo ist es denn? fragte er sich. Und dann erinnerte er sich, dass es in seiner Aktentasche sein musste. Jetzt wollte er es bei der nächsten Gelegenheit bis zu Ende lesen.

Er atmete tief ein und aus und ging in das Gebäude des Postamts, mit dem Brief und dem Paket.

Er blieb nicht lange. Es ging relativ schnell. Nach einigen Minuten kam er wieder hinaus und lächelte. Er strahlte förmlich und sah noch schöner aus, als er sowieso schon war. Wer konnte ahnen, dass dieser Mensch, den man für einen Schauspielstar halten könnte, über 10 Personen auf dem Gewissen hatte? fragte er sich grinsend selbst.

Er stieg in das Auto seines Vaters und machte das Radio an. Es lief gerade: „**Don't you forget about me**" von den Simple Minds.

"Oh my God, oh my God", schrie er laut und schlug auf das Lenkrad. „Das ist der Beweis. Das ist das Zeichen, ja, das Zeichen, dass auch die Götter mich für immer befreit haben. Das war das Zeichen. Ja, das ist wahrlich das Zeichen, dass mein Leben jetzt wieder neu anfängt", schrie er weiter vor Freude. „Ja, mein Leben fängt wieder an, da, wo es aufgehört hatte, nämlich vor circa 25 Jahren."

Er dachte an all diese Zeit, ohne traurig zu sein. Er war doch schon befreit. Dieses Lied, **Don't you forget about me** von den Simple Minds war damals sein Lieblingslied gewesen; das Lied, das seit diesem Abend in der Badewanne aus seinem Gedächtnis gelöscht gewesen war, und das ihn erst jetzt, nach mehr als 25 Jahren, wieder willkommen hieß und fröhlich in seinem neuen Leben empfing.

Er sang den Text mit und fuhr los wie im Drogenrausch.

Won't you come see about me
I'll be alone, dancing, you know it, baby
Tell me your troubles and doubts
Giving me everything inside and out

Love's strange, surreal in the dark...

Er spürte mit diesem Lied einen Wind der Erlösung, einen Wind der Hoffnung, einen Wind von Veränderung. Er vermischte den Text mit eigenen Worten.

Yeah, yes nothing is permanent in this world,
only God can decide about your destiny, nobody else.
That it's never too late to dream your dream,
I will not only survive , I will live, yes I can, yes I will
live, yes you can be happy again,
yes I can, yes ....

Nun war er sicher, er war überzeugt, dass er wieder normal war: „Wow, ich werde nie mehr, nie mehr morden. Ich kann nun wieder normalen Sex haben, ich bin frei", sagte er laut und fuhr weiter zu einer Pension. Er wollte sich ausruhen und dann später essen gehen.

85 Meilen von Houston, Beaumont, Texas, USA
Walden Rd,
Dienstag, 02.02.2010, 17 Uhr 20

Abends gegen 17 Uhr 30 fuhr Johnny zu einem Fast-food-Restaurant gleich in der Nähe des Hotels. Er bestellte ein gegrilltes Alligatorensteak und setzte sich hinten in die Ecke, wo er den Haupteingang sehen konnte. Beim Essen dachte er an Melissa, seine erste große Liebe. Melissa war ein Transvestit gewesen, den er aus Eifersucht umgebracht hatte, und es war hier in Beaumont geschehen, nicht weit von diesem Restaurant. Er hatte sich so verletzt gefühlt und im völligen Blackout hatte er zugeschlagen.

Ein kurzer Moment des Gespräches im mit Prof. Dr. Camara, Arzt für Psychotherapie , in dessen Praxis in Frankfurt Januar 2010 erschien wieder in seinem Kopf. Er sah in seinem Kopf den Doktor ganz genau vor sich. Er saß auf seinem kleinen Stuhl, während Johnny auf einer eleganten, großen, luxuriösen Couch saß.

Johnny: Diese Schlampe. Sie hat mir die ganze Zeit etwas vorgemacht. Ich wollte nicht mit einem Mann schlafen, mit einem Mann zusammen sein, verstehen Sie, ich wollte es nicht.

Dr. Camara: *Sie nennen sie Schlampe. Heißt das, Sie haben sie doch geliebt und waren nun verletzt und wütend, zornig und enttäuscht über das, was sie getan hat?*

Johnny: *Ja, verdammt noch mal, ja, ich habe sie geliebt. Und sie? Sie hat wieder nur das von mir genommen, was sie wollte. Sie hat mich verarscht, auch sie, auch sie und ich dachte…*

Dr. Camara: *Wollen Sie vielleicht erzählen, was da passiert ist? Was Sie da gesehen haben? Was ist an diesem Abend passiert? Was hat Sie so verletzt und so wütend gemacht, dass Sie Ihre Liebe umbringen mussten?*

Er erinnerte sich, wie der sonst so kontrollierte und gefühlsneutrale Dr. Camara unbewusst sein Mitgefühl gezeigt hatte, als er ihm die Geschichte in der Therapiesitzung erzählte.

„Nein, was ich da gesehen habe damals in Beaumont, in diesem Haus am Wasser, war echt … Melissa? Wie…", er beendete den Satz nicht.

Aber heute glaubte er trotzdem, dass sie unschuldig war. Alle diese Toten, bis auf seinen Vater, seinen Halbbruder und der Freundin seines Vaters, waren unschuldig, sagte er sich. Alles hatte mehr mit ihm selbst zu tun, aber mit dem damaligen „ihm", nicht mit dem jetzigen Johnny.

Er lehnte es vehement ab, die Verantwortung für den damaligen, von Dritten zerstörten Johnny zu übernehmen. Die Verantwortlichen hatten nun ihre Strafe auf Erden bekommen, und was nun da oben vor Gott mit ihnen passieren würde, würde er erfahren, wenn er auch dort ankam, sagte er tief zufrieden und schaute auf das gegrillte Fleischstück auf seinem Teller.

Das Krokodilsteak schmeckte ihm echt lecker. Es war das erste Mal, dass er wildes Fleisch aß. Noch ein Zeichen, dass alles anders geworden war. Er dachte an Lina aus Deutschland, die sexuell frustrierte Ehefrau, die auf einmal ihre luderhafte und perverse Seite entdeckt hatte. Nach außen die perfekte Ehefrau, die, wie sie selbst sagte, jede Gelegenheit nutzte um das Fremdgehen zu verdammen.

Sie hatten noch vor vier Tagen in Darmstadt, in ihrem Ehehaus, abends als ihr Mann schlief, miteinander gebumst. Er nannte das nicht „miteinander schlafen". Miteinander schlafen ging anders, meinte er. Es ging nur mit Liebe. Das war bumsen, vögeln. Sie vögelten beide, wie zwei Menschen, die sich selbst hassten und sich selbst und anderen wehtun wollten. Er erinnerte sich an den sadomasochistischen Sex mit ihr und schmunzelte. Sie hatten mehrmals Sex bei ihr zuhause gehabt, während ihr Mann bei der Arbeit war oder oben schlief. Das war der pure Wahnsinn. Wenn eine Frau es will? schmunzelte er. Und der arme Mann würde abends nach Hause kommen und schwören, wie treu seine Frau sei. Dann ruderte er zurück: Ha, wer weiß, was er selbst in seiner Mittagspause, oder bevor er nach Hause kam, unterwegs machte, oder wenn er angeblich beruflich verreisen oder länger arbeiten musste? Er wusste von diesen Mittagspausen-Sex-Treffen in und um Frankfurt in privaten Wohnungen, meistens mit Führungskräften. In der Zeit um die Mittagspause und um Feierabend ist die Kaiserstraße in Frankfurt am Main sehr belebt. Alle Menschen sind treu, obwohl den Umfragen zufolge mehr als jeder zweite Deutsche, Frauen wie Männer, fremdgeht. Eine Scheinwelt der Treuen, wo fast jeder fremdgeht, aber trotzdem die Treue verteidigt und Untreue verdammt. In Ländern wie Afrika ist es besser. Dort geht es zumindest offener zu, und die Menschen stehen dazu, lächelte er spöttisch und abwertend und dachte dabei auch an Bill Clinton und die Kennedys.

Ja, er dachte an Lina. Und er war sich sicher: Sie musste etwas geahnt haben von seinen Taten. Sie liebte die Gefahr. Sie tat immer so, als ob sie wollte, dass er sie beim Sex tötete. In dieser Zone zwischen Tod und Leben bekam sie ihre explosivsten Orgasmen. So eine schöne Frau, eine unschuldige Mutter, eine treue Seele und exemplarische, gute Gattin, würde man sagen. Man würde nie denken, dass sie so etwas tun würde, schüttelte er den Kopf höhnisch und murmelte „Stille Wasser sind tief und besonders Leute , die laut dies oder das fast fanatisch verdammen und verurteilen; ja, diese Menschen, die sofort bestimmte Handlungen der anderen vehement als etwas Böses verurteilen, diesen Menschen sollte man in ihr Inneres schauen. Siehst du eine

Person, die kategorisch Untreue verabscheut, dann sei sicher, dass gerade Sex mit anderen Menschen die Fantasien dieser Person ständig beflügelt", sagte er sich. So war es am Anfang auch mit Lina. Ha, der Mensch mit seinen perversen Seiten, lachte er.

Er dachte an diesen einflussreichen Mann. Ja, dieser angesehene Mann vom noblen Steinbergviertel, reich, gut verheiratet, gesellschaftlich respektiert, mit dem er auf einem Parkplatz bei Seeheim Homosex gehabt hatte. Seine Frau würde ganz sicher schwören, dass ihr Mann nicht schwul wäre und so etwas „Abscheuliches" nicht mal im Traum tun würde. Er wäre sicher der Erste, der die Leute, die so etwas taten, als Abschaum der Gesellschaft verdammen und als schlechtes Beispiel für die Kinder und die Moral verurteilen würde. Oh, ja, die scheinheilige Welt, schmunzelte Johnny.

Wie viele Menschen haben die Chance und die Gelegenheit und den Mut diese perverse Seite, ihre Fantasien, zu erleben? fragte er sich.

Wo würde Lina wieder einen treffen wie ihn, der auch wegen seiner Vergangenheit nicht ganz normal war, und alles das mit ihr machte? Sie tat ihm auch leid. Lina war auf eine andere Art wie Melissa, dachte er. Wie würde sie in Zukunft ihre Fantasien ausleben? Mit wem denn?

Er erinnerte sich auch an Asifa. Ja, das war wieder so eine Geschichte, als ob sogenannte Perversität nur anderen gehörte. Er hätte das bei ihr wirklich nicht gedacht.

Er hatte nicht gewusst, angesichts der propagierten strengen, moralischen Gesänge, die aus dieser Ecke kamen, dass so eine Frau so etwas auch nur fühlen konnte und durfte. Diese arabische Frau, mit Schwulensexfantasien, die er über eine Anzeige im Internet kennengelernt hatte, war eine der schlimmsten Sexgefährtinnen. Ihre Fantasien erstaunten ihn und mit ihr wurde er endgültig davon überzeugt, dass sexuelle Fantasien und auch die schlimmsten sogenannten Perversitäten zu allen Hautfarben, allen Religionen und allen Gesellschaftsteilen gehören. Die Gefahr war permanent da. Sie wusste als Moslem, dass, wenn ihr Mann das erfahren würde, die Konsequenzen immens wären. Sie sagte dazu nur: „Klar weiß ich das, aber glaubst du, die Religion tötet die Gefühle und die Fantasien?"

Ja, Fantasien haben alle, aber diese ausleben dürfen oder können nur wenige. Ja, alles das, was man erfuhr, wenn man, wie er, kaputt war, amüsierte ihn.

Er erinnerte sich an sein scheiß Leben in der Gundolfstraße in Darmstadt, an Joggen um den Woog, an ekelhafte Sextreffen auf Parkplätzen mit anderen Männern, damals die einzige Möglichkeit für ihn, einen Orgasmus zu haben ohne zu töten. Er erinnerte sich an den Badesee am Woog, den Sportplatz von der TSG 46, seine Einkäufe im Netto-Lebensmittelmarkt. Er erinnerte sich an seine Zweifel, seine Tränen und lachte nun stolz darüber.

Er erinnerte sich an alle diese Opfer, die alle sterben mussten, damit er, Johnny, sich wieder finden konnte. Er verstand selbst nicht so ganz, warum die deutsche Polizei nicht schon früher auf ihn aufmerksam geworden war. Bei dem letzten Mord hatte er einen gravierenden Fehler gemacht, der normalerweise daraufhin gedeutet hätte, dass er in Darmstadt und am Woog lebte oder zumindest, dass er einen Bezug zum Woog hatte. Auch wenn nicht alles immer schön war, auch wenn er in Darmstadt mehr traurig als glücklich gewesen war, wollte er nichts mehr ausblenden. Er wollte nie mehr seine Vergangenheit ignorieren. Er war nun stark genug, um nicht nur damit zu leben, sondern glücklich damit zu leben.

Letztendlich erinnerte er sich an diese verschiedenen Persönlichkeiten in ihm, die ihm das Leben schwer machten. Ein paar Auszüge von Selbstgesprächen mit seinen verschiedenen Persönlichkeiten kamen ihm in den Sinn:

„Ich muss mir helfen lassen. Ich muss etwas dagegen tun. Ich will nicht mehr morden. Ich werde nicht mehr morden", schimpfte er.

„Ha ja, das sagst du jedes Mal", antwortete eine Stimme in ihm.

„Ja, aber ich weiß nicht, was ich tun soll, siehst du nicht, dass es mir schlecht geht? Ich will es nicht mehr", antwortete er.

„Doch, du wirst es immer tun, du bist ein böser Mensch, du wertloser Hund", sagte eine zweite Stimme, die er den Rebell nannte.

„Warum tust du mir so was an? Ich bin derjenige, der später damit konfrontiert ist, ganz allein", erwiderte er.

„Johnny, du bist nicht böse, du solltest ihn schnell anrufen, du musst Hilfe suchen", sagte wieder die erste Stimme, die er Engel nannte.

„Aber das habe ich getan. Er ruft mich doch nicht einmal zurück", sagte er weinerlich.

„Du musst ihn wieder anrufen, immer und immer wieder probieren", sagte diese Engel-Stimme.

oder

„Du musst es tun, du wertloses Kind, du musst dich revanchieren. Niemand liebt dich, sogar dein Penis nicht. Geh und tu es noch brutaler. Du böser Junge!"

„Ja, ich werde es tun, ich werde es tun, noch brutaler, ich böser Junge werde das tun!"

oder

„Warum weinst du denn? Ha ha ha, schlechtes Gewissen? Was dachtest du denn? Dachtest du, dass es sich lohnt, böse zu sein? Jetzt merkst du, wie ekelhaft du bist. Siehst du, warum ich dich böses Kind nenne? Was hast du getan? Wehrlose Menschen umgebracht? Schäm

dich. Ha ha ha willst du dich wirklich schämen? Du Aasfresser."

Oder

„Du brauchst Blut, du Kirchenratte, du musst töten. Du warst gestern zu feige um es zu tun. Und jetzt brauchst du eine Leiche. Du brauchst Blut", sagte der Rebell in ihm.

Er ging hin und her in der Wohnung, wie ein Irrer und redete mit sich selbst.

„Nein, ich will nicht töten, nein, ich will nicht töten."

„Doch, doch, hättest du sie gestern umgebracht, würde es dir heute besser gehen und du hättest deinen Orgasmus oder willst du zu diesem Parkplatz gehen und dich ficken lassen? Geh doch, Schurke, und lasse dich gehen, wie du es gewohnt bist. Lass dich erniedrigen, wie du es immer gemacht hast. Das hat dir doch immer gefallen. Warum stehst du nicht dazu? Aber auch dort wird dir nichts helfen. Du bist geboren worden, um benutzt zu werden und das Töten ist dein Verhängnis, es ist das Urteil über einen Hund wie dich. Sogar wilde Hunde töten nur, um sich zu verteidigen oder wenn sie Hunger haben. Du, du tötest wegen deiner gestörten Libido, ist das nicht erbärmlich?", fragte der Rebell.

„Nein, ich will nicht töten. Hilf mir doch. Sag doch was. Sag mir doch was. Warum bist du oft still, wenn ich dich brauche? Warum bleibst du ruhig, wenn er mich quält?

Du weißt doch, dass ich kein böser Junge bin, oder? Ich bin doch gut. Ich bin doch gut. Ich bin ein guter Junge. Wiederholte ich das bitte? Wo bist du denn? Wo versteckst du dich denn? Warum lässt du mich allein mit ihm?", redete er zu der Stimme in sich, die er Engel nannte.

Er sagte nun ganz glücklich zu sich: „Der Rebell wird nie mehr reden. Er ist weg, für immer weg und die Engel?"

Und um wirklich ganz mit der Vergangenheit abzuschließen, dachte er noch einmal an Catherine, die schwarze Afrikanerin. „Ich wollte sie nicht töten", jammerte er ein bisschen, „ich habe sie wirklich geliebt und ich habe in ihren Augen gesehen, dass sie mich auch mochte. Ich wollte unbedingt bei ihr kommen. Es war so schön mit ihr. Ich spürte das erste Mal in meinem Leben eine Frau, einfach eine Frau. Der scheiß Orgasmus wollte aber nicht kommen. Ich wollte unbedingt, aber er kam nicht und ich drückte und drückte und auf einmal war sie tot. Gott, verzeihe mir für sie. Ihre Seele möge jetzt Ruhe bei dir finden", trauerte er still und schüttelte den Kopf hin und her. Sie war die einzige Ermordete, bei der er Mitgefühl gezeigt hatte.

Nun nahm er das Buch seiner Mutter aus seiner Aktentasche und las es weiter. Aber auch diesmal las er es nicht bis zum Ende. Was er gelesen hatte reichte ihm erst einmal.

Warum hatte sie nie geredet? Warum die ganze Zeit so etwas mit sich getragen? dachte er erstaunt. Nun verstand er, warum sie nicht interveniert hatte, als er das Auto von Philip zerstörte, warum sie den Bruder nicht gerufen hatte und warum sie leise, ohne ihre Miene zu verziehen glücklich gewesen war, dass er das Buch gefunden hatte. So hatte sie sich selbst für ihr Benehmen mir gegenüber versöhnen wollen, dachte er. Sie wollte ihr Gewissen reinwaschen.

Seine Mama hatte sicher etwas geahnt und wollte unbewusst sein letztes Massaker verhindern, vermutete er. Vielleicht aus Liebe zu ihm? Oder wegen ihres schlechten Gewissens? Das hatte ihm leider nicht geholfen. Er hatte sich selbst geholfen.

Es kam zu spät, sagte er sich. Hätte sie ihm das früher gesagt, wären alle diese Menschen noch am Leben. Dr. Camara wäre noch am Leben. Er hätte ihn niemals kennengelernt. Sie hatte Zeit gehabt, und die richtige Zeit für die Sühne verpasst. Sie hatte es vorgezogen, ihr Leiden ihr ganzes Leben mit sich zu tragen, dann soll sie es weiter tun, sagte er.

Auch diesen Versuch, ihren Sohn Philip für seine schändlichen Taten zu entschuldigen, fand er inakzeptabel. Auch wenn er in verschiedenen Heimen mehrmals missbraucht worden war und sehr darunter gelitten hatte, konnte das die Sache nicht weniger schmerzhaft machen, und das war nicht sein Problem, meinte Johnny wütend. Es war alles zu spät. Die Zeit wartet nicht auf uns. Es war einfach zu spät. Es war vorbei.

Er hatte sein Leiden gestoppt und wollte nichts mehr mit dieser Familie, mit dieser Vergangenheit zu tun haben, entschied er sehr konsequent und sehr überzeugt. Er warf das Tagebuch in den Papierkorb neben dem Tisch. „Es ist vorbei, Margot, jetzt fängt mein neues Leben an", sagte er laut und strahlend.

Er streckte seine Beine aus, dehnte sich, setzte sich noch bequemer hin und wollte nun seine frische, kühle Cola trinken, als er zwei große Männer sah, die ihn die ganze Zeit beobachtet hatten. Er kannte sich als ehemaliger Spezialsoldat, der viele Menschen entführt oder neutralisiert hatte, aus. Er wusste sofort, wer sie waren und lächelte sie an.

Die Herren im Anzug kamen direkt zu ihm und Johnny wusste schon was er tun würde.

Darmstadt Ost, Dachbergweg, bei Lina zu Hause, Mittwoch, 03.02.2010, 00 Uhr 20

Breaking News CNN +++ Johnny Macke-brandt Walker verhaftet. Der weltweit ge-suchte Serienmordverdächtige von Darm-stadt wurde bei Houston gefasst +++ Breaking News CNN +++ Johnny Macke-brandt Walker verhaftet. Der weltweit ge-suchte Serienmordverdächtige von Darm-stadt wurde bei Houston gefasst+++ Breaking News CNN +++

Lina war dabei, einen Fernsehfilm mit ihrem Mann auf RTL zu sehen, als diese Nachrichten unten auf dem Bildschirm vorbeizogen.

So begann es

Darmstadt Ost, Gundolfstraße, bei Johnny zu Hause, Mittwoch, 06.01.2010, 7 Uhr 12

DAKU, DARMSTADT KURIER Mittwoch, **06.01.2010**

Darmstadt – Ein weiteres grausames Massaker an schwarzem Paar bringt die Polizei in Erklärungsnot

Gestern Abend wurden zwei Studenten, vermutlich wieder aus Afrika, in ihrem Zimmer tot aufgefunden. Der Mann und seine Freundin wurden so bestialisch zugerichtet, dass wir hier auf die Einzelheiten verzichten.

Das ist der sechste Mord an schwarzen Mitbürgern innerhalb von 6 Monaten. Bis jetzt fehlt wie bei den anderen Taten jede Spur des oder der Täter. Wie die Polizei mitteilte, sieht es nach einem Einzeltäter aus, einem Serienkiller, der es angeblich nur auf schwarze Menschen und Studenten abgesehen hat.

Nach ersten Ermittlungen gibt es überhaupt keine Hinweise darauf, dass diese Opfer und die vier anderen in irgendeiner Verbindung zueinander standen. Die Opfer wurden sehr wahrscheinlich wahllos ausgesucht.

Der Täter, falls es nur eine einzige Person sein sollte, ist vermutlich eine männliche Person, die Nahkampf-Erfahrungen besitzen muss, mindestens 185 cm groß ist und enorme Kraft hat, teilte die Polizei weiter mit.

Wie es aus Polizeikreisen verlautete, scheint das Verbrechen keinen rassistischen Hintergrund zu haben. Es fehlen aber immer noch das Motiv, ebenso die Tatwaffe.

Wer kann so etwas Abscheuliches tun?

Die Fragen, die wir uns alle stellen sind: Wann wird der Täter gefasst? Wann kommt der nächste Mord? Und für unsere schwarzen Mitbürger: Wer ist als nächstes dran? Was für eine hässliche Psychose.

Unsere Stadt lebt in Angst.

Für jede Information, die der Polizei helfen kann den Täter zu stellen, rufen Sie bitte die 06151.xxxxxx oder jede Polizeidienststelle an. Seien Sie bitte vorsichtig, der Täter ist sehr gefährlich und extrem brutal.

Johnny las ganz ruhig diesen Zeitungsausschnitt bis zu Ende und klebte ihn an die Küchenwand. Er las nach seinen Taten immer nur den DAKU, den Darmstadt Kurier, weil sie dort nicht so viele grausige Details angaben wie die anderen Zeitungen. Er nannte diese Zeitung eine professionelle und verantwortungsvolle Zeitung. „Was bringt es dem Leser denn, die Details zu wissen, wie ein Mensch zugerichtet wurde?", fragte er sich. Er glaubte immer daran, dass nur die kriminelle und mörderische Seite in uns solche Informationen brauchte, um ihren nicht-ausgelebten Sadismus zu befriedigen.

Als er an der Front gewesen war, hatte er ein Buch gelesen, in dem der Psychiater schrieb, dass jeder Mensch auch ein Sadist ist. Man muss nur ihn wecken und man würde denjenigen nicht mehr erkennen. Das ist wahr, hatte er immer gesagt, sonst würde kein Soldat – jemand, der vorher niemals mit Tötung und Blut in Kontakt gekommen war – so hemmungslos so viele Menschen, die er nicht kannte, die ihm gar nichts getan hatten, töten und ein paar Stunden später essen und tanzen, als ob nichts gewesen wäre.

Jeder Mensch ist ein potentieller Verbrecher, war seine Devise, und das ist der Grund, warum uns alle alles, was mit Mord, Blut, Tötung, Krimi, Krieg, sei es in Büchern, Filmen, Reportagen oder Erzählungen so fasziniert, dachte er. Er aber wollte die Details seiner Taten nicht wissen. Zwar filmte er alles, aber er sah es sich nie an.

In vielen Sensationszeitungen waren genaue Details genannt worden, die frei erfunden waren und überhaupt nichts mit der Realität zu tun hatten. Alles das nur, um Leser zu ködern. Das hasste er.

„Das ist kein Journalismus, der Menschen informieren will. Das ist Scharlatanismus. Dagegen muss etwas getan werden. Nur ich allein kenne die Details meines Verbrechens", sagte er richtig sauer, wenn er nach einer Tat manche Zeitungen las. Deswegen war der DAKU die beste Quelle, wenn er qualitätstreue Informationen erfahren wollte.

Es ekelte ihn an, was er da gerade gelesen hatte. Warum tat er so etwas? Warum nur tötete er ausgerechnet nur schwarze Menschen, was hatten sie ihm getan?

Nach seinen Taten war er immer leer und traurig und unglücklich. *„Ich muss mir helfen lassen. Ich muss etwas dagegen tun. Ich will nicht mehr morden. Ich werde nicht mehr morden"*, schimpfte er.

„Ha, ja, das sagst du jedes Mal", antwortete eine Stimme in ihm.

„Ja, aber ich weiß nicht, was ich tun soll, siehst du nicht, dass es mir schlecht geht? Ich will es nicht mehr."

„Doch, du wirst es immer tun, du bist ein böser Mensch, du wertloser Hund", sagte eine zweite Stimme, die er den Rebell nannte.

„Warum tust du mir so etwas an? Ich bin derjenige, der später damit konfrontiert ist, ganz allein", erwiderte er.

„Johnny, du bist nicht böse, du sollst ihn schnell anrufen, du musst Hilfe suchen", sagte wieder die erste Stimme.

„Aber das habe ich getan. Der ruft mich doch nicht mal zurück", sagte er weinerlich.

„Du musst ihn wieder anrufen, es immer und immer wieder probieren", sagte diese Stimme, die er Engel nannte.

Darmstadt, Ecke Beckstraße – Roßdörfer Straße, Telefonzelle, Donnerstag, 07.01.10, 8 Uhr 27

„Endlich mal frei und es ist auch jemand dran. Hallo, sind Sie Herr Dr. Camara? Warum haben Sie nicht auf meine Mail geantwortet?", fing Johnny angriffslustig an.

„Hallo, guten Tag, ja, ich bin Prof. Dr. Camara, mit wem habe ich die Ehre?"

Johnny ignorierte die Frage und die Begrüßung des Arztes und fuhr sofort fort.

„Herr Dr. Camara, ich brauche Ihre Hilfe. Sie müssen mich davon abbringen weiter zu morden. Wenn Sie mir die Hilfe verweigern, werden noch viel mehr Menschen, viele Unschuldige, sterben. Können Sie das mit ihrem Gewissen vereinbaren, jede Woche zu lesen, dass noch mehr schwarze Studenten ermordet wurden, obwohl sie hätten leben können, wenn Sie etwas getan hätten? Wollen Sie die Schuld für weitere Massaker tragen? Sie haben keine andere Wahl als mir zu helfen. Dies aber unter einer einzigen Bedingung, damit ich Ihre Hilfe annehmen kann. Sie dürfen der Polizei nichts verraten. Informieren Sie die Polizei, dass ich der gesuchte Schlächter von Darmstadt bin, werde ich nicht nur weitere Menschen umbringen, sondern aus Rache werde ich auch Ihre Frau und Ihre Kinder nicht einfach nur töten, sondern zerfetzen und Sie werden nichts dagegen tun können, denn die Polizei kann mich nicht fangen."

Der Facharzt für Psychotherapie Dr. Camara war ein bisschen verdutzt, da er nicht wusste wer am Apparat war und worum es ging. Die Stimme war die einer weiblichen Person, die er nicht zuordnen konnte.

Normalerweise war er nicht so früh in der Praxis und ging auch nicht ans Telefon, wenn er nicht direkt angerufen wurde. Seine direkte Nummer hatten nur wenige Leute, sonst kamen alle Anrufe nur über das Sekretariat. Aber heute war er sehr früh in der Praxis, weil er an der Uni einen Kurs leiten musste. Er hatte gedacht, dass es etwas Ernstes sein musste, wenn jemand so früh anrief, deswegen war er ans Telefon gegangen. Er erkannte alle seine Patienten und Klienten an ihrer Stimme. Aber diese Stimme kannte er nicht. Sie kam ihm nicht bekannt vor.

„Guten Tag noch einmal, wer sind Sie bitte, darf ich wissen, mit wem ich rede?", fragte er ruhig und höflich.

„Wer ich bin? Das spielt keine Rolle. Ich habe Ihnen vor einer Woche eine Mail geschickt und Sie gebeten mir so schnell wie möglich einen telefonischen Termin zu geben, bevor noch Schlimmeres passiert", sagte Johnny.

„Ich verstehe Sie nicht. Wer sind Sie und was wollen Sie? Brauchen Sie Hilfe? Von welcher Mail sprechen Sie? Sagen Sie mir zumindest, wie Sie heißen, damit ich die Mail zuordnen kann. Ich bekomme sehr viele Mails und da ich mit Ihnen noch nie gesprochen habe, kann ich Ihre Stimme nicht zuordnen."

Johnny blieb einige Sekunden stumm in der Leitung.

„Hallo, wenn Sie nicht sagen wollen, wer Sie sind und was Sie wollen, dann werde ich auflegen", sagte Dr. Camara.

„Tun Sie das nicht. Wagen Sie nicht aufzulegen ohne zu hören, was ich Ihnen jetzt sagen werde. Sie haben schon genug Unheil mitverantwortet. Sind Ihnen die zwei Toten von vorgestern nicht genug? Haben Sie nicht davon gehört? Wie viele Tote wollen Sie noch sehen, bevor Sie das tun, was ich von Ihnen möchte? Hätten Sie auf meine Mail geantwortet, würden die zwei Menschen vielleicht noch leben. Sie tragen die Verantwortung dafür. Eine schwarze Studentin oder ein schwarzer Student wird heute in Frankfurt am Main, wo Sie praktizieren und lehren, die Kehle durchgeschnitten bekommen, falls Sie jetzt auflegen und nicht mit mir reden", drohte Johnny M. Walker.

„Was wollen Sie eigentlich? Hören Sie, ich habe keine Zeit für Ihre Drohungen. Das ist verrückt", erwiderte Dr. Camara genervt.

„Ich bin verrückt? Sie sagen es ja selbst. Sehen Sie, ich bin verrückt, deswegen sollten Sie, nein, müssen Sie mir helfen. Ich brauche Ihre Hilfe und es ist dringend", flehte Johnny.

„Ich muss gar nichts. Lassen Sie mich in Ruhe und rufen Sie nie mehr hier an, sonst informiere ich die Polizei und Sie wird ermitteln, wer Sie sind und Sie stellen. Auch, wenn Sie jetzt anonym anrufen. Man kann trotzdem herausbekommen, von wo Sie angerufen haben. Deswegen machen wir einen netten Kompromiss. Sie legen auf, wir vergessen alles, ich informiere die Polizei nicht und Sie rufen nie wieder hier an. Ist das nicht eine gute Lösung?", versuchte der Psychotherapeut sich aus der Affäre zu ziehen.

„Herr Camara, schauen Sie unbedingt heute um 20 Uhr die Nachrichten und dann rufe ich sie morgen um Punkt 8 Uhr an, verstanden? Wehe, wenn Sie nicht um 8 Uhr am Telefon sind und, sehr wichtig, informieren Sie nicht die Polizei. Sonst bringen Sie die Leben Ihrer Landsleute und Ihrer Familie noch mehr in Gefahr. Ich hoffe..."

Der Arzt legte prompt auf und murmelte zu sich. Was für eine verrückte Frau, sie ist krank, sie ist krank, sagte er und beeilte sich nach draußen zu kommen. In einer halben Stunde hatte er eine Vorlesung an der Goethe Universität Frankfurt.

Dr. Camara ahnte nicht, dass dieser Anruf sein ruhiges und erfolgreiches Leben für immer in eine Hölle verwandeln würde.

Darmstadt, am Woog,
Donnerstag, 07.01.2010, 10 Uhr 05

Johnny M. Walker liebte Sport. Seit einer Stunde rannte er um den Woog-Badesee. Das war sein Lieblingsparcours; immer am Woog entlang, zwischen dem Spielplatz und dem Naturfreibad, um die Ecke lief er die Treppen hinunter in die Mülleranlage, ein Garten- und Spielplatz, den er umrundete, und kam auf die Landgraf-Georg-Straße, wo sich die Jugendherberge befindet, und lief weiter um den See bis zu den Sportplätzen der TSG 46. Am Sportplatz blieb er ein paar Minuten und machte Fitnessübungen. Danach joggte er weiter nach dem gleichem Schema. So war es fast jeden Tag.

Heute allerdings war es ein bisschen anders. Bei der nächsten Runde blieb er vor dem Kleinkinder-Spielplatz mit der Spielburg und der Spielhöhle stehen. Dort spielte nur ein kleines Kind mit seinen Eltern.

Johnny M. Walker setzte sich auf eine Bank, von dort aus hatte er eine hervorragende Aussicht auf den gefrorenen Woog. Alles sah so schön aus, es war sehr kalt, aber die Sonne schien und viele Menschen waren schon auf dem Woog und rutschten und Schlittschuhläufer drehten ihre Runden.

Der Tag war einfach schön, aber nicht für Johnny M. Walker. Er war immer noch stinksauer, dass der Psychotherapeut ihn nicht ernst genommen und einfach aufgelegt hatte. Er brauchte doch so dringend Hilfe. Er wollte nicht mehr töten. Damit er ernst genommen wurde, musste er wohl seine Drohung umsetzen.

Er machte seine Augen zu und überlegte, wie er diesmal vorgehen würde. Er fand keine richtige Idee. Als er seine Augen wieder öffnete, sah er eine schwarze Frau vorbei joggen. Man konnte eine sehr schöne Frau erkennen, obwohl sie, wahrscheinlich wegen der Kälte, fast total, bis auf das Gesicht, vermummt war. Ihr Hintern wackelte kaum, obwohl er nicht klein war, was auf einen knackigen Po hindeutete.

Er schaute ihr nach und wartete, dass sie wiederkam. Nach ca. 20 Minuten kam sie wieder vorbei, und sie sah ein bisschen angestrengt aus, es war auf ihrem Gesicht zu sehen, dass es nicht einfach war in dieser Kälte zu joggen. Dieses Gesicht erinnerte Johnny an die Lust, den Orgasmus und die Schmerzen, wenn er seine Opfer tötete. Er bekam ein komisches Gefühl, das eine plötzliche Erektion verursachte.

Plötzlich spürte er, wie sein Adrenalin nach oben schoss. Es wurde immer mehr und mehr, seine Anregung und Erregung führten zu noch mehr Mordgedanken, die wiederum die Adrenalinausschüttung noch mehr anregten. Er stand sofort auf, rannte wie verrückt über die Heinrich-Fuhr- Straße, bog in die Heidenreichstraße und rechts in die Gundolfstraße, wo er wohnte. Ohne die Leute zu grüßen, die sich im Flur unterhielten, bewältigte er die 10 Stufen der Treppe bis zur seiner schicken Wohnung wie ein Extremsportler.

Er ging sofort ins Bad, zog sich aus und zwischen seinen Beinen entfaltete sich ein riesiger steif erigierter Penis. Gott hatte ihn gut bestückt, lächelte er böse, als er ihn in seine rechte Hand nahm. Mit der linken Hand sprühte er Massageöl darauf und fing an, kräftig zu onanieren.

Langsam regte er sich auf, denn er hatte nach 15 Minuten immer noch keinen Orgasmus, obwohl er sich schon so konzentrierte, dass sein Kopf platzen könnte. Er versuchte es noch circa 2 Minuten, dann ließ er genervt davon ab, wusch seine Hände und ohne sich zu duschen, wie sonst immer nach dem Sport, zog er sich schnell an.

5 Minuten später war er wieder draußen und eilte zur Bushaltestelle in der Roßdörfer Straße. Eine Minute später saß er im K-Bus. Er wollte noch mit dem nächsten Regionalzug nach Frankfurt am Main fahren. Er saß im Bus und sein ganzer Körper juckte ihn. Er war so wütend. Zuerst wurde er von Dr. Camara abgewimmelt, und jetzt noch von seinem Penis. Warum konnte er nicht einfach so einen Orgasmus bekommen? Warum bekam er überhaupt nur Lust, wenn Schmerzen zu sehen waren? fragte er sich. Er war sichtlich sehr wütend, auch wenn er versuchte, das in der Öffentlichkeit mit einem kleinen Lächeln hier und da zu unterdrücken.

„Du musst es tun, du wertloses Kind, du musst dich re-
vanchieren. Niemand liebt dich, nicht einmal dein Pe-
nis. Geh und tu es noch brutaler. Du böser Junge", sagte wieder diese Stimme, die er der Rebell nannte. Die
Stimme klang immer sehr männlich in seinem Ohr.

„Ja, ich werde es tun, ich werde es tun, noch brutaler,
ich böser Junge werde das tun", sprach er leise und
bewegte dabei seine Lippen.

Es ärgerte ihn wieder sehr, als der Bus am Luisenplatz
länger anhielt als normal. Er wollte nicht den Zug verpassen. Der K-Bus erreichte den Hauptbahnhof 5 Minuten später und es blieben ihm nur noch 75 Sekunden,
um den Zug zu erreichen.

Er drängelte sich gewaltsam hinaus und sprintete, wie
Usain Bolt, der 100 Meter-Weltrekordhalter, schaffte es
in der letzten Sekunde die Tür des Waggons noch auf zu
halten und sprang in den Zug. Er war ein bisschen stolz
auf sich selbst und ließ sogar ein kleines Lächeln auf
diesem sonst strengen Gesicht erkennen. Er kochte innerlich noch immer, wegen des gescheiterten Gesprächs
mit dem Therapeuten.

„Was für ein Arschloch. Der wird nun sehen, was sein
Verhalten gebracht hat. Er ist allein verantwortlich für
das, was heute passieren wird", sagte er sich und meinte, es gäbe nur eine Möglichkeit, damit er ihm glauben
würde und ihn endlich erlöste.

Cirka 20 Minuten später hielt der Zug am Frankfurter Bahnhof. Johnny M. Walker stieg aus, ging zur Information und ließ sich erklären, wie er zur Goethe Universität kommen konnte. Mit der Straßenbahn S1 und weiter zu Fuß gelangte er in die Altenhöfer Allee 1, die Adresse der Goethe-Universität in Frankfurt. Er spazierte von Hörsaal zu Hörsaal, hin und her, bis er eine Gruppe von fünf schwarzen Leuten sah und stehenblieb. Er beobachtete sie von weitem, ohne sich bemerkbar zu machen.

Als die Gruppe nach draußen ging, verfolgte er sie. Sie stiegen alle in die S-Bahn Richtung Hauptbahnhof, auch er. Am Hauptbahnhof trennte sich die Gruppe. Ein junger Mann, Mitte 20, löste sich von der Gruppe und ging allein weiter aus dem Bahnhof.

Johnny lauerte ihm auf.

Der junge Mann ging zu Fuß, überquerte die Friedensbrücke und ging in ein Sushi-Restaurant. Johnny folgte ihm und nährte sich dem Restaurant an. Er spionierte durch das Fenster. Der Mann saß an einem Tisch um die Ecke und unterhielt sich mit einer Frau, weiße Haut, Anfang-Mitte 30, schätzte er. Johnny ging auch hinein und bestellte etwas zu essen, obwohl er Rohkost hasste, setzte sich in eine andere Ecke und beobachtete das Paar.

Nach fast einer Stunde standen der schwarze Mann und die weiße Frau auf und verließen das Restaurant. Sie schienen sehr vertraut zu sein, da sie sich an den Händen hielten. Das Paar ging weiter auf der Gartenstraße, und bald standen sie vor einem Wohngebäude. Die Frau suchte in ihrer Tasche und holte einen Schlüsselbund heraus, was darauf deutete, dass sie dort wohnte.

Johnny überlegte kurz, was er tun sollte, aber die Gedanken an den gescheiterten Orgasmus und das gescheiterte Gespräch mit Dr. Camara ließen ihn kochen. Er schaute nach dem Paar und sah vor sich nur Blut, durchgeschnittene Kehlen und halb von der Brust und dem Rest des Körpers abgetrennte Köpfe und selbstverständlich seine Lieblingstrophäe.

Damit Dr. Camara ihn endlich ernstnahm, würde er dieses Mal und zum ersten Mal das tun, was er nie hatte tun wollen, betonte er. Aus seinem Rucksack holte er einen Arbeitskittel und zog ihn an. Darauf stand: Gas-Heizung-Wasser, Tag und Nacht für Sie da.

Das Paar war schon im Haus und Johnny beeilte sich. Er konnte noch rechtzeitig mit seinem Fuß die Tür blockieren und so tun, als ob er ein Handwerker war, der gerade klingeln wollte und nur die Chance gehabt hat, dass jemand die Tür aufmachte. Die weiße Frau lachte ihn an und fragte, ob er hinein wolle.

Er fragte nur „Können Sie mir zeigen, wo der Keller ist? Wir haben einen Notruf bekommen, dass die Heizung ausgefallen wäre und ich muss auch in alle Wohnungen. Es ist gut, dass Sie da sind. Wenn Sie nichts dagegen haben, kann ich bei Ihnen anfangen und dann gehe ich später in den Gaskeller. Ha, hallo mein Name ist John Hansen, ich bin von der Firma Hermann Gas Heizung GmbH."

Er zeigte einen Arbeitsausweis und die Frau war beruhigt und überzeugt und nahm ihn mit nach oben zu sich. Zu dritt stiegen sie in den Aufzug und die Frau drückte auf Nummer 5. Sein Herz schlug immer schneller, sein Mund wurde trocken. Jetzt wollte er zuschlagen. Er rechnete mit nicht einmal 15 Sekunden, um die beiden umzubringen. Es würde reichen bis sie den 5. Stock erreicht hätten.

Er tastete seine Jacke ab und spürte das kleine, extra scharfe Messer, das wie ein harmloser Kugelschreiber aussah, und das nur Elitesoldaten der US Army benutzen. Als er es herausnehmen wollte, sah er, wie sich der schwarze Mann und die weiße Frau umarmten und küssten.

„Warte, du dummes Kind. Ich habe eine bessere Idee für dich. Töte sie noch nicht hier. Du kannst es im Zimmer noch besser haben", flüsterte ihm diese Stimme wieder zu.

Das erweckte in Johnny eine starke sadistische Erregung und er änderte seinen Plan. In der Wohnung der Frau würde es doch viel gemütlicher, lustvoller, aber auch satanischer gehen und die Bilder lösten eine starke Erektion aus, er zuckte mehrmals zusammen und er spürte eine warme Flüssigkeit, die seine Unterhose und seine Schenkel nass machte . Es gab keinen Weg mehr zurück.

Darmstadt Ost, Gundolfstraße, bei Johnny zu Hause, Donnerstag, 07.01.2010, 20 Uhr

Punkt 8, heute Donnerstag, 07.01.2010, die Tages-nachrichten im h-tv

Guten Abend, hier sind Ihre Tagesnachrich-ten um Punkt 8 im Hessen-tv.

Heute Abend wurde in Frankfurt-Sachsenhausen ein junges Paar nach einem Anruf einer Mitbewohnerin von der Polizei tot aufgefunden. Es handelt sich um eine weiße weibliche und eine schwarze männli-che Person.

Die beiden wurden auf brutalste Art mit durchgeschnittenen Kehlen hingerichtet. Der Täter muss mit extremer Gewalt vorge-gangen sein und hat seine Opfer bestialisch zugerichtet.

Ob es einen Zusammenhang zwischen die-ser Tat und den anderen Verbrechen an schwarzen Studenten in Darmstadt gibt, konnte die Polizei noch nicht sagen.

Mehr Angaben über die Tat und die Identität der Personen wollte die Polizei zum jetzigen Zeitpunkt noch nicht geben.

Die Beamten sicherten am Abend noch die Spuren. Es werden Zeugen gesucht, die gegen Nachmittag oder am frühen Abend an dem Wohnblock in der Gartenstraße verdächtige Beobachtungen gemacht oder dort eingekauft haben. Es fehlt…

Johnny M. Walker zuckte mehrmals zusammen und machte das Fernsehen aus. Er schaute auf seine Hand, die voll war mit einer weißen, cremigen Flüssigkeit. Er ging ins Bad und schaute auf seinen noch erigierten Penis. So einen schnellen und intensiven Orgasmus hatte er noch nie bekommen. Das war auch seine brutalste Tat gewesen, seitdem er mit diesen Morden angefangen hatte.

„Siehst du? Habe ich es dir nicht gesagt, du hattest jetzt schon drei Mal einen Orgasmus an einem Tag. Ist es nicht wunderbar zu töten? Je brutaler, desto intensiver deine Lust, wertloses Kind. Nur mit Gewalt kannst du Gefühle spüren und es gefällt dir. Höre immer auf mich, wenn du etwas Freude haben willst. Hast du verstanden, herrenloser Hund? Als Bonus, versuche es noch einmal mit Masturbieren und genieße deinen feigen Sieg“, sagte der Rebell.

Er fühlte sich auch für diese kurze Zeit als Sieger, und der Film des Massakers kam wieder hoch in seinem Kopf. Er bekam wieder ein orgiastisches Glücksgefühl und eine noch heftigere Erektion. Er beugte sich stehend nach vorne, war nur noch auf seinen Fußspitzen, so, als ob er sein Glied in seinen Mund stecken wolle. Als er das nach mehrmaligen Versuchen nicht schaffte benutzte er seine beiden Hände, die er um seinen Penis wickelte, um mit heftigen Hin- und Herbewegungen zu masturbieren. Er wurde rot und seine Augen schienen aus ihren Höhlen zu springen. Bald verkrampfte er sich so stark, dass alle einzelnen Muskeln seines perfekten, sportlichen Körpers zum Vorschein kamen. Er hatte einen knackigen Körper, wie aus dem Lehrbuch. Er sah nun aus wie ein Gorilla der einen schweren Gegner vom Boden hochheben wollte. Es dauerte nicht mehr lange, bis ein stark unterdrückter, sehr leiser Schrei aus ihm drang und aus seinem Penis etwas herausschoss, wie ein richtiger Strahl, bis zu der fast 140 cm entfernten Wand. Er landete wie ein geschlagener Ringkämpfer, der nicht aufgeben wollte auf dem Boden und ließ sein Glied nicht los. Er schnaufte und rang nach Luft, als ob es im Badezimmer keinen Sauerstoff mehr gäbe. Das war das erste Mal seit 6 Monaten dass er durch Masturbieren einen so starken Orgasmus bekommen hatte.

Als ob er sich schämte über das, was er gerade getan hatte, stand er prompt wieder auf, ließ ganz heißes Wasser in die Badewanne fließen und holte seinen Laptop zu sich ins Bad. Er stieg ins Wasser, steckte die kleine Kamera in den Laptop ein und genoss das was er sah. Sehr schnell wurde ihm das aber alles widerlich, die Szene des Mordes, und er fing an zu weinen und um sich zu schlagen und wiederholte immer den gleichen Satz. „Ich will das nicht. Warum tue ich das nur? Warum morde ich? Was haben sie mir getan? Nein, nein, ich will nicht mehr morden."

Er weinte richtig, wie ein kleines Kind, und nicht wie der 38 Jahre alte Koloss von einem Mann mit einem so großen Penis.

„Warum weinst du denn? Ha ha ha, schlechtes Gewissen? Was dachtest du denn? Dachtest du, dass es sich lohnt böse zu sein? Jetzt merkst du, wie ekelhaft du bist. Siehst du, warum ich dich böses Kind nenne? Was hast du getan? Wehrlose Menschen umgebracht? Schäm dich. Ha ha ha, willst du dich wirklich schämen? Du Aasfresser", hämmerte die Stimme des Rebellen auf ihn ein.

Plötzlich schrie er laut: „Was hast du getan? Was hast du getan? Du Schwein, du Arschloch, du bist böse, du bist böse, du bist ein Nichts, nutzlos, ein Verlierer, ich hasse dich du widerlicher Kerl, hässlich, du bist wie der Teufel, ich hasse dich, ich hasse dich. Niemand wird dich lieben, niemand." Dann, wie ein müdes Kind, wurde er immer leiser. „Was hast du getan, was hast du getan? Warum hast du es getan?", er heulte minutenlang und schlief im Wasser ein.

Frankfurt am Main, Sachsenhausen, Franz-Lenbach-Straße, bei Dr. Camara, Donnerstag, 07.01.10, 19 Uhr 59

Dr. Camara kam gerade zur Tür hinein, als die Nachrichten im Fernsehen anfingen. Er verpasste ungern die einzigen Nachrichten des Tages, die er sehen konnte. Den ganzen Tag war er unterwegs und arbeitete hart. Sogar dazu, nur im Internet Nachrichten zu lesen, kam er selten.

„Willkommen Schatz", sagte Frau Camara, eine sehr schöne, elegante Frau aus Mali, Westafrika. Sie stand auf und gab ihm einen Kuss.

„Komm schnell, setz dich und hör mal, was heute passiert ist."

Die beiden schauten ohne Kommentar die ganze Nachricht.

„Wer kann so etwas tun?", fragte sie.

Dr. Camara sagte nichts dazu und ging direkt in sein Zimmer. Er kam 10 Minuten später in einem braunen Jogginganzug zurück, seiner Lieblingshauskleidung. Er schien bedrückt und nachdenklich zu sein.

„Ist alles okay mit dir?", fragte Frau Camara.

„Ja, alles okay, habe heute einen seltsamen Anruf bekommen. Aber das war sicher so eine verrückte Frau, die sich wichtigmachen wollte. Nichts Wichtiges", sagte er.

„Willst du nicht mit mir darüber reden?", fragte ihn seine Frau.

„Ha Mali, lass es sein. Es ist nicht so wichtig. Es sieht so aus, als ob du schon gekocht hast. Schade, ich hatte dir gesagt, dass ich heute für dich kochen wollte; wie immer bist du schneller als ich", beklagte sich Dr. Camara freundlich und fröhlich, um von dem Thema abzulenken.

„Adou, ich konnte früher nach Hause gehen. Ich wurde schneller mit der Programmierung fertig als gedacht. Der Auftraggeber war sehr zufrieden und um 16 Uhr war ich schon zu Hause und wollte meinen Schatz überraschen. Versprochen. Freitag bis Sonntag lasse ich mich von dir bekochen und verwöhnen", erwiderte sie lächelnd.

„Okay, alles klar. Nun kann ich mit gutem Gewissen dein Essen genießen."

„Guten Appetit, Adou."

„Danke, Mali."

Er nannte sie immer Mali, um sie an die Heimat zu erinnern, und sie nannte ihn Adou, wegen seines Vornamens Adamou. Adou klang nach Liebe und die beiden liebten sich auch nach 20 Ehejahren immer noch sehr. Sie hatten 3 Kinder im Alter von 17, 15 und 11. Die Siebzehnjährige heiß Aicha, die Fünfzehnjährige Kone, und der Elfjährige Amadou. Die Kinder waren wegen der Schulferien noch in Mali bei den Großeltern und würden gegen den 20.01. zurückkommen.

Mali war 41 Jahre alt und Dr. Camara 45. Sie hatten sich beide während des Studiums in Deutschland kennengelernt. Dr. Camara kam nach seinem Abitur direkt aus Afrika, genauer gesagt aus Guinea. Mali kam damals aus Frankreich, wo ihr Vater als UN-Diplomat tätig war. Sie hatte auch die französische Staatsbürgerschaft, die das Verbleiben des Paares nach dem Studium in Deutschland erleichterte.

Während des Essens blieb Dr. Camara ungewöhnlich wortkarg. Seine Frau, die ihn gut kannte, ließ ihn in Ruhe und passte sich seinem Verhalten an. Nach dem Essen zog er sich zurück und sagte seiner Frau, dass er müde wäre und lieber ins Bett gehen wolle. um da ein bisschen zu lesen.

Im Bett konnte er weder lesen, noch einschlafen. Er stellte sich viele Fragen und fühlte sich irgendwie schuldig, dass vielleicht zwei Menschen gestorben waren, nur weil er mit einem Verrückten nicht kommunizieren konnte.

Er hoffte so sehr, dass dieses Verbrechen nichts mit dem Anruf des Morgens zu tun hatte, aber seine ausgeprägte innere Stimme sagte ihm, dass diese Frau vielleicht verrückt sei, aber doch ihre Drohung wahr gemacht hatte. Er fragte sich immer wieder und immer wieder, ob eine Frau so etwas tun konnte. In allen anderen Berichten hatte man immer von einem großen Mann mit enormer Kraft geschrieben.

Klar hatte er wie die meisten Menschen von all diesen Morden an Afrikanern gehört und sich auch Gedanken gemacht. Aber bis jetzt hatten sie alle in Darmstadt stattgefunden und nicht in Frankfurt so nah bei ihm. War sie die gleiche Täterin oder handelte es sich hier um eine, die von der ganzen Sache profitieren, sich profilieren und ihre Fantasien ausleben wollte? Diesmal war alles anders: der Mord fand in Frankfurt statt und zum ersten Mal wurde auch eine weiße Person getötet. Das war neu. Bis jetzt hatte er oder sie nur Schwarze umgebracht.

Was sollte er nun tun? Seiner Frau davon erzählen? Die Polizei informieren? Aber die Frau hatte klar gemacht, dass sie noch mehr Menschen umbringen würde, sollte er sich an die Polizei wenden. Aber meldete er diese Sache nicht bei der Polizei macht er sich zum Komplizen einer Mörderin. Er war in einer Zwickmühle: erzählte er alles der Polizei und sie schnappten sie nicht, dann würden vielleicht noch mehr Menschen sterben. Meldete er es nicht, dann machte er sich strafbar und zum Gehilfen eines Mörders oder einer Mörderin. Die Medien würden die Sache ganz sicher nicht so erklären, wie sie wirklich war. Sie würden nur sagen, dass ein angesehener Arzt die Arbeit der Polizei behindert und den Mörder der Afrikaner geschützt hatte. Ironischerweise war er auch schwarz, wie die Ermordeten. Andere würden sogar seine Hände im Spiel sehen.

Als seine Frau ins Zimmer kam tat er so als ob er schlafen würde, aber seine Atmung verriet das Gegenteil. Trotzdem ließ sie ihn in Ruhe. Ohne eine Frage zu stellen legte sie sich neben ihn und schlief ein.

Um 4 Uhr früh stand Dr. Camara auf und ging ins Arbeitszimmer. Er machte den Computer an und ging ins Internet. Er sammelte alle Informationen über die Morde, die er finden konnte und speicherte sie in einem neuen Ordner im Lesezeichen. Er machte sich Notizen und versuchte die ganze Sache zu analysieren, um zu verstehen. Die Polizei hatte überhaupt keine heiße Spur. Man wusste auch nicht, ob es sich um mehrere Täter/innen handelte oder nicht. Er lächelte zynisch „Na ja, wie können sie eine Spur haben, wenn sie davon ausgehen, dass es sich um einen Mann handelt?", fragte er sich. Morgen um 8 wollte die Frau sich wieder melden. Wenn er nicht ans Telefon ginge, würden vielleicht noch mehr Afrikaner sterben und das konnte er jetzt nicht verantworten.

Gegen halb sieben verließ er sein Arbeitszimmer, ging in die Küche und bereitete das Frühstück vor. Seine Frau ging normalerweise immer als erste aus dem Haus und es hatte sich so etabliert, dass er morgens das Frühstück machte, weil er ein Frühaufsteher war. Er machte die Essensreste von gestern warm. Es waren noch Reis und Erdnusssauce da und ein Stück Rindfleisch. Er war ein Warmesser morgens. Man sagt in Afrika, dass es gut und gesund für den Körper ist und für einen guten Stoffwechsel sorgt, wenn man morgens, mittags und abends warm isst. Kaltes Essen ist für den Körper anstrengend. Für seine Frau steckte er ein Brötchen in den Backofen, machte ein Eier-Omelette und stellte alles auf den runden Tisch in der Küche. Als das Wasser für den Tee kochte, ging er wieder nach oben ins Schlafzimmer, um sich fertig zu machen. Heute würde er auch früh das Haus verlassen. Er wollte schon vor 8 Uhr in seiner Praxis sein.

Als er wieder hinunter in die Küche kam, war Mali schon da und trank einen Tee.

„Guten Morgen Adou, du hast wirklich nicht so gut geschlafen. Du warst so unruhig", grüßte sie ihn.

„Guten Morgen, meine schöne Frau. Wie hast du geschlafen? Oh je, hoffentlich habe ich dich nicht sehr gestört? Ich habe gar nichts gemerkt", grüßte er zurück und setzte sich und fing an, seinen Reis zu essen.

„Du bist schon fertig angezogen?", fragte sie.

„Ja, ich muss heute sehr früh in der Praxis sein. Mein erster Patient kommt heute schon um 8 Uhr."

20 Minuten vor acht war er im Büro. An diesem Morgen war der Verkehr ganz gut gelaufen.

Er wohnte in Sachenhausen, in der Franz-Lerbach-Straße und arbeitete in Bockenheim. Die Strecke war nicht einmal 6 Kilometer, aber jeden Morgen brauchte er mindestens 30 Minuten bis er in der Bockenheimer Landstraße war. Er fuhr am liebsten über die Brückenstraße, die Mainzer Straße, bog irgendwann rechts auf die Taunusanlage, dann war er schon in Bockenheim und seine Praxis war in der Arndtstraße.

Seine Mitarbeiter und Kollegen würden erst ab 8 Uhr 30 da sein. Es war eine Gemeinschaftspraxis mit zwei anderen Ärzten und einem Psychologen.

Er holte sich ein Glas Wasser, nahm einen Notizblock aus seiner Aktentasche, wo er schon seit heute früh viele Details über die verschiedenen Morde, über die im Internet sehr viel berichtet worden war, notiert hatte und wartete ruhig auf dem Stuhl der Sekretärin auf den Anruf der angeblichen Täterin.

Darmstadt Ost, Gundolfstraße, bei Johnny zu Hause, Freitag, 08.01.2010, 7 Uhr 12

Ausschnitt aus der Zeitung DAKU, DARMSTADT KURIER Freitag, den 08.01.2010

Darmstadt, Angst und Schrecken in Sachsenhausen: Gruselmord an Paar in Frankfurt.

Noch immer keine heiße Spur, ein Zusammenhang mit dem Mord am schwarzen Paar von Darmstadt wird immer wahrscheinlicher

Die Polizei hat immer noch keine heiße Spur nach dem abscheulichen und bestialischen Mord an einem jungen Paar gestern in ihrer eigenen Wohnung in Frankfurt-Sachsenhausen.

Laut Medienberichten hatte eine Nachbarin des Paares die Polizei alarmiert. Sie habe einen ganz kurzen, aber tiefen Hilfeschrei aus der Wohnung ihrer Nachbarin gehört und kurz danach bemerkt, wie eine Person aus der Wohnung die Treppe hinunter rannte. Sie sei dann zu der Nachbarin gegangen und fand die Tür der Wohnung leicht geöffnet. Sie klingelte und klopfte mehrmals und fragte, ob alles okay wäre. Als niemand antwortete schob sie langsam die Tür vor sich nach innen und sah plötzlich Blutspuren auf dem Teppich. Aus Angst verließ sie das Zimmer wieder und rief unter Schock sofort die Polizei an, so die Berichte.

Die Polizei war sehr schnell vor Ort und was sie sah, war mehr als ein Blutbad. Dies war kein einfacher Mord, es war ein Massaker der schlimmsten Sorte, welches es so in der Kriminalgeschichte der Frankfurter Polizei noch nie gegeben hatte. Der Notarzt konnte nur noch den Tod der beiden Personen feststellen.

Sofort wurde das Gebäude umstellt. Niemand durfte hinein oder hinaus ohne eine Genehmigung der Polizei. Die Mitbewohner wurden bis tief in die Nacht befragt. Die Polizei sicherte bis zum frühen Morgen die Spuren am Tatort und diese wurden zum Landeskriminalamt nach Wiesbaden geschickt. Die Obduktion der Leichen wird noch lange dauern. Es gäbe aber schon Hinweise auf einen Zusammenhang mit dem Mord an einem afrikanischen Paar am Dienstag, den 05.01.2010 in Darmstadt.

Zur Aufklärung des Verbrechens hat die Polizei eine Sonderkommission mit 28 Beamten eingerichtet. Die Ermittler bitten um Hinweise von Zeugen, die zuletzt nicht nur im Umfeld des Gebäudes etwas Verdächtiges beobachtet haben. Zu einem möglichen Motiv konnten die Ermittler noch nichts sagen.

Bei den Toten handelte es sich um eine deutsche Frau und, wie in Darmstadt, um einen jungen afrikanischen Studenten. Weitere Details über die Tat und über die Opfer wollte die Polizei zunächst aus ermittlungstaktischen Gründen nicht preisgeben, um die Ermittlungen nicht zu behindern. Alles Weitere werde bei einer Pressekonferenz mitgeteilt, hieß es.

Die Familien der Opfer sind informiert und werden psychologisch betreut.

„Ich hatte es dir doch gesagt. Du bist ein wertloser Hund, ein böser Mensch. Ich hatte dir gesagt, dass du weiter töten wirst. Du kennst nichts anderes außer zu töten, ha ha ha", sagte die böse Stimme.

Johnny stöpselte mit seinen beiden Zeigefingern seine Ohren zu und schüttelte den Kopf hin und her. *„Nein, nein, ich will das nicht, ich will nicht mehr töten. Ich* *will nicht mehr. Lass mich los, geh weg. Du hast mich böse gemacht. Wenn du weg bist, werde ich nicht mehr töten. Ich führe nur deine Befehle aus. Du bist der Bö-se"*, sagte er und zappelte hin und her.

„Höre nicht auf ihn", sagte wieder die nette Stimme in ihm, die nette Stimme, die weiblich klang und die er in der weiblichen Form benannte: die Engel. *„Du sollst nicht mehr auf sie hören und horchen. Du musst sie, diese Stimme, den Rebell, aus dir rauswerfen."*

„Aber wie denn? Warum ist sie da? Warum hasst sie mich so? Was habe ich ihr getan?", lamentierte Johnny.

„Geh raus und ruf den Mann, den schwarzen Mann, den Therapeuten, wieder an. Ruf ihn an und sag ihm, dass du es ernst meinst und Hilfe brauchst. Er soll dir helfen diese böse Stimme in dir abzuschießen", forderte die Engel.

„Kannst du mir nicht selbst helfen?", fragte Johnny.

„Ich helfe dir doch schon sehr, ich stehe zu dir und er-mutige dich, Hilfe von außen zu suchen, nur so kannst du dich heilen", so die Engel.

Johnny bummelte schon seit fast 40 Minuten in den verschiedenen Straßen des Woogsviertels herum. Er lief die Gundolfstraße über die Hicklerstraße hoch zur Roß-dörfer Straße und wieder runter zum Woog über die Heidenreichstraße und setzte sich auf die einzige Bank vor der Schwimmhalle an der Heinrich-Fuhr-Straße.

Er überlegte, wie es nun weitergehen würde und was er tun würde, falls Dr. Camara ihn wieder abservierte. Er musste mit ihm reden, und wenn er sich wieder stur stellte, würde er ihn heute noch in Frankfurt besuchen.

Kurz nach 8 machte er sich auf den Weg zu der einzigen Telefonzelle im ganzen Woogsviertel, an der Haltestelle Beckstraße in der Roßdörfer Straße. Er schaute auf seine Uhr und es war Punkt 8 Uhr 15.

Frankfurt am Main, Bockenheim, Arndtstraße, Praxisgemeinschaft Dr. Camara, Freitag, 08.01.2010, 8 Uhr 10

Dr. Camara wartete seit 10 Minuten, das Telefon klingelte aber immer noch nicht. Er fing an, sich Sorgen zu machen. Vielleicht war die Frau immer noch böse auf ihn und rief deswegen nicht an? Was würde es heißen, wenn sie nicht anrief? Eigentlich müsste er die Polizei informieren. Aber würde die ihm überhaupt glauben? Sie suchten nach einem männlichen Täter und würden ihn nicht ernstnehmen, wenn er ihnen sagte, dass der Täter doch eine Täterin wäre.

8 Uhr 13.

Er wurde immer unruhiger und stand nun auf, ging in sein Büro um an seinem Computer seine Mails zu checken. Vielleicht hatte sie ihm geschrieben?

Er hatte keine Post von ihr. Erst dann wurde ihm klar, dass sie ihm gar nicht direkt schreiben konnte. Seine direkte Mailadresse stand nicht auf der Homepage. Ah ja, dann musste sie die allgemein Info-Adresse benutzt haben und die Sekretärin hatte diese vielleicht als Spam betrachtet und sie verworfen?

Als er das allgemeine Postfach öffnen wollte, klingelte das Telefon. Es war genau 8 Uhr 15.

Er hörte sein Herz schneller schlagen und rannte fast zur Telefonzentrale.

„Hallo, hier Dr. Camara", sagte er.

Er hörte jemanden am Telefon ein- und ausatmen, aber die Person redete nicht.

„Hallo, sind Sie es? Sagen Sie einfach ja, wenn Sie es sind. Sind Sie es, die Frau von gestern Morgen?", fragte er ganz ruhig in einer vertrauenserweckenden Stimme.

„Sind Sie allein?", fragte die Stimme.

„Ja, ich bin allein. Warten Sie mal, ich stelle den Anruf durch in mein Büro. Bald kommen die ersten Mitarbeiter. Bleiben Sie bitte dran. Legen Sie nicht auf, verstanden? Legen Sie nicht auf", sagte Dr. Camara.

Eine große Freude hatte ihn überkommen, als er die Stimme der Frau erkannt hatte. Das löste wieder ein komisches Gefühl in ihm aus. Wie konnte er sich freuen, dass eine angebliche Verbrecherin ihn anrief?

Er rannte in sein Büro und setzte sich in seinen bequemen Beratungssessel.

„Ich bin wieder da, jetzt können wir in Ruhe telefonieren, ohne gestört zu werden. Ich habe auch meine Tür zugeschlossen. Sind Sie noch da?"

„Waren Sie so aufgeregt, Doktor? Freuen Sie sich, dass ich angerufen habe? Sagen Sie einfach ja. Sagen Sie es, sagen Sie ja, oder sind Sie zu feige, um das zu gestehen, Herr Doktor?"

Dr. Camara versuchte ganz ruhig und sicher und selbstbewusst rüberzukommen.

„Es ist gut, dass Sie angerufen haben. Wenn das die weitere Tötung unschuldiger Menschen verhindern kann, dann, ja, freue ich mich, dass Sie angerufen haben. Waren Sie es gestern, haben Sie den Mord in Sachsenhausen begangen?", fragte er.

„Sie sind schuld, Doktor. Sie tragen allein die Verantwortung für das, was gestern passiert ist. Ich hatte Sie gewarnt. Hatte ich es getan oder nicht? Antworten Sie mit ja oder nein? Habe ich es getan oder nicht? Ja oder nein", griff Johnny in einem autoritären weiblichen Ton an.

Dr. Camara ließ sich nicht beeindrucken und ging nicht auf diesen konfrontativen Kurs ein.

„Warum die beiden? Kannten Sie sie?", fragte er.

„Wir hätten das alles vermeiden können, Doktor. Es wäre vielleicht nicht passiert, wenn Sie mir zugehört hätten. Ich wollte nur, dass Sie mir zuhören, nur zuhören. Das schafften Sie nicht und nun sind zwei unschuldige Menschen tot. Sie tragen allein die Schuld daran", beklagte sich Johnny M. Walker.

„Okay, okay, ich habe schon verstanden. Ich trage die Schuld dafür, dass Sie, eine Frau, mit ihren eigenen Händen zwei Menschen umgebracht haben sollen und…"

Johnny unterbrach den Doktor abrupt.

„Wollen Sie mich verarschen, Doktor? Zwei Menschen umgebracht *haben sollen*? Sie zweifeln daran, dass ich es war? Dass ich es getan habe?", ärgerte er sich.

Dr. Camara blieb ganz cool und gelassen.

„Na ja. Jeder kann aufstehen, jemanden anrufen und Quatsch erzählen. Sie sind eine Frau, aber die Polizei spricht, zumindest für die vergangenen Morde, von einer männlichen Person. Warum sollte ich glauben, dass Sie es waren oder sind?", fragte er.

Johnny war richtig wütend und fragte sich, warum der Psychotherapeut ihm nicht glaubte. Er dachte nach.

„Was wollen Sie als Beweis haben, um mir zu glauben? Noch einen weiteren Mord?", fragte er.

„Es ist mir egal. Das ist ihre Entscheidung. Sie wollen, dass ich Ihnen helfe. Sie behaupten, Sie sind eine Mörderin, Sie hätten dies und das getan, aber die Polizei geht von einem Mann aus. Sie sind eine Frau und wollen, dass ich Ihnen glaube?", sagte Dr. Camara, um Johnny ein bisschen zu verunsichern.

„Die Polizei hat nicht unbedingt Unrecht, aber ich bin es", entgegnete Johnny.

„Wenn Sie es waren, versuchen Sie mir einiges über das Geschehen gestern zu erzählen. Geben Sie mir einige Details zu dem Doppelmord, Details die nur der oder die Täter/in wissen kann", schlug Dr. Camara vor. „Erzählen Sie nun, los. Fangen wir am Anfang an. Nach dem Telefonat mit mir gestern, wie ging es dann weiter? Los, sagen Sie, erzählen Sie, ich höre."

Diese Art imponierte Johnny und ohne viel nachzudenken fing er an.

„Gestern nach dem Telefonat mit Ihnen habe ich mich auf den Weg nach Frankfurt gemacht. Ich war sehr sauer, dass Sie aufgelegt haben. Es war ein Angriff gegen mich. In Frankfurt bin ich zur Uni wo Sie unterrichten gegangen und habe zufällig eine Gruppe von schwarzen Studenten gesehen und diese verfolgt. Wir sind alle mit der S-Bahn zum Hauptbahnhof gefahren und dort hat sich einer von der Gruppe getrennt und ist zu Fuß nach Sachsenhausen gegangen. Das irritierte mich ein bisschen, weil es kalt war und er, anstatt die S-Bahn zu nehmen, lieber zu Fuß ging. Ich folgte ihm, um zu sehen, wo er hin will. Er betrat ein Sushi-Restaurant auf der anderen Seite der Brücke und anscheinend wartete eine Frau auf ihn. Ich bin auch reingegangen und habe beide ausspioniert, um zu wissen, was ich machen würde. Später gingen die beiden raus und ich war hinter ihnen. Es war kurz vor 16 Uhr. Sie erreichten schnell ein Wohngebäude. Ich holte sie ein, als die Frau die Tür aufschloss. Ich gab mich als Handwerker aus. Das

Wohngebäude hätte ein Problem und wir wären angerufen worden. Ich müsse deswegen in alle Wohnungen, um die Heizung zu kontrollieren. Sie ließ mich rein, wir stiegen alle drei zusammen in den Aufzug und wollten mit ihrer Wohnung anfangen. Ja, so einfach ist es passiert", berichtete Johnny M. Walker.

„Ja, aber als Frau! Ich meine, es war einen Mann dabei und Sie haben keine Schusswaffe benutzt, was die Tat noch schwerer gemacht hat. Wie haben Sie es dann geschafft den beiden die Kehle durchzuschneiden, ohne dass sie sich wehrten? Da ist schon für Profimänner nicht einfach", staunte Dr. Camara.

„Es war einfach und die Tötung selbst hat nicht einmal 25 Sekunden gedauert. Die Frau war nicht sofort tot. Ich wollte, dass sie langsam stirbt und der Polizei davor etwas erzählt. Aber leider hat sie nicht lange genug überlebt", fügte Johnny an.

„Wenn ich recht verstehe, haben Sie zufällig die Opfer ausgesucht und die Frau musste sterben, weil sie bei dem schwarzen Mann war. Sie wollten nur den Schwarzen umbringen, um mich zu erpressen? So ist es?", fragte Dr. Camara.

„Ja, so ist es, aber ich bin kein Rassist. Ich töte nicht wegen Rassenhass oder so, aber es stimmt, ich töte immer nur schwarze Menschen und ich weiß selbst nicht warum", sagte Johnny.

Dr. Camara notierte sich alles genau und versuchte dabei, diese Details mit dem was er in den Zeitungen und im Internet gelesen hatte zu vergleichen. Nichts von diesen Details war dort erwähnt worden. Entweder kaschierte die Polizei diese Details noch oder sie wusste davon nichts, vorausgesetzt, dass was sie hier sagte war richtig. Ein kleines Detail fiel ihm auf. Sie hatte gesagt „ich bin kein Rassist" und nicht „ich bin keine Rassistin", wie es eine normale Frau hätte sagen sollen. Das notierte er auch und unterstrich diese Bemerkung doppelt.

„Können Sie mir erzählen, was in der Wohnung wirklich passiert ist? Nur so kann ich Ihnen wirklich glauben. Wie sieht die Wohnung von innen aus, wie sahen die Opfer aus? Wie groß, wie alt ungefähr, usw. Ich muss etwas Greifbares hören, verstehen Sie, sonst fällt es mir schwer, Ihnen zu glauben", versuchte Dr. Camara noch mehr aus ihm heraus zu holen.

Es gab eine lange Pause, eine bedrückende Stille in der Leitung. Dr. Camaras riskantes Spiel war gefährlich. Er wusste es auch. Er betete, dass die Frau in der Leitung nicht auflegte, um danach noch mehr Menschen zu töten, falls sie es wirklich gewesen war. Er war deswegen sehr erleichtert, als Johnny M. Walker wieder anfing zu reden.

„Wie lange arbeiten Sie normalerweise, Herr Dr. Camara?", fragte er.

„Ich dachte, dass Sie über mich sehr gut informiert wären. Auf der Homepage stehen meine Arbeitszeiten, und solange ich wirklich nichts Greifbares habe, kann ich Sie nicht ernst nehmen. Ich werde nicht glauben, dass Sie die Mörderin sind", antwortete der Arzt.

„Okay, wie Sie wollen. Verstehen Sie, Herr Doktor? Sie wollen mich provozieren, oder? Stimmen Sie zu. Sie wollen mich provozieren, aber ich werde Ihnen trotzdem drei Details geben, die Ihnen dabei helfen können mir zu glauben. Verifizieren Sie diese Details und ich werde Sie morgen Abend zwischen 20-21 Uhr anrufen, auch, wenn es Samstag ist. Sie müssen dann in Ihrer Praxis sein, oder wollen Sie mir Ihre private Nummer geben? Auf Handy rufe ich nicht an. Die Ermordete heißt Krause, Inge Krause, 28 Jahre alt, und ihr Ausweis ist verschwunden, weil ich ihn habe. Nicht vergessen, bis morgen Abend. Sie müssen erreichbar sein", sagte Johnny und legte zufrieden auf. Er hatte in der Psychologie gelernt, dass es immer vorteilhaft war, als Letzter Vorgaben zu machen oder das letzte Wort zu haben und auch derjenige zu sein, der als Erster auflegte. Der andere war dann am Zug.

Nun wollte er am Woog joggen gehen. Sport gehörte einfach zu seinem Leben. Es war ihm sehr wichtig, gesund und sportlich auszusehen. Er brauchte die körperliche Kraft, um der schwachen Psyche entgegen zu kommen. Er hasste Menschen, die sich körperlich gehenließen. Er nannte es eine Sünde, fett und ungepflegt zu sein. Gott hätte den Mensch nicht so geschaffen, sagte er.

Darmstadt, Roßdörfer Straße, Freitag, 08.01.2010, 9 Uhr 16

Er ging zum Netto-Supermarkt, früher Plus, und kaufte sich Obst, Nudeln, Studentenfutter und Putenbrustfilet. Er frühstückte gern warm, immer so gegen 10 Uhr, wenn er wie jetzt Urlaub hatte, und aß erst abends wieder, auch dann warm. Das war für ihn sehr wichtig für einen guten Metabolismus, besonders in der kalten Zeit.

Er wollte nun die Inselstraße links hinunter zu seiner Wohnung laufen, als er an der Ampel Ecke Roßdörfer Straße /Inselstraße einen Kollege traf, der bestimmt schon Ende 50, Anfang 60 war. Er arbeitete im Büro und sie kannten sich eigentlich nicht persönlich, auch wenn er ihn schon einmal zu einem Sommergrillen eingeladen hatte. Johnny versuchte so zu tun, als ob er gerade angerufen würde. Er zog sein Handy aus der Jeanstasche und klebte es an seinen Mund und sagte laut Hallo. Der Kollege aber dachte, das Hallo wäre an ihn gerichtet wäre.

„Hallo Herr Walker, wie geht es Ihnen? Genießen Sie ihren Urlaub?", fragte er.

Johnny war so irritiert, dass sein Handy auf den Boden fiel. Der Kollege hob es auf und gab es ihm wieder.

„Nervös, Kollege?", fragte er.

„Ha, hallo Herr Maisdörfer, wie geht es Ihnen?", versuchte Johnny mit einem nett grinsenden Gesicht zu antworten.

„Mir geht es gut, nur dieser Mord in Frankfurt, das finde ich gruselig. Sie haben sicher davon gehört. Welcher kranke Mensch kann so etwas tun? Ich bin mir sicher, dass es der gleiche ist, der in Darmstadt schon mehrere schwarze Studenten umgebracht hat. Ich hoffe nur, dass die Polizei ihn sehr bald stellt. Jetzt, wo er auch mit Weißen angefangen hat, ist damit nicht mehr zu spaßen, oder? Wie sehen Sie das?", fragte er.

„Ha, he, Mord, Mord gestern? Habe noch nichts gehört. Im Urlaub möchte ich lieber entspannen und lese kaum Zeitung und sehe nicht fern", sagte Johnny.

„Das müssen Sie unbedingt lesen", Herr Maisdörfer streckte ihm eine Zeitung hin. „Sie können sie behalten. Solche Verbrecher verdienen es, erhängt zu werden. Für die Gesellschaft ist die Todesstrafe für solche Psychopathen und Kranken die beste Sache, und sich vorzustellen, dass er vielleicht ganz normal unter uns lebt... Wenn ich Sie nicht kennen würde, könnte ich sagen, Sie sind es. Wenn Sie mich nicht kennen würden, könnten Sie das auch von mir denken. Es kann jeder auf der Straße sein. Das macht Angst."

Johnny nahm die Zeitung und bedankte sich. „Ich muss schnell nach Hause. Ich habe etwas im Backofen. Bis dann."

Unterwegs warf er die Zeitung einfach auf die Straße, ohne einmal hinein geschaut zu haben. Er schämte sich so sehr. Er hatte das Gefühl gehabt, als ob dieser Mann ihn direkt angesprochen hätte. „Er redete so, als ob er mich provozieren wollte, und er wünscht mir die Todesstrafe? ", beklagte er sich richtig sauer. „Aber ich möchte leben, einfach leben. Niemand wird mich stellen, niemand kann mich verhaften." Aber was wäre wenn dieser Mann ihn verdächtigte? Waren seine Anspielungen reine Zufälle? „Das gefällt mir nicht, nein, das gefällt mir gar nicht", sagte er sich.

„Du sollst ihn töten. Das ist das, was du am besten machest", sagte wieder der Rebell.

„Höre nicht auf ihn", sagte die helfende Stimme.

„Doch, tu das, du musst alle Leute töten, die dir Angst machen, oder die für dich eine Gefahr darstellen", sagte der Rebell.

Johnny redete mit sich und fing an nach Hause zu rennen, als ob er verfolgt würde. Zu Hause angekommen ließ er alle Rollläden herunter, so dass es in der Wohnung richtig dunkel wurde. Er hatte Angst, ja diese Angst, die ihn immer überkam, bevor er sich zu einem Mord entschloss. Solche Angst machte ihm die Angst, und wenn er nichts dagegen unternahm, würde er bald so davon überzeugt sein, dass er, wie ein abgerichteter Hund in Trance hinausgehen würde um diesen Mann zu töten.

„Ja töte ihn", sagte der Rebell wieder, *„Töte ihn. Du Nichtsnutz, er hat sich lustig über dich gemacht."* Er spürte langsam die Ader entlang beider Seiten seines Kopfes dicker werden. Es war, als ob seine Haare einzeln stehen würden.

„Ich kenne ihn, ich will das nicht. Und er wollte nur mit mir reden und ganz sicher weiß er nicht, dass ich es bin", redete er mit sich selbst.

„Aber warum hat er so mit dir gesprochen, du Feigling? Du hast nur Angst. Ich sage dir seit Jahren, du kannst nichts anderes tun als zu töten und jetzt hast du auf einmal Angst zu töten. Wenn du sogar das nicht mehr schaffst, dann brauchst du nicht mehr zu existieren. Du Hurensohn", sagte der Rebell.

Das Wort Hurensohn drang in seinen Kopf wie ein scharfes Messer in einer Wunde. Er ging mit gesenktem Haupt in der großen Wohnung hin und her, immer bis in sein Schlafzimmer dann wieder hinaus bis in die Küche und wieder zurück. Dann schrie er laut „Nein, nein, nein, Hilfe, Hilfe, hilf mir doch!"

„Ha ha ha, wer soll dir helfen, Johnny? Niemand liebt dich. Du bist nicht liebenswert. Dir helfen? Wo ist sie denn? Deine Helferin, hat sie dich fallen lassen? Oh, es tut mir leid, und sie ist nicht für dich da, wenn du sie brauchst. Siehst du, was ich dir sage? Wer ist immer für dich da? Ich. Wer hört alle deine Schreie und fühlt alle deine Schmerzen? Ich. Und du willst nicht auf mich hö-

ren? Sind alle Hurensöhne so wie du? Undankbar? Oh Johnny, oh Johnny, oh Mackebrandt."

„Warum, warum ? Warum nur, warum? Gib mir doch eine Antwort?", er setzte sich auf den Boden in der Ecke der Küche, rollte sich zusammen, umfasste sich so, als ob er jemanden umarmte und fing an, wie ein Baby fürchterlich zu weinen „Sag doch was, sag mir, was ich tun soll, wo bist du denn? Warum bist du so still? Siehst du nicht, wie ich leide? Warum lässt du mich jetzt allein?"

Leider reagierte die helfende Stimme, die Engel, nicht.

„Hey, hör auf mit dem Blödsinn. Siehst du? Wo ist sie denn? Sag mir, wo ist sie? Ja ja, sie die Gute und ich der Böse? Wer redet jetzt mit dir? Wer versteckt sich nicht, wenn du Kummer hast? Glaubst du, ich habe Mitleid mit dir, nur weil du weinst und Hilfe brauchst? Brauchen Hurensöhne Hilfe? Du bist nicht nur ein Hurensohn, du wirst auch bald selbst eine Hure sein. Siehst du, dieser Mann hat dich gerade gefickt. Ja, das ist Ficken. Er hat dich gefickt und ist weg. Du hast dich gar nicht gewehrt. Weißt du warum? Weil du eine Hure bist. Lass dich ficken, vielleicht tut es dir sogar noch gut. Ja, es tut dir gut. Das mögen Hurensöhne gerne", insistierte der Rebell.

„Nein, das bin ich nicht, nein, ich bin keine Hure, ich sage dir, ich bin keine Hure, ich bin kein Hurensohn. Ich brauche nur Hilfe, wer hilft mir denn? Ich brauche nur Hilfe. Warum, warum nur mir? Warum?", beschwerte er sich und weinte weiter, aber er hatte keine Kraft mehr, um weiter fürchterlich zu weinen. Er war einfach müde. Er legte sich auf den Boden in der Küche und schlief sehr tief ein.

Er träumte wie er diesen Kollege umbrachte, sich mit seinem Blut den ganzen Körper einschmierte, ihm den Penis abschnitt und auf einen Stock steckte und damit um den Central Business District Richtung Eleanor Tinsley Park in Houston herum lief. Der Rebell sagte *„Ich gratuliere, Johnny. Siehst du, du hast das getan, was ein Mann tun sollte und musste. Du hast mich besiegt und ich gehe nun weg, weit weg von dir und lasse dich frei. Bye bye, Johnny Walker."* Im gleichen Moment fühlte er sich endlich so frei und so glücklich wie noch nie seit seinem 12. Lebensjahr, als alles angefangen hatte. So sein Traum.

Als er wieder aufwachte war es fast 14 Uhr. Er zog schnell seine Sportkleidung an. Joggen musste er auf jeden Fall, egal was passierte und egal wie spät es war.

Er startete ungewöhnlicherweise sofort mit voller Kraft los, und lief auch nicht wie gewohnt zum Woog, sondern geradeaus über den Breslauer Platz in den Wald hinter der Technischen Universität an der Lichtwiese. Er drehte eine volle Runde und kam zurück zum Vivarium, erst dann lief er zum Woog und joggte noch ca. 20 Minuten um den Badesee. Nach einer Stunde war er fertig und machte seine Dehn- und Muskelaufbauübungen auf dem Gelände der TSG 46. Es war 15 Uhr 30 als er langsam verschwitzt nach Hause zurückging.

An der Kreuzung Heinrich-Fuhr-Straße – Heidenreichstraße traf er Lina und strahlte zum ersten Mal seit Tagen.

„Hallo Lina, lange nicht gesehen. Wie geht es dir?"

„Hi Johnny, was für eine Überraschung. Du hast dich nicht mehr gemeldet. Ich dachte, du brauchst deine Ruhe."

Sie war der einzige Mensch, der schon in seiner Wohnung war. Er mochte sie, aber schaffte es nicht, ihr seine Liebe zu gestehen.

Sie hatten sich beim Jogging kennengelernt und waren sehr bald gute Freunde geworden. Sie war Verkäuferin in einem Modehaus in Darmstadt, 28 Jahre alt, verheiratet und Mutter von zwei Söhnen. Sie wohnte in einem Haus nur ein paar Straßen weiter, gar nicht so weit von Johnny, im Dachsbergweg. Ihr Mann war Sparkassen-Direktor und arbeitete in Frankfurt am Main.

Lina mochte ihn auch sehr, aber sie traute sich nicht den letzten Schritt zu tun und mit ihm ins Bett zu gehen. Nicht weil sie zu ihrer Ehe stand, nicht weil sie ihren Mann liebte, sondern aus moralischen Gründen und schlechtem Gewissen. Sie hatte auch Angst sich zu verlieben.

Sie war aber insgeheim total fasziniert von ihm, von diesem großen Mann, mit dem super Körper, einem harten, traurigen Western-Blick, aber einer sehr charmanten Ausstrahlung und einem sanftem Lächeln. Er war für sie ein echter Mann, ein echter Kerl, der eine wahnsinnige Männlichkeit besaß. Echte Männer waren für sie Männer, bei denen eine Frau nicht sicher sein konnte, ob er sie liebte oder nicht. Das waren Männer, die undurchschaubar waren, einen wilden Sexappeal hatten, die aber keine Frau allein besitzen konnte. Sie hatte das Gefühl, dass sie in einem Mann wie Johnny jeden Tag etwas Neues und Überraschendes finden würde. Diese Mischung machte Lina verrückt und jedes Mal, wenn sie sich sahen und er ihr direkt in die Augen schaute, hatte sie immer den Eindruck, dass sie nackt vor ihm stand. Sein Blick allein entkleidete sie, und sie fühlte sich zittrig und redete blödsinnige Sachen, die sie dann später bereute.

„Jedes Mal, wenn du ihn siehst, verhältst du dich wie ein kleines Mädchen", schimpfte sie danach immer mit sich selbst.

Sie hatte ihn seit fast 5 Monaten nicht mehr gesehen. Einen Monat nachdem die Tötung der schwarzen Studenten begonnen hatte. Sie hatten sich darüber unterhalten und sie hatte gemerkt, dass ihm das Thema unangenehm war. Seitdem war er ihr aus dem Weg gegangen. Sie hatte sich gefragt warum er bei diesem Thema so komisch war. Hatte sogar schon den Gedanken gehabt, dass er vielleicht der Mörder wäre. Diesen Gedanken sah sie als absurd an, aber es war der Knackgedanke, der Knackpunkt, an dem sie sich entschieden hatte, ihren Mann mit ihm zu betrügen. Dieser Gedanke entfaltete in ihr starke sexuelle Fantasien und ein brennendes Verlangen. Sie fand die Gedanken absurd aber behielt sie, weil die Idee, dass so ein brutaler Mörder sie penetrierte und sie mit seinem harten Schwanz heftig bumste sie so sehr erregte, dass sie seitdem beim Sex mit ihrem Mann fast immer zum Orgasmus kam. Früher war es nicht so gewesen. Der Sex mit ihrem Mann war an sich so la la. Sie war bis dahin niemals vaginal gekommen.

Der Orgasmus galt aber nicht ihm, sondern Johnny, auch wenn ihr Mann sich damit rühmte auf einmal ein echter Lover geworden zu sein. Beim Sex stellte sie sich alles anders vor. Sie stellte sich vor, Johnny wäre ihr Mann. Diesen wabbeligen, unmännlichen Körper ersetzte sie in ihrem Kopf mit dem robusten und athletischen Körper von Johnny. Sie stellte sich vor, wie sie die Knöpfe seiner engen Jeanshose aufmachte, wie sie daraus einen vollen und harten, beschnittenen Penis holte und die kugelförmige bombierte Eichel, die aussah wie zwei Pobacken eines schönen Hintern, zwischen ihre Lippen nahm; sie stellte sich vor, wie er ihren Kopf fest hielt und es eine Zeit lang tief ein- und ausatmend genoss; sie stellte sich vor, wie er sie dann ohne Rücksicht auf das Bett warf, ihr direkt in die Augen schaute und zu ihr ins Bett stieg; sie stellte sich vor, wie er langsam sie auszog, ihre Brüste mit seiner großen kräftigen Hand eine nach der anderen festhielt, massierte, und die Nippel mit Zeigefinger und Daumen, wie eine leicht scharfe Zange, nahm und immer wegzog; sie stellte sich vor, wie er dann mit der anderen Hand ihre Vagina berührte und sie ohne Vorwarnung fingerte. Sie stellte sich vor, wie sie, ohne eine Chance, versuchte sich zu befreien oder sich zu erheben, um ihn zu küssen und er sie dann wieder brutal zurück schubste; sie stellte sich vor, wie er sie dann trug, mit ihr aus dem Bett stieg, mit beiden Füssen auf dem Boden stehend sie bis zu seiner Hüfte hochhob; sie stellte sich vor, wie er ihre Beine spreizte und sein Hammerstück in sie steckte und sie mit heftigen Stößen vögelte; sie stellte sich vor, wie sie ihre Beine um seine Hüfte schlang und sich mit ihren Händen um seinen Hals festhielt; sie träumte davon, wie diese muskulösen Arme sie dann nach oben, nach unten, nach links, nach rechts bewegten, während sie versuchte ihr Becken zu kreisen und mit ihren Vaginalmuskeln seinen Penis zu drücken und zu massieren; sie stellte sich vor, wie er ihr in die Augen schaute, der Mann der ein Mörder war und sie vielleicht danach auch umbringen würde. Diese Vorstellungen lösten beim Sex mit ihrem Mann in ihr einen gigantischen Orgasmus aus. Deswegen konnte sie Johnny die ganze Zeit nicht mehr aus ihrem Kopf kriegen. Es war ihr klar, dass sie diesen Mann haben wollte. Ihre Biologie hatte entschieden und gegen die Biologie konnte man nichts machen. „Ja, ich will es", sagte sie sich und war sich sehr sicher.

Aber dann war er einfach verschwunden gewesen und es war ihr nichts anderes übriggeblieben, als mit den Fantasien zu leben.

Die Uhrzeiten seines Joggens hatten sich auch geändert. Sie joggte gern jeden Morgen bevor sie zur Arbeit ging. Sie hatten sich früher fast dreimal die Woche gesehen.

Früher hatten sie auch sehr über Mails kommuniziert. Telefonieren war tabu, nur SMS erlaubt, die sie sofort nach dem Lesen wieder löschte. Nachdem er ein paar Mal nicht auf ihre Mails geantwortet hatte, hatte sie auch irgendwann aufgehört ihm zu schreiben. Sie hatte daran gedacht, einfach bei ihm zu klingeln oder irgendetwas in den Briefkasten zu werfen, aber ihr Stolz und die Tatsache, dass sie mit einem angesehenen Mann verheiratet war, hatten diese Möglichkeiten blockiert und sie hatte nur gehofft, dass er nicht umgezogen war und dass sie ihn irgendwann einmal zufällig auf der Straße treffen würde.

Dieser Tag war gekommen. Heute stand er vor ihr, obwohl sie nicht an ihn gedacht hatte. Nun auf einmal wusste sie nicht mehr, was sie reden sollte. Man merkte auch, dass er im gleichen Dilemma war wie sie. Er war schon total rot, auch wenn er versuchte weiter souverän zu bleiben.

„Wo gehst du hin?", fragte er.

„Ich wollte meinen Sohn vom Schwimmbad holen", antwortete sie. „Du joggst jetzt so spät?"

„Nicht immer, aber ich hatte erst jetzt Zeit. Da ich Urlaub habe, ist es kein Problem auch nachmittags zu laufen", antwortete Johnny.

Man konnte die Spannung spüren. Es gab zu viel zu sagen, aber doch wenig zu reden. Sie lachten beide komisch und dann rief ein Kind: „Hallo Mama, warte auf dich die ganze Zeit."

„Hups, mein Sohn! Ich muss weg, ich hoffe wir sehen uns bald und nicht erst 5 Monate später", sagte Lina, die sich verabschiedete, aber auf der Stelle stehen blieb.

Johnny lächelte glücklich wie ein Kind und sagte: „Na klar, würde mich auch freuen dich öfter zu sehen, aber ich glaube immer, wegen deines Mannes…"

Sie unterbrach ihn und ließ ihn nicht zu Ende reden. „Wenn du willst kann ich dich gern besuchen. Mein Mann muss doch nicht wissen, dass ich bei dir war, oder willst du ihn anrufen und ihm sagen, dass du gerade mit mir schläfst?", scherzte sie gezielt provokativ und vielsagend oder einladend.

„Na ja, ich glaube nicht, dass dein Mann auf Dreier mit einem anderen Mann steht. Es würde sich nicht lohnen, ihn anzurufen", entgegnete er.

Auf einmal war der Knoten geplatzt und die beiden fühlten sich frei und wussten genau, dass beim nächsten Treffen etwas passieren würde.

„Gute Idee, ein Dreier. Das würde mich sehr anmachen", so Lina lachend. „Ich muss nun weg und bis bald dann."

Sie machte einige Schritte als Johnny sie rief.

„Lina, ich hätte heute Abend Zeit. Ich möchte, dass du zu mir kommst. Es wird nicht lange dauern, aber würde mich sehr freuen", sagte Johnny.

„Aber du weißt, dass ich zu der Zeit einen Mann zu Hause habe. Er ist immer ab 18 Uhr 30 da", erwiderte sie.

„Ja, ich weiß es wohl, aber ich würde mich freuen, wenn du kurz vorbeischaust. Ich fahre kurz weg, aber gegen 20 Uhr 30 bin ich zu Hause und würde mich freuen, auch wenn es nur 5 Minuten sind, ich würde mich freuen dich zu küssen, zu streicheln, in 5 Minuten kann sehr viel passieren, sogar ein heftiger Orgasmus. Willst du wirklich darauf verzichten? In der Gefahr liegt große Lust. Trau dich nur und tue etwas Ungewöhnliches, damit du dich spürst. Sonst ist das Leben so langweilig, oder? Bis später, Lina."

Dann ließ er Lina stehen, und bald bog er links in die Gundolfstraße ein und war nicht mehr zu sehen.

„*Gut gemacht, Johnny, gut gemacht, du brauchst eine Frau und sie ist gut zu dir*", sagte die helfende Stimme in ihm.

„*Blödsinn, was ist gut daran? Sobald die Frau vor ihm steht, wird er ihn nicht mehr hochkriegen. Ich kenne ihn doch. Er ist ein Versager, er kann nichts anderes außer zu töten oder sich von Männern ficken zu lassen*", sagte der Rebell.

„*Höre nicht auf ihn, Johnny, er will dich nur entmutigen. Du wirst es schon schaffen. Sag es, dass du es schaffst, ja, sag 'ich schaffe es'*", sagte diese gute Stimme, die Engel.

„Ich schaffe es", sagte sich Johnny leise, wie ein kleines Kind.

„*Nein Johnny, du musst es lauter und kraftvoll und überzeugend sagen*", forderte die Engel.

„*Glaubst du er kann es kraftvoll sagen? Du kannst es nicht, weil du selbst weißt, dass du es nicht schaffen kannst. Du Bastard, ein Schlappschwanz wie du. Warum war Melissa weg? Warum? Warum ist sie mit den beiden losgezogen? Sie waren Männer, und du? Versager!*", sagte der Rebell.

Bei dem Name Melissa wurde er wütend, schüttelte den Kopf wie ein kleines Kind hin und her und sagte immer wieder: „Nein, nein, nein", und rannte so schnell er konnte nach Hause.

Melissa, seine einzige „weibliche" Freundin, mit der er sehr lange zusammen gewesen war. Danach hatte er keine feste Beziehung mehr gehabt, aber immer öfter Schwulensex, ohne einen Freund zu haben. Dafür ließ er über das Internet Treffen an verschiedenen Orten organisieren, am besten *outdoor*, auch im Schnee. Dort traf er sich maskiert mit zwei bis drei Männern und alle vergnügten sich gleichzeitig. Danach ging er wieder heim und vergaß alles. In Schwulenkneipen ging er nie, und er betrachtete sich auch nicht als Homosexuellen. Er sagte sich immer, dass er kein Schwuler sei. Er wollte nur etwas Anderes, etwas Unübliches, das ihn so richtig erregen konnte. Nur so kam er zum Orgasmus, oder überhaupt zu einem steifen Penis.

Melissa hatte er kennengelernt, als er noch sehr jung war. Das war damals in Houston bei einer Bowl Party in den Ferien. Damals hieß sie noch Merlan und war noch ein Er. Er war sehr hübsch und der beste Spieler seiner Mannschaft. Sie hatten sich angefreundet und waren ein paar Mal etwas trinken gegangen. Merlan war Amerikaner, sein Vater war Amerikaner türkischer Abstammung und Soldat, er lebte in Deutschland, und seine Mutter war Amerikanerin, ursprünglich aus Russland, sie lebte in Houston. Er wohnte bei seinem Vater in Deutschland und war nach dem Abi nach Amerika gezogen um zu studieren.

Er war auch nur zu Besuch bei seiner Mutter in Houston, sonst lebte er damals in Beaumont, wo er an der

Lamar University studierte. Nach den Ferien hatten sie sich aus den Augen verloren.

Ein paar Jahre später hatten sie sich wieder zufällig am Flughafen New York getroffen. Beide wollten nach Deutschland. Johnny erkannte ihn nicht, als eine dunkle weibliche Stimme ihn in der Wartehalle ansprach und fragte, ob er Johnny M. Walker wäre.

„Ja, wer sind Sie bitte? Kennen wir uns, wer sind Sie?", fragte er dann auch.

„Du kennst mich nicht mehr? Ich bin es", sagte die Dame.

Johnny zog die Stirne kraus, überlegte und kam leider nicht darauf. Sie merkte es. „Nicht erschrecken. Ich bin es, Melissa, sagen wir Merlan. Ich heiße nun Melissa."

Johnny hätte ihn nie erkannt, hätte sie nicht gesagt, wer sie früher gewesen war. Er hätte ihn garantiert nicht mehr erkannt. Es war eine echte Umwandlung. Nichts war dem Zufall überlassen worden. Sie war eine sehr schöne Frau geworden, mit Busen, weiblichem Hintern, weiblichen Gesten und weiblicher Gangart.

Johnny war erschrocken und gleichzeitig fasziniert, wie radikal sich ein Mensch verändern konnte. Er hatte sich auch nicht getraut, Fragen dazu zu stellen und brauchte einige Zeit, um sie nicht mehr Merlan zu nennen.

Im Flugzeug hatten sie Plätze getauscht, so dass sie nebeneinander sitzen konnten und redeten viel während dem Flug.

Es fiel Johnny viel schwerer als Melissa über ihre Erlebnisse und Abenteuer von damals zu reden, als sie beide noch Jungs gewesen waren. Melissa schien sehr glücklich und im Reinen mit sich selbst zu sein. Sie genoss die vielen Blicke der Männer, die wiederum Johnny stolz machten. Er war mit dem Mann bzw. mit der Frau, die alle Männer haben wollten, zusammen.

Johnny war damals auf dem Weg zu seiner Mama nach Heidelberg und Melissa zu ihrem Vater nach Ramstein. Sie wollte ihrem Vater ihr neues Wesen offenbaren und wusste nicht, wie er das annehmen würde. Sie sagte, sie hatte schon ein bisschen mit ihm darüber geredet und ihm auch ein paar Fotos geschickt. Er war sehr traurig gewesen, hatte aber keine negativen Kommentare gemacht. Er hatte es abgelehnt, die Bilder anzuschauen und wollte seine neu entstandene Tochter lieber live sehen.

In Deutschland angekommen, telefonierten sie öfter. Als sie beide zurück nach Amerika flogen, besuchten sie sich gegenseitig, am Ende verliebten sie sich und aus der Verliebtheit wurde Liebe. So ein starkes Gefühl für einen Menschen hatte er noch nie vorher gehabt. Es war zwar nicht die gleiche Intensität, aber er spürte nach langer Zeit wieder etwas im Gefühlsbereich für einen Menschen, für Lina.

Lina war nun richtig durcheinander. Auf der einen Seite war sie irritiert, dass er so etwas anbot, wissend, dass es nicht machbar war, wenn ihr Mann da war. Aber genau das machte sie so an, und sie spürte, dass ihre Unterhose nass geworden war.

Sie war mit ihren Kindern wieder zu Hause und versuchte ihre Gedanken zu ordnen. Was hatte sie sich vorgestellt? fragte sie sich. Sie würde definitiv nicht hingehen. Sie konnte es nicht. Welche Entschuldigung sollte sie finden, um sich, um ihre kurze Abwesenheit zu erklären? „Nein, es geht nicht", versuchte sie sich selbst zu überzeugen, aber sofort merkte sie, wie ihr Körper das Gegenteil sagte und Johnny ging nicht weg aus ihrem Kopf.

Johnny, der sehr selten mit Auto unterwegs war, fuhr gerade nach Frankfurt hinein. Er befand sich auf der Theodor-Heuss Allee. *„Nach 200 Metern rechts abbiegen auf Kettenhofweg"*, sagte die Stimme seines Navis. Er folgte blind dem beschriebenen Weg auf dem Navi und nach 10 Minuten parkte er 80 Meter entfernt von der Praxis von Dr. Camara in der Arndtstraße. Wenn seine Auskünfte richtig waren, würde Dr. Camara seine Praxis gegen halb sechs verlassen, damit er rechtzeitig um 18 Uhr zu Hause war. So war es normalerweise jeden Tag.

Es war schon dunkel und er wartete in seinem Auto.

Frankfurt am Main, Bockenheim, Arndtstraße, Praxisgemeinschaft Dr. Camara, Freitag, 08.01.10, 17 Uhr 01

Dr. Camara verabschiedete sich von seinem letzten Patienten und rief eine Assistentin hinein. Sie berichtete ihm über ihre Recherche und gab ihm Informationen über den gestrigen Mord aus Polizeikreisen. Seine Praxis unterhielt beruflich mit einigen Beamten der Polizei und des Ministeriums des Inneren in Hessen ganz gute Kontakte.

Über einen Kontakt hatte die Assistentin erfahren, dass die getötete Frau tatsächlich Frau Krause hieß und 28 Jahre alt war. Ihr Ausweis war weg, wie die Anruferin mitgeteilt hatte.

Er musste eigentlich seine Informationen der Polizei mitteilen. Dazu war der Täter nicht ein Mann, wie die Polizei glaubte, sondern eine Frau. Er konnte doch nicht so wichtige Erkenntnisse für sich behalten und zulassen, dass die Polizei nach einem falschen Täter suchte und somit weitere Taten geschehen ließ, dachte er. Dann erinnerte er sich an die Warnung der Frau. Sollte die Polizei informiert werden, würde sie ein noch viel größeres

Massaker verüben. Wie das Verbrechen gestern gezeigt hatte, meinte sie das auch ernst.

Er schaute auf die Uhr und es war schon 17 Uhr 30. Er musste sofort nach Hause fahren. Er hatte seiner Frau versprochen, von Freitag bis Sonntag der Chefkoch zu sein und er wollte ihr heute ein Risotto nach kamerunischer Art machen. Sie mochte es so sehr mit einem Baguette dazu.

Das Licht in der Tiefgarage war defekt, so dass er seinen Audi 8 nur durch Fernbedienung am Schlüssel aufrufen konnte. Er machte über die Fernbedienung das Auto schon an bevor er es erreichte. Die Fahrertür öffnete sich von allein, sobald er in der Nähe des Autos war und begrüßte ihn mit seinem Lieblingsnamen Adou: „Komm gut nach Hause, Adou", als er sich setzte und sich anschnallte.

Johnny erkannte Dr. Camara sofort als der vorbeifuhr und folgte ihm. Der Verkehr war sehr dicht und sie fuhren sehr langsam. Er ließ immer zwei Autos zwischen dem Arzt und sich, damit dieser nicht den Eindruck bekam, dass er verfolgt wurde.

Sie fuhren über die Stresemannallee, dann irgendwann links in die Passavant Straße und dann kam Dr. Camara vom normalen Weg nach Hause ab und fuhr auf die Schweizer Straße. Nach 100 Metern stoppt er vor dem REWE Markt und stieg aus. Johnny stieg auch aus und spionierte ihm nach. Als er merkte, dass er nur einkaufen ging, kam er zurück und wartete in seinem Auto.

20 Minuten später kam Dr. Camara wieder heraus, mit einer vollen Tüte und etwas in der Hand, das aussah wie eine Flasche Rotwein. Kurz bevor er seinen Audi 8 erreichte, ging die Hintertür rechts alleine auf. Er stelle seine Einkäufe auf den Sitz hinten und die Tür ging wieder automatisch zu und diesmal öffnete sich die Fahrertür wieder allein, als ob sie ahnte, dass er kam. Johnny bewunderte diese technische Errungenschaft und hatte auch Lust, in so einem Auto zu fahren.

Dr. Camara bog wieder auf die Passavant Straße, dann irgendwann links auf die Franz-Lenbach-Straße. Das war ein schickes Viertel mit sehr schönen Häusern. Hier lebt nur, wer es konnte und nicht wer wollte. Nach 500 Metern blinkte er und bog nach rechts auf ein großes Grundstück ein. Ein großes Tor öffnete sich, durch das er mit seinem Boliden hindurch fuhr.

Johnny parkte sein Auto 100 Meter entfernt vom Haus des Arztes. Er stieg aus und ging zum Haus. Er näherte sich dem Gartenzaun. Das Haus war eine zweistöckige alte Villa. Von der Straße konnte man das Wohnzimmer und die Küche erkennen und die Menschen darin gut sehen, wie jetzt, da die Vorhänge nicht zugezogen waren. Er konnte beobachten, dass Dr. Camara allein zu Hause war. Er sah wie er die Treppe nahm und bald sah er Licht in einem Raum des zweiten Stocks scheinen.

Johnny blieb nicht stehen, damit er die Aufmerksamkeit von Passanten oder Nachbarn nicht auf sich zog, sondern er tat so, als ob er spazieren ging. Er kehrte um und ging wieder zurück in die Richtung, wo sein Auto stand, und als er vor dem Haus entlang ging sah er den Doktor in der Küche. Das reichte ihm. Er wollte nur wissen, wo er wohnte, damit er ihn noch mehr unter Druck setzen konnte.

Es war schon fast 19 Uhr als er auf dem Rückweg nach Darmstadt das Frankfurter Kreuz erreichte. Er musste schnell fahren, um 19 Uhr 30 in Darmstadt zu sein. Ein Gefühl sagte ihm, dass Lina kommen würde. Aber dann bekam er Angst. Er hatte noch nie ein Verhältnis mit einer echten Frau gehabt. Melissa war keine richtige Frau gewesen. Sie hatte sich zu einer Frau gemacht, aber den Penis behalten. Diese große Operation hatte sie später machen wollen.

Er hatte nur im Porno, oder wenn sein Vater mit seiner Mutter Sex hatte, oder als Melissa einmal eine andere Frau zu einem Dreier angeschleppt hatte, gesehen, wie eine echte Frau aussah. Er hatte dabei zwar die Frau auch berührt, aber es war nichts gewesen, weil die Frau und Melissa mit sich selbst viel zu beschäftigt gewesen waren.

Das erste Mal mit Melissa war für ihn nicht einfach gewesen. Ihr erster Kuss, die Streicheleien und die Geschlechtsteile. Es hatte 8 Monate gedauert, bis sie beide so weit waren. Im Hinterkopf sah er in Melissa immer

Merlan, den Mann. Aber mit einem Mann wollte er keinen Sex oder sexuelle Nähe haben. „Ich stehe einfach nicht auf Männer", hatte er ihr gesagt. In diesem Moment war Melissa sehr traurig gewesen, konnte ihn aber verstehen. Er braucht Zeit, dachte sie und gab ihm diese Zeit. Sie wohnten nicht zusammen und lebten auch nicht in der gleichen Stadt. Johnny lebte weiter in Houston und Melissa weiter in Beaumont. So hatten die beiden immer die Möglichkeit sich zurückzuziehen und Abstand zu nehmen.

Johnny erinnerte sich, wie sie sich das erste Mal geküsst hatten und wie es doch dazu gekommen war. Es war nach einem Streit wegen Melissas Flirt mit einer anderen Frau passiert. An dem Tag hatten sie abgemacht, dass Johnny sie besuchen käme. Aber sie hatte ihm gesagt, dass sie erst später abends da sein würde und er nicht früh kommen sollte, nicht vor 8 Uhr. Johnny kam zwar früher in Beaumont an, aber da Melissa ihm gesagt hatte, dass sie nicht vor 8 da sei, war er in eine Kneipe in der Nähe gegangen, um die Zeit zu überbrücken.

Gegen 19 Uhr 30 hatte er dann Melissa mit einer Frau aus einem anderen Café kommen sehen, Hand in Hand, wie Verliebte. Sie waren an der Kneipe, wo er saß vorbeigelaufen, ohne ihn zu sehen und ein paar Meter weiter stehengeblieben. Es war ein schöner Sommertag gewesen. Johnny hatte sich aus dem Fenster gelehnt und sehen können, wie die beiden sich leidenschaftlich geküsst hatten. Nur mit viel Mühe hatte er sich zusammengenommen und war sitzen geblieben und hatte wütend gewartet. Er hatte zum ersten Mal in seinem Leben gespürt, dass er eifersüchtig war.

Um Punkt 20 Uhr hatte er sein Bier gezahlt und sich auf den Weg zu Melissa gemacht. Er hatte nicht lange klingeln bzw. lange warten müssen, da Melissa sehr schnell die Tür aufgemacht hatte.

Sie hatte noch versucht zu leugnen, dass sie mit einer Frau geknutscht hatte, aber vor so massiven und detaillierten Beweisen hatte sie es doch irgendwann zugegeben, aber sofort gekontert.

„Was soll ich denn tun? Wenn du mich nicht küssen möchtest? Wir sind seit acht Monaten zusammen und wir haben uns nie geküsst. Du behandelst mich weiter wie einen Mann. Weißt du, wie verletzend das ist? Ich bin kein Mann, ich bin eine Frau. Mel kenne ich seit Jahren und sie ist lesbisch und steht auf mich. Heute wollte sie mich küssen und ich sah nichts was dagegensprach, zum ersten Mal als Frau eine Frau zu küssen. Aber mehr war nicht", sagte sie.

Johnny war noch wütender geworden als er das hörte und wollte wieder sofort weg. Melissa hatte es aber geschafft, schnell die Tür zuzumachen und die Schlüssel in ihre Jeanstasche zu stecken. Da sie auf seine Aufforderung, die Tür aufzumachen, nicht reagiert hatte, hatte er versucht, selbst die Schlüssel gewaltsam herauszunehmen.

Melissa hatte das Gleichgewicht verloren und war auf das Bett gefallen. Da sie Johnnys Hemd gehalten hatte, war auch Johnny mitgefallen, aber voll mit dem Gesicht auf ihrem Gesicht gelandet. Ohne zu zögern und ohne zu überlegen hatte sie ihre Zunge rausgestreckt und ihm die Lippen geleckt. Sie hatte eine böse und heftige Reaktion von ihm erwartet, aber war positiv überrascht, dass Johnny ihren Kuss entgegnet und sie zurückküsst hatte.

Johnny war schon fast am Darmstädter Kreuz und bald nahm er die Abfahrt Darmstadt Stadt-Mitte.

Diese Revue passieren mit Melissa gefiel ihm ein bisschen. Das erste Küssen damals hatte er sehr schön gefunden. Es war sein erster Kuss überhaupt gewesen und zu seiner großen Überraschung war Melissa sehr sanft, sehr weich gewesen, genau wie eine richtige Frau, hatte er sich gedacht. Dieser Kuss hatte ihn ermuntert noch mehr zu wollen und das Bild von Merlan war nicht mehr so hartnäckig bzw. nicht mehr so blockierend gewesen.

Er hatte sich nur gefragt, wie es weitergehen würde beim Sex. Sie hatten schon darüber geredet gehabt und Melissa hatte ihm ganz klar gesagt, dass sie mit ihrem Penis nichts tun konnte. Er sollte keine Sorge haben, sie wäre doch für alles offen und anal würde ihr auch gut gefallen.

Johnny hatte trotzdem Angst vor ihrem erigierten Glied gehabt, aber Melissa hatte versichert, dass der Penis schon seit längerer Zeit kein Lustzentrum mehr für sie war.

Irgendwann war es dann doch zu mehr als nur küssen gekommen, und Johnny hatte für zum ersten Mal in seinem Leben nicht durch Masturbieren beim Porno schauen oder beim Zusehen, wie sein Vater Sex hatte, einen Orgasmus gehabt. Er hatte ihren Busen gestreichelt und ihn echt gefunden, wie den einer richtigen Frau. Wie hatten sie sie nur gemacht? hatte er sich gefragt. Aus Silicon? Er hatte sich aber nicht getraut sie zu fragen.

Am Anfang ihrer Sexualität hatte ihm die Vagina doch sehr gefehlt, so wie es im Porno war, oder bei seiner Mutter, oder den Frauen seines Vaters. Aber mit der Zeit hatte er sich daran gewöhnt, Melissa anal zu befriedigen und dabei seinen Höhepunkt zu erreichen. Melissa hatte es zugelassen, dass er ihren Penis anfasste, was Johnny irgendwann auch ganz gut gefallen hatte. Melissa hatte ihn auch wunderbar oral verwöhnt und langsam war alles zu einer Gewohnheit geworden, und eine gute Beziehung hatte sich so jahrelang gefestigt, bis zu diesem tragischen Abend.

Er erwachte aus seinen Träumereien als viele Autos hinter ihm hupten. Die Ampel an der Kreuzung am Rossdörfer Platz war grün geworden, ohne dass er es gemerkt hatte. Er versuchte schneller loszufahren, war leider sehr hektisch und der Motor ging aus. Die Zeit war zu kurz, um das Auto wieder anzubekommen und es war schon wieder rot und alle mussten noch weiter warten.

Er dachte wieder an Lina. Es war 19 Uhr 37, vielleicht war sie schon da gewesen und war wieder weg. Die Vermutung, dass sie schon wieder weg war, gefiel ihm. Auf einmal wollte er Lina nicht mehr sehen. Er war sich unsicher. Er hatte Angst davor, wie vor dieser Frau Mel, als sie einen Dreier hatten.

Er verpasste das nächste Grün nicht und fuhr bis vor seine Haustür in die Gundolfstraße, wo ein Parkplatz frei war, ein Glück zu dieser Abendzeit.

Darmstadt Ost, Gundolfstraße, bei Johnny zu Hause, Freitag, 08.01.10, 19 Uhr 47

Als er die Schlüssel in die Eingangstür des Hauses stecken wollte, hörte er eine Frauenstimme nach ihm rufen. Er drehte sich um und sah Lina kommen. Obwohl es Winter und kalt war, lief ihm der Schweiß aus seinen Achseln. Er fragte sich, was er nun tun würde. Es schien, als ob Lina schon da gewesen war und, wie es aussah, auf ihn gewartet hatte.

„Hallo Lina, bist du doch da", tat er so, als ob er sie nicht mehr erwartet hätte. „Ich habe nicht mehr mit dir gerechnet, deswegen bin ich spät nach Hause gekommen."

„Das ist nicht schlimm. Es war nicht so einfach mich zu befreien. Er denkt jetzt, dass ich Kaffee hole. Wir haben nicht viel Zeit, aber ich freue mich, dich zu sehen", sagte sie und erklärte ihm, wie sie es geschafft hatte Zeit zu haben.

Sie hatte den Kaffee ihres Mannes aus Versehen (angeblich) ins Wasser fallen lassen und musste deswegen noch zu Netto gehen, um neuen zu kaufen. Sie wusste, dass ihr Mann auf alles verzichten konnte, aber auf einen morgendlichen Kaffee sofort nach dem Aufstehen?

Nein, darauf konnte er nicht verzichten und deswegen war er froh, als Lina sich anbot den Kaffee zu besorgen.

„Komm doch rein", Johnny ließ Lina hinein und sie gingen die Treppe hoch. Er wohnte im ersten Stock des Hauses. Die Wohnung war wie immer perfekt in Ordnung. Johnny legte viel Wert auf eine schöne und saubere Wohnung.

„Deine Wohnung ist ordentlicher als meine, wow, für einen alleinstehenden Mann, da muss man gratulieren", machte sie ihm ein Kompliment.

„Danke, ich fühle mich in Unordnung nicht wohl. Es ist gut so, wenn alles seinen Platz hat. Was willst du trinken?", fragte er.

„Was hast du denn?", fragte sie lächelnd zurück.

„Ich habe Bier, Wein, Saft oder ich mache uns einen Cocktail aus Gin Tonic, Whisky, Rohrzucker und Limette", antwortete er ernst.

„Ha, alles zu kompliziert. Um alles einfacher zu machen, trinke ich einfach dich. Ich will dich trinken", sagte sie und schlich sich an ihn heran.

Johnny wusste nicht genau, wie er reagiert sollte, als Lina anfing sein Gesicht zu streicheln. Alle Stimmen in ihm fingen an durcheinander zu reden und machten ihn noch viel unsicherer.

„Glaubst du, du kannst eine echte Frau bumsen? Dein unfähiger Schwanz kann nur Schlappschwanz-Ärsche

durchdringen, ja, nur da, wo der Müll raus kommt, weil du auch nur Müll bist", sagte der Rebell.

„Das stimmt nicht, Johnny. Du bist kein Müll. Du sollst dich nicht schämen. Arsch oder Vagina oder Mund? Hauptsache, es gefällt dir und es hat dir immer gut gefallen", sagte die Engel.

„Na, dann soll er jetzt zeigen, dass er nicht nur Schlappschwänze ficken kann!"

Johnny reagierte unkontrolliert und spontan sagte er: „Nein, Melissa war eine Frau und kein Schlappschwanz."

Voll in Ektase fragte Lina: „Was ist mit Melissa?"

Johnny erschrak. Er hatte vergessen, dass jemand da war. Er guckte, was Lina machte. Sein hartes Glied war schon längst in ihrem Mund und er hatte es die ganze Zeit gar nicht gespürt, so beschäftigt war er mit den anderen Personen in ihm gewesen. Sie hatte sich hingekniet und bearbeitete seinen Penis nach allen Künsten. Johnny betrachtete die ganze Szene einige Sekunden, als ob er selbst nicht der war, der geleckt wurde. Langsam wurde er aber glücklich, als er sah, dass es tatsächlich sein Penis war. Ja, er konnte ihn doch hochkriegen, ja, er konnte eine ganz normale Erektion haben, mit einer ganz normalen Frau. Davor hatte er so Angst gehabt. Vor Glück ließ er sich auf die Couch fallen ohne dass Lina den Penis losließ. Er wollte nun voll genießen.

Lina war fasziniert von diesem harten und steifen Stück in ihrer Hand. Sie hielt es wie eine Trophäe mit beiden Händen und mit ihren Lippen und der Zunge kaute sie an der mit Blut prall gefüllten Eichel. Seit mehr als 6 Jahren hatte sie keinen fremden Penis in ihrer Hand gehalten. Sie war sehr treu, aber hatte immer Lust gehabt, etwas anderes zu erleben. Sie wusste, dass es irgendwann einmal passieren würde. Sie wusste immer, dass es nicht sein konnte, dass sie bis zum Ende ihres Lebens nur mit ein und demselben Mann schliefe. Nun hatte sie sogar einen Sechser gezogen, mit Superzahl!

Johnny fing an Lina zu entkleiden. Holte gewaltsam ihren dicken Busen aus dem BH, was Linas Lust erhöhte. Ihr Mann hätte es anders gemacht. Er hätte so getan, als ob ihr Busen etwas Besonderes wäre. Etwas, das nicht dazu passte, etwas das man erst kombinieren musste. Johnny tat es anders, genauso, wie Lina es mochte, ganz normal, weil sie auch einfach dazu gehörten.

Ja, sie erwartete von ihm, hart behandelt und genommen zu werden. Das war Teil ihrer Fantasien. Er sollte sie so behandeln, als ob sie sein Opfer wäre, das er umbringen, aber davor zuerst noch ein wenig genießen wollte.

Johnny hatte eine Art ihren Busen zu massieren, die Lina sehr gut gefiel. Er packte sie mit seinen Fingern, wie die rausgezogenen Krallen eines Löwen, der seine Beute festhielt. Langsam, aber ganz langsam, zog er kratzend die Brust nach vorne, so dass am Ende nur der Nippel in der Zange von jeweils 5 scharfen Fingernägeln blieb. Er spielte mit der Spitze ihrer Brustwarzen. Es tat weh und gleichzeitig löste das unglaubliche Lustempfindungen aus, die sie vorher nicht an ihrem Busen gekannt hatte.

Johnny kannte diese Technik von Melissa.

Als er merkte, dass Lina in Feuer und Flamme war, nahm er ihren Kopf von seinem Penis weg, zog sie hoch zu sich und fing an, sie animalisch zu küssen. Das Küssen schien durcheinander zu sein, wild und ohne Rhythmus. Das dachte auch Lina am Anfang total irritiert. Aber das war nur der Schein, da Johnny dabei ganz gezielt viele Orte und Punkte erregen konnte, die sonst bei einem normalen Kuss niemals hätten betroffen sein und getroffen werden können.

Wieder einmal war es für Lina neu und dieser extrem lustvolle Kuss ging gegen alles, was sie kannte, gelesen und gelernt hatte. Hier ging es nicht um einen guten Kuss, es ging um mehr. Es ging um Küssen als Faktor der sexuellen Lust. Sie wusste nicht, dass der Mund so viele erogene Zonen hatte. Manche Zonen, wie sie nun erfuhr, erreichte man, indem man erst die Schmerzen ertragen musste.

Sie erwiderte den wilden und barbarischen Kuss mit wildesten und obszönen Gesten und Worten. Sie hatte auch nicht gewusst, dass so eine Schlampe in ihr stecken könnte.

Es gefiel ihr einfach, loszulassen und das zu tun, worüber sie keine Kontrolle mehr hatte. Und als er seinen langen und dicken Finger in die Öffnung ihrer Vagina steckte und gegen die Schamlippen klopfte konnte sie den heftigen Orgasmus, der ihr ganzes Gesicht in einen krampfähnlichen Zustand versetzte, nicht mehr aufhalten. Und als er dann die drei Finger, den Ring-, Zeige- und Mittelfinger zusammen tief in sie drückte, ließ sie zum zweiten Mal einen Schrei los, aber diesmal so laut, dass das ganze Woogsviertel ihn hätte hören können. Das war ihr zweiter Orgasmus innerhalb von einer Minute. Sie entdeckte ihre Sexualität neu.

Inzwischen waren sie beide nackt. Ihr ganzer Körper juckte, angefangen von den Haaren, Augen, Busen, Bauch, Beine, Zehen, überall. Sie hatte das Gefühl, dass etwas Brennendes ihren Körper durchlief.

„Ja, ich kann es doch. Siehst du, siehst du? Ich kann auch mit einer normalen Frau", redete Johnny leise mit sich und in sich als Antwort auf den Rebellen. Johnny war sehr stolz.

„Ha ha ha warten wir doch ab, warten wir ab, ob du sie vögeln kannst. Alles das, was ihr bis jetzt gemacht habt, hast du auch mit diesem Fromann (weder Frau noch Mann) gemacht. Ein Mann vögelt. Du bist ein Versager, wie konntest du sonst nur mit diesem Mann sein und dir

einbilden sie wäre eine Frau, die einen Mann vögelt. Das war eine Enttäuschung. Ja, eine große Enttäuschung, du Fehlgeburt. Vögel sie doch. Tu, was ein Mann tun muss. Aber wie ich dich kenne, bist du nicht in der Lage, es zu tun. Du bist nutzlos, oh, siehst du, du kannst es nicht. Du kannst es nicht tun. Siehst du, wie dein Penis wieder wie ein weichgekauter Kaugummi rumhängt und dich verrät?", antwortete der Rebell.

„Nimm mich, Johnny. Durchdringe mich, durchbohre mich bitte!", bettelte Lina. Sie erhob sich, um sich auf seinen Schoß so zu setzen, dass sein Penis voll in sie hineinrutschen konnte. Als sie seinen Penis anfasste wollte um ihn in ihre Scheide zu dirigieren, spürte sie nur ein schlappes Glied, das nicht mal fähig wäre in ein Meer einzutauchen. Sie spürte eine glitschige Flüssigkeit aus seinem Penis tropfen. Johnnys Erektion war weg.

Sie traute sich nicht Johnny anzuschauen, der steif in die Couch versunken und regungslos war. Johnny redete mit sich selbst „Wie peinlich, warum hast du dich darauf eingelassen? Du wusstest es doch. Es klappt nicht", machte er sich Vorwürfe.

Lina suchte leider auch den Grund dieses plötzlichen Verschwindens der Lust, wie viele Frauen es tun, bei sich. Was ist denn passiert, fragte sie sich. Alles war doch so spannend, so leidenschaftlich. Hat es mit mir zu tun? War ich zu laut? Oder habe ich nicht so reagiert, wie er wollte? Oder hat ihm meine Vagina nicht gefallen?

„Habe ich es nicht gesagt, ha ha ha, habe ich es nicht gesagt. Rumfummeln kann jeder. Aber bumsen kann nicht jeder. Man könnte dich wegen deines Penis für einen starken Mann halten. Aber du bist eine leere Hülle. Am besten fickt sie dich. Oder noch besser, du bringst sie um. Ja, bring sie jetzt um, damit du einen hochkriegst und sie beim Sterben merkt, dass du ein Mann bist. Du bist nur ein Mann, wenn du grausam bist, nur, wenn du Blut siehst. Du Feigling. Bring sie doch um, um deine Männlichkeit zu bewahren. Binde sie fest. Binde jedes Bein an eine Ecke der Couch. Binde ihr die Hände hinter dem Rücken fest. Jetzt kann sie nichts mehr tun. Sie kann sich nicht mehr bewegen. Drück ihr den Hals zu, aber nur langsam. Sie soll nicht sofort sterben. Dann holst du ein Messer und fängst an, wie du es bei den anderen gemacht hast. Du wirst eine starke Erektion haben. Danach bumst du sie so heftig du kannst. Sie soll im halbkomatösen Zustand sehen, dass du doch vögeln kannst. Nur so kannst du deine erbärmliche Ehre retten. Leider erkennen nur die Toten diese Ehre. Du Ratte, du Mörder, hi ‚hi, hi", sagte der Rebell.

Johnny schrie laut „Nein, nein, das werde ich nicht tun!", und schubste Lina weg von sich.

Lina erschrak und war nun total verwirrt. „Johnny, ist was los?"

Sie schaute ihn an und erkannte sein Gesicht nicht mehr. Sein Blick war auf einmal leer, wie jemand der verhext und von einer dritten Macht gesteuert ist. Seine blaugrünen Augen waren auf einmal so dunkel wie die Augen einer Eule und bewegten sich kaum. Er starrte sie bedrohlich an und stand auf. Er machte ein paar kleine Schritte in ihre Richtung und dann blieb er stehen.

Lina schaute ängstlich zu ihm. Sie sah einen fast perfekten Körper und bekam neben ihm ein bisschen Komplexe. Wie schön konnte ein Körper sein. Johnny sah aus wie von Hand gezeichnet. Alles war am richtigen Platz. Alles passte bei ihm. Er hatte zwar kein Sixpack Muskeln am Bauch, aber gerade das machte diesen muskulösen Körper sehr natürlich und sehr liebenswert. Das war nicht der Körper eines Menschen, der jeden Tag im Fitnessstudio war und sich mit Pillen dopte. Er sah einfach sehr gesund und sehr gepflegt aus.

Er fing an sich zu verkrampfen. Langsam wurden die Halsmuskeln immer dicker, sein Körper wurde blau von all den vielen Adern, die das Blut aus seinem Körper spritzen wollten. Er atmete immer unregelmäßiger und immer schneller. Alle Teile seines Gesichts bewegten sich, als ob ein magnetisches Feld entstanden wäre.

Lina wusste nicht, was sie tun sollte, und was das bedeutete. Aber sie war sich sicher, was sie da sah, war das Gesicht eines Mörders. Dieser Mann war ein Mörder, aber ein faszinierender Mörder. Sie bekam Angst, aber irgendwie auch Lust. Sie wurde einfach von diesem gefährlichen Menschen angezogen. Als sie dann nach unten blickte und sah, wie sein Penis langsam, aber sicher wieder anschwoll und massiv an Volumen zunahm, vergaß sie die tödliche Gefahr, die sich abzeichnete, ließ sich auf die Couch fallen, spreizte ihre Beine, machte ihre Augen zu und sagte: „Tu es Johnny, dring heftig in mich, so heftig du kannst. Ich will dich bis in meinem Hals spüren, Johnny, zerfetz mich."

Darmstadt Ost, Gundolfstraße, bei Johnny zu Hause, Samstag, 09.01.2010, 9 Uhr 47

Johnny stand am Fenster in der Küche und sah Kinder, die spielten und sich mit Schnee bewarfen. Es hatte die Nacht noch geschneit und alles sah so schön weiß und ruhig aus. Nur in ihm selbst gab es keine Ruhe. Er spürte den Drang immer stärker werden. Er wusste nicht, wie er das stoppen konnte. Dieses Gefühl machte ihn depressiv und aggressiv zugleich. Er hasste es. Es war jedes Mal ein großer Kampf mit und in sich selbst.

Er hatte die ganze Nacht eine starke Erektion gehabt, die bis jetzt andauerte und ihm sehr wehtat. In einem solchen Zustand konnte er keinen Orgasmus bekommen. Aber er wusste auch, dass gerade dieser Zustand ihn dazu bringen konnte zu töten, wenn er nichts dagegen tat. Aber aus eigener Kraft konnte er nichts tun. Der Drang war stärker als sein Wille, nicht zu töten.

„Du brauchst Blut, du Kirchenratte, du musst töten. Du warst zu feige gestern, um es zu tun. Und jetzt brauchst du eine Leiche. Du brauchst Blut", sagte der Rebell in ihm.

Er ging hin und her in der Wohnung, wie ein Irrer und redete mit sich selbst. „Nein, ich will nicht töten, nein, ich will nicht töten."

„Doch, doch, hättest du sie gestern umgebracht, würde es dir heute besser gehen und du hättest deinen Orgasmus, oder willst du zu diesem Parkplatz gehen und dich ficken lassen? Geh doch, Schurke, und lasse dich gehen, wie du es gewohnt bist. Lass dich erniedrigen, wie du es immer gemacht hast. Das hat dir doch immer gefallen. Warum stehst du nicht dazu? Aber auch dort wird dir nichts helfen. Du bist geboren worden, um benutzt zu werden und das Töten ist dein Verhängnis, es ist das Urteil über einen Hund wie dich. Sogar wilde Hunde töten nur, um sich zu verteidigen oder wenn sie Hunger haben. Du, du tötest wegen deiner gestörten Libido, ist das nicht erbärmlich?", sagte der Rebell.

„Nein, ich will nicht töten. Hilf mir doch. Sag doch was. Sag mir doch was. Warum bist du oft still, wenn ich dich brauche? Warum bleibst du ruhig, wenn er mich quält? Du weißt doch, dass ich kein böser Junge bin, oder? Ich bin doch gut. Ich bin doch gut. Ich bin ein guter Junge. Wiederholte ich das ‚Bitte'? Wo bist du denn? Wo versteckst du dich denn? Warum lässt du mich allein mit ihm?", redete er zu der Stimme in ihm, die er Engel nannte, ging ins Bad, ließ sich in die Badewanne fallen, rollte sich zusammen, weinte minutenlang wie ein kleines Kind und schlief ein.

Als er wieder aufwachte war es schon Nachmittag. Er hatte über 4 Stunden geschlafen, aber der Drang in ihm war nicht verschwunden. Seine Erektion war immer noch da und wurde immer schmerzhafter. Er überlegte, was er nun tun könnte. Schade, dass er die private oder die Handy- Nummer von Dr. Camara nicht hatte. Und erst heute Abend um 20 Uhr hatten sie einen Telefontermin.

Er machte seinen Laptop an und schaute auf diese Seite im Internet, auf der er öfter Männer für Outdoor-Sex gefunden hatte.

„Bin Mann Mitte-Ende 30, gutaussehend, gut bestückt, weiß, suche sofort 2-3 gut gebaute und potente Männer bis Ende 30, Hautfarbe egal, für ein kurzes und unkompliziertes Treffen jetzt im Schnee auf einem Parkplatz in der Nähe von Darmstadt. Antwort bitte nur mit Bild und Telefonnummer." So annoncierte er auf dieser Seite für schnellen Sex und wartete.

Nicht einmal 5 Minuten musste er warten, dann meldeten sich schon die ersten Interessenten.

Ein 19-Jähriger schrieb: „Hi, ich heiße Nick, bin 19, sportlich, gut gebaut, 19 x 6 und sehr ausdauernd. Worauf stehst du? Oral oder anal oder fisting? Bist du passiv oder aktiv? Ich komme aus Weiterstadt und kenne einen guten Parkplatz im Wald, der fast immer leersteht. Hast du Interesse? Du wirst es nicht bereuen. Ich kann das, was ich verspreche. Melde dich bei mir. Nick Tel: 0176XXXXXXX"

Was für ein arroganter Typ, sehr selbstsicher scheint er zu sein, dachte Johnny nur.

Ein 49-Jähriger antworte so: „Hallo, junger Mann, ich bin zwar 49, aber fit und robust wie ein 20-Jähriger und sehr gut bestückt. Null Gramm Fett. Mein Penis ist fast 20 cm lang in Erektion und nur 4 cm dick und würde deswegen gut in deinen knackigen Hintern passen. Ich kann stundenlang ficken, ohne zu kommen. Du kannst mich gern auch mit deinem Stück verwöhnen oder willst du in meinen Mund ejakulieren? Wie du siehst, ich bin für alles offen und möchte dich einfach nur verwöhnen. Sauberkeit und Niveau sind für mich sehr wichtig. Ich lebe in Darmstadt-Steinberg mit Familie. Aber bin trotzdem besuchbar. Ihr könntet zu mir zu meinem Nebenwohnsitz nach Seeheim am Waldrand, weit von allen neugierigen Augen, kommen. Getränke stehen immer bereit. Freue mich auf dich/euch. Bin gerade auch allein in Seeheim und deswegen kannst du mich ruhig anrufen. Ralf 0175 7XXXXXX"

Obwohl er explizit nur Männer suchte, meldeten sich auch ein paar Frauen und die Antwort von einer zog seine Aufmerksamkeit auf sich:

„Du Lover Boy, ich heiße Asifa, und stehe nur auf schwule Männer. Ich bin zwar eine Frau aber fühle mich als Schwule, diese Schwulenseite in mir, die ich leider nur sehr selten auslebe. Ich empfinde Lust nur anal, und vaginal mag ich nicht. Und ich träume davon, selbst mit einem Dildo Männer zu verwöhnen. Diskretion ist für mich sehr wichtig wegen meiner Herkunft und ich bin auch sehr unglücklich verheiratet. Ich kann leider nicht so spontan zu dem Treffen draußen kommen, aber vielleicht ergibt sich irgendwann einmal die Möglichkeit zu einem Treffen mit dir und vielleicht mit anderen Männern? Vielleicht meldest du dich schwulefrau@YXXXXX.de"

Ohne zu warten schrieb er ihr sofort zurück.

„Hallo, hier Jimmy." Er benutzte in solchen Foren immer den Namen Jimmy. „Deine Antwort hat mir gut gefallen und ich möchte mehr über dich wissen. Wie alt bist du? Wie siehst du aus? Woher kommst du? Ich meine Asifa klingt nicht so deutsch. Bist du Türkin? Wo lebst du hier?"

Kurze Zeit später antwortete sie.

„Hallo Jimmy, kann ich ein Bild von dir haben und deine Telefonnummer? Wenn ich dich gehört habe und dein Bild gesehen habe, dann weiß ich, dass du echt bist und ich kann dir dann mehr Einzelheiten über mich geben. Ist das in Ordnung so? Ich lege großen Wert auf Sicherheit und Diskretion. Es gibt so viele Spinner und Bildersammler im Netz. Sie sind gar nicht daran interessiert, jemanden zu treffen. Deswegen bin ich vorsichtig. SEXGRUSS, Asifa"

Irgendwie war Johnny sehr angetan und schnell schrieb er ihr.

„Warte mal kurz, Bilder kommen gleich, aber ohne Gesicht."

Er suchte sich vier gute Bilder auf seiner Festplatte und hängte sie an seinen Text an.

„Ich hoffe ich gefalle dir. Bitte Bilder sofort wieder löschen. Versprochen? Sexgruss, Jimmy"

Er wartete 5, 10, 20 Minuten und bekam keine Antwort und er ärgerte sich, dass er sicherlich auf einen Spinner und Bildersammler hereingefallen war. Normalerweise schickte er nie einfach so Bilder. Er wusste nicht, warum er das getan hatte. Sie hatte doch sehr vertrauenswürdig geklungen, sagte er sich und kümmerte sich nun wieder um die anderen Antworten. Tatsächlich rief er zuerst den alten Mann an, obwohl er viel jüngere Männer suchte. Er wäre der erste Mann über 30 mit dem er Sex hätte, aber seine Antwort hatte ihm gefallen.

Das Telefonat mit ihm lief ganz gut, und sie verstanden sich auf Anhieb, aber es wurde abgemacht, dass sie sich trotzdem draußen treffen würden, was dem reifen Mann auch sehr gut gefiel. Outdoor-Sex hatte er noch nie gehabt, sei es mit Frauen oder mit Männern. Als Elite in der Region musste er immer vorsichtig sein. Denn er wusste, dass für ihn vieles auf dem Spiel stand, wenn es bekannt würde, dass er nicht nur seine Frau betrog, sondern auch noch homosexuellen Sex hatte. Das wäre für seine politische Karriere und für seine Ehe das Ende. Aber gerade das war der Kick für ihn, solche Abenteuer einzugehen. Bis jetzt hatte er sich immer in seiner Ferienwohnung in Seeheim mit Männern getroffen. Jetzt wagte er mehr, und würde sich auf einem Parkplatz voller Schnee, mitten im Winter, mit zwei anderen Männern treffen. Das war ein gefährliches, aber sehr aufregendes Erlebnis, sagte er sich. Sie verabredeten sich um 18 Uhr auf einem Parkplatz zwischen Seeheim und Bickenbach. Die Uhrzeit 18 Uhr war perfekt. In der Dunkelheit konnte man sich nicht gut erkennen.

Johnny rief noch einen anderen Mann an, der geantwortet hatte. Er war Student und lebte noch bei seinen Eltern in Darmstadt-Eberstadt. Er war auf Anhieb einverstanden und würde auch um 18 Uhr da sein. Um 17 Uhr 30 verließ Johnny seine Wohnung.

Als er zurückkam war es 19 Uhr 30. Solche Treffen dauerten nicht so lange. Es wurde nicht viel geredet. Man kam direkt zur Sache und nach dem Höhenpunkt war die Spannung schon wieder weg. Deswegen war es wichtig, ausdauernde Männer zu haben und nicht die, die nach nur zwei Minuten schon kamen, damit solche Unternehmungen sich lohnten.

Er war ein bisschen erleichtert, aber er schämte sich immer so nach solchen Abenteuern. Er wollte sich nicht als Schwulen sehen. Der Schwulensex half ihm nur, seinen Drang im Schach zu halten, indem er einen Orgasmus bekam.

Er fragte sich immer, warum er oft nur bei solchem Sex oder nach einem Mord zum Orgasmus kam. Das war doch nicht normal? Er war nicht richtig glücklich nach solchem Sex, aber wie gesagt, er schaffte es, damit für einen Moment den Lustmord zu verschieben.

„Wie fühlst du dich, du Hurensohn? Fühlst du dich besser? Ich habe Mitleid mit dir. Du bist Schmutz und du bist schmutzig", sagte der Rebell.

Johnny verstopfte seine Ohren mit Stöpseln und hoffte, so die Stimme nicht mehr zu hören.

Er aß etwas und trank eine Tasse schwarzen Kaffee mit sehr viel Zucker. Nun musste er sich vorbereiten für das Gespräch mit Dr. Camara um 20 Uhr. Er würde wie immer lieber von einer Telefonzelle aus anrufen, damit er keine Spuren hinterließ.

Als er seinen Laptop herunterfahren wollte, sah er dass er 3 Messages hatte, 2 von Asifa und eine von irgendeinem Mann, der an dem Treffen interessiert gewesen wäre. Er öffnete schnell die Mails von Asifa. In der ersten stand:

„Hallo Jimmy, danke für dein Vertrauen. Ich habe versucht dich anzurufen, aber leider ging niemand dran. Es hat lange gedauert, weil mein Mann früher nach Hause gekommen ist. Er ist wieder weg einkaufen und wird erst gegen 20 Uhr wieder da sein. Du siehst super aus. Du siehst gar nicht wie ein Schwuler aus. Viele Frauen wären verrückt nach dir. Vielleicht bis später." Die Mail war um 18 Uhr 05 versandt worden.

In der zweiten Mail stand:

„Hallo Jimmy, bist du sauer oder hast du keine Lust mehr? Du gehst nicht ans Telefon und antwortest mir nicht. Aber vielleicht bist du nur busy und meldest dich später? Würde mich freuen." Diese Mail war um 18 Uhr 49 versendet worden.

Johnny setzte sich und schrieb ihr schnell zurück.

„Hi Asifa, hier Johnny, ich war…"

Er wurde vom Klingeln seines Handys unterbrochen. Die Nummer kannte er nicht, deswegen ging er davon aus, dass es nur Asifa sein könnte.

„Hallo Johnny."

Er sprang regelrecht aus dem Stuhl und warf das Handy weg, als ob es eine gefährliche Schlange wäre.

Er brauchte ein paar Sekunden bis er wieder sein Handy zum Ohr brachte.

„Was ist los, Johnny?", fragte die Stimme ganz ruhig.

"Ha-ha-halllllllo", hörte Johnny sich selbst wie ein ängstliches kleines Kind sprechen.

„Hallo Johnny, ich bin es. Störe ich dich? Ist alles in Ordnung?"

Kurz Zeit später schaute Johnny auf die Uhr. Es war schon 8 Minuten vor 20 Uhr. Er musste schnell machen, damit der Arzt kein Alibi hätte, weil er nicht pünktlich angerufen hatte.

Sein Herz schlug immer noch schneller, wegen des Anrufs vorhin, als er sich nach draußen zu der Telefonzelle begab.

Aber jetzt wollte er sich nur auf das Gespräch mit Herrn Camara konzentrieren. Er brauchte dringend Hilfe. Jeder verlorene Tag könnte der Todestag von einem unschuldigen Schwarzen sein, sagte er sich und das wollte er nicht mehr. *„Renne, Johnny, renne, schneller, schneller"*, sagte die Engel.

„Wozu denn? Er ist ein kleiner Wurm. Siehst du, wie er schon außer sich ist, nur wegen der Stimme von Lina. Wohin rennt er denn? Ich hatte dir gesagt, du sollst sie töten, ja du sollst sie töten, auch wenn sie nicht schwarz ist", sagte der Rebell.

„Ich höre nicht auf dich, ich höre nicht auf dich, ich renne, ich renne, und ich höre dich nicht", antwortete Johnny und rannte zu einer Telefonzelle. Er wählte die Nummer der Praxis von Dr. Camara und nach nur 3 Freizeichen nahm jemand ab.

„Hallo Dr. Camara? Sind Sie es?"

Frankfurt am Main, Bockenheim, Arndtstraße, Praxisgemeinschaft Dr. Camara, Samstag, 09.01.2010, 19 Uhr 43

Dr. Camara war schon seit 10 Minuten in seinem Büro und hatte die Geräte so eingerichtet, dass sie das Gespräch aufnehmen konnten und ihn dabei filmten. Er wollte später sowohl die Stimme dieser Frau, wie auch sein eigenes Verhalten während des Gespräches analysieren.

Er nahm ein Glas Wasser aus dem Hahn, suchte sich einen ruhigen Platz in seinem Büro, setzte sich, legte das Telefon auf den Tisch und wartete meditierend, ohne an etwas zu denken. Er war schon tief in sich versunken, als das Telefon klingelte. Nach dem dritten Klingeln ging er dran und hörte diese schreckliche Stimme sagen:

„Hallo Dr. Camara? Sind Sie es?"

Er atmete tief durch.

„Guten Abend, Sie sind aber sehr pünktlich, auf die Sekunde genau. Ich bin Dr. Camara", antwortete er und versuchte dabei freundlich und fröhlich zu klingen.

Es war eine kurze Zeit still, dann fragte Johnny überraschend:

„Wie geht es Ihrer Frau? Ist der Streit beigelegt, oder ist sie noch sauer, dass Sie sie an einem Samstagabend alleine lassen müssen?"

„Ich glaube nicht, dass wir heute einen Termin hatten, um über meine Frau zu reden. Es geht um Sie. Wie geht es Ihnen denn?", antwortete Dr. Camara.

„Kein Problem, Dr. Camara. Kein Problem, mit Ihnen über mich zu reden. Wie geht es Ihnen selbst? Finden Sie es nicht komisch mit einer Mörderin zu reden?", fragte er.

„Falls Sie eine sind, ja, das würde ich komisch finden. Ich müsste sofort die Polizei informieren", sagte er.

„Warum tun Sie das nicht, Herr Doktor? Weil Sie Angst haben, dass ich noch mehr Menschen töte oder weil Sie Ihre Frau und vielleicht auch Ihre Kinder am Leben erhalten wollen? Haben Sie Angst, Herr Doktor?", provozierte Johnny mit seiner Frauenstimme.

Dr. Camara ging nicht auf diese Spielerei ein. Er verstand die Drohung dieser Frau, aber tat so, als ob er sie nicht richtig gehört hätte.

„Wer sagt mir, dass Sie wirklich die Person sind, die 7 Menschen auf dem Gewissen hat? Die Polizei meint die ganze Zeit, dass es sich um einen Mann handelt", sagte der Arzt.

„Und was meinen Sie selbst? Die Polizei ist das eine und Sie sind das andere. Die Polizei kann das Töten nicht stoppen, aber Sie schon. Sie können es stoppen oder Sie können es weiter fördern. Vergessen Sie nicht, wegen Ihnen, ja wegen Ihnen allein ist das Paar gestorben. Sie sind allein verantwortlich. Es wäre nicht passiert, wenn Sie mir geglaubt und mich ernst genommen hätten. Das ist sehr schade, Herr Doktor. Sie sind ausgebildet worden, um Menschenleben zu retten. Tun Sie es doch, und retten Sie das Leben von anderen Menschen, indem Sie mir helfen", sagte Johnny.

„Wie kann ich Ihnen helfen?", fragte Dr. Camara.

„Sie müssen mir helfen, dieses Verlangen in mir, das mich dazu bringt zu töten, abzutöten, zu stoppen, zu besiegen. Dieses Verlangen in mir muss sterben, damit andere Menschen leben, damit ich auch leben kann", antwortete er.

„Ja, das hatte ich schon das letzte Mal verstanden, und wie kann ich das tun, wenn ich gar nicht weiß, wer Sie wirklich sind und ob Sie wirklich die Mörderin sind?", entgegnete Dr. Camara.

„Sie sind Arzt oder nicht? Sie müssen wissen, wie Sie mir helfen können. Sie haben auch keine Wahl. Sie müssen es tun und Sie können gar nicht nein sagen. Ist es nicht schlimm, Herr Doktor? Ich habe die Macht über Sie, ja, ich habe die Macht über Sie, ha ha ha, hum, hum ha haha", lachte Johnny sekundenlang.

Dr. Camara blieb neutral, obwohl er lieber sofort auflegen und zu seiner Frau gehen wollte.

„Sie überlegen, ob Sie auflegen und zu Ihrer Frau gehen können, Herr Doktor? Leider können Sie es nicht. Als Arzt der Menschenleben retten muss, wäre es ein Verstoß gegen Ihren geleisteten Eid. Ha ha ha! Ich möchte nicht an Ihrer Stelle sein, Herr Doktor", versuchte Johnny den Arzt weiter zu ärgern.

„Ich muss Ihnen sagen, dass Sie nicht Unrecht haben. Finden Sie es nicht komisch, dass ich Ihnen Recht gebe? Ja, Sie haben Recht. Wie viele Menschen in Ihrem Leben haben Ihnen schon Recht gegeben?", fragte der Doktor ganz gezielt.

Johnny war auf einmal still und antwortete nicht.

„Obwohl ich Ihnen Recht gebe, habe ich mich entschieden, Ihnen nicht zu helfen. Sie können umbringen, wen Sie wollen. Ich werde Sie nicht therapieren, solange Sie mir nicht beweisen, dass Sie wirklich die Mörderin dieser Personen sind und falls Sie es wären, therapiere ich nur in meiner Praxis", testete der Therapeut die Reaktion der Anruferin. Er wollte sich irgendwie ein Bild von diesem unheimlichen Menschen, der mit ihm ein Versteckspiel spielen wollte, machen. Er musste alles tun, um sie aus ihrer Reserve zu locken.

Johnny schien überrascht zu sein. Er hatte nicht damit gerechnet, dass der Arzt so reagieren würde. Er hatte gedacht, dass er ihm schon so Angst gemacht hatte, dass er nur noch das tun könne, was er wolle. Nun fing er an wütend zu werden. Und das hasste er. Er hasste es, wütend zu sein. Das würde heißen, dass er wieder verloren hatte. Dass er die Kontrolle über sich verlor und diese Stimme ihm wieder befehlen würde zu töten.

„Nein!", hörte er sich schreien, „Nein, nein, nein!", er schrie so laut, dass Dr. Camara den Hörer von seinem Ohr entfernen musste.

„Sie müssen mir helfen, Doktor, Sie müssen mir helfen. Ich will nicht mehr morden", flehte er.

„Nur unter einer Bedingung. Sie müssen mir beweisen, dass Sie wirklich die Mörderin sind und danach müssen Sie in meine Praxis kommen", entgegnete Dr. Camara.

Johnny versuchte wieder die Oberhand zu gewinnen, indem er einfach die Drohung von Dr. Camara banalisierte.

„Ha ha ha, Herr Doktor, ha ha ha, Sie sind wirklich lustig, oder? Sie versuchen, lustig zu sein. Sie wissen genau, dass Sie nichts anderes machen können, als mir zu helfen. Sonst wären Sie an einem Samstag um 20 Uhr nicht in Ihrem Büro, um mit einer Person zu reden, die für Sie keine Mörderin wäre. Nein. Sie spüren das, oder wollen Sie, dass ich noch weiter töte?", argumentierte Johnny.

„Es ist mir egal, ob Sie weiter töten. Tun Sie auch nur noch einer kleinen Mücke weh, dann werde ich nicht mehr mit Ihnen reden, egal, was Sie danach tun würden. Ich brauche Beweise, um weiter zu überlegen, ob ich Ihnen helfen kann oder nicht. Sie haben nun die Wahl: Beweise oder weiter morden", stellte Dr. Camara klar.

„Ich könnte Ihnen, Doktor Camara, sofort Beweise abliefern, aber das werde ich nicht tun", sagte Johnny in einem strengen Ton.

„Dann ist unser Gespräch beendet", drohte Dr. Camara.

„Sie sind alleine Schuld an dem was nun kommen wird", drohte Johnny zurück und fragte:

„Lieben Sie Ihre Frau? Überlegen Sie jetzt sehr gut, bevor Sie auflegen. Sie werden vielleicht erwarten, dass ich sie umbringe. Vielleicht werden Sie sie unter Schutz stellen, aber glauben Sie mir, ich werde sie erreichen. Nein, sie wird weiterleben, oh, da müssen Sie keine Angst haben. Ja ja, sie wird weiterleben. Aber was passieren wird, wird für Sie schlimmer sein als Ihre Frau zu töten. Jetzt können Sie auflegen. Legen Sie auf, Dr. Camara."

Beide blieben still, als ob sie wüssten, dass derjenige, der als erster auflegte, eine Katastrophe zu verantworten hätte.

„Siehst du, Johnny, du bist ein verdammter Hund. Niemand nimmt dich ernst. Auch deine Drohungen machen niemandem Angst. Du bist nichts. Du bist Müll, und Müll will niemand bei sich haben, weil deine Taten noch

nicht schlimm genug sind. Du musst noch härter, noch brutaler zuschlagen. Du willst doch einen Orgasmus bekommen, oder? Ja, das werde ich dir danach erlauben. Du darfst danach wichsen und auch kommen. Das verspreche ich dir", sagte der Rebell.

Johnny spürte formlich, wie sich das Adrenalin in seinem Körper bewegte. Er begann eine Erektion zu bekommen. Er wurde immer nervöser und Bilder von entstellten Leichen erschienen vor seinen Augen.

„Leg auf, Johnny. Leg auf und ich verspreche dir einen Orgasmus", stärkte ihn der Rebell.

Johnny wartete ein bisschen und sagte dann:

„Dr. Camara, wenn Sie nicht auflegen, werde ich es tun, da Sie abgelehnt haben mir zu helfen. Es ist okay. Ich bin ein verdammter Hund. Ich kann nur töten und das nächste Verbrechen wird sehr hart sein. Es wird so hart, dass Sie, Doktor, nie mehr, nie mehr in ihrem Leben glücklich sein werden. Sie werden es bedauern, dass Sie mir nicht geholfen haben. Ich glaube nicht, dass Sie sich davon jemals erholen werden, auch ihre Frau nicht", warnte er.

Irgendwie war das Gespräch schief gelaufen. Dr. Camara überlegte, wie er doch noch alles retten konnte, ohne sein Gesicht zu verlieren, ohne dieser Frau das Gefühl zu geben, sie hätte ihm Angst gemacht.

Er dachte schnell nach. Er war eigentlich heute hier, um mit ihr zu reden und nicht noch mehr Katastrophen zu verursachen. Er wusste, dass es unverantwortlich war, das Gespräch so zu beenden. Er wusste aus seiner Erfahrung und Menschenkenntnis, dass diese Frau es mit ihrer Drohung ernst meinte. Eines war ihm klar, wenn das Gespräch so endete, würde er nun sofort die Polizei informieren müssen.

„Warum fällt es Ihnen so schwer, Beweise vorzulegen? Wenn Sie mir eine Antwort geben, vielleicht kann ich Sie dann verstehen und darauf verzichten", versuchte der Psychotherapeut die Wogen wieder zu glätten.

Johnny war überrascht, dass der Doktor doch noch gesprächswillig war.

„Rede weiter mit ihm, Johnny, rede weiter mit ihm. Gib dir eine Chance. Lass ihn dir helfen", sagte die Engel.

„Ha ha, du blöde Kuh, du bist so blöd wie der. Er soll sich eine Chance geben? Und du, warum gibst du ihm nicht diese Chance? Warum soll er sich diese Chance woanders holen? Immer sollen andere Leute ihm helfen, andere Leute ihm helfen? Warum hilfst du ihm nicht? Du sagst immer nur Blödsinn, aber dann verschwindest du, wenn er leidet. Ich gebe ihm einen Orgasmus und du? Hör zu, du Schwein, leg auf und geh töten. Du Schlappschwanz, sieh nur mal, dein dicker Schwanz ist wieder schlapp geworden? Siehst du, wie er nun aussieht, wie ein verwaschener und ausgeleierter Gummi?

Willst du ihn weiter so sehen? Rette deine Ehre, die dieser Doktor heute getreten hat. Du gefickter Aasfresser, tu das und höre nicht auf diese blöde Person, die dir nie richtig zur Seite steht, wenn du sie brauchst. Ich, ich verspreche dir einen Orgasmus. Ist das nicht schön und nett von mir?", sagte der Rebell.

„Sind Sie noch dran?", fragte Dr. Camara, doch die Stimme in der Leitung sagte nur noch:

„Ich will kommen, ich will kommen, ich muss kommen, einen Orgasmus, einen Orgasmus, ja ich will einen Orgasmus, ich bin kein Schlappschwanz, ich will …", und die Leitung brach ab.

„Hallo, hallo, sind Sie noch dran? Haha hallo?", Dr. Camara hörte nur noch piep piep piep. Die Frau hatte aufgelegt.

Dr. Camara stand total verwirrt auf. Er fragte sich, was er falsch gemacht hatte und was die Frau nun vorhatte. Was sollte er jetzt tun?

Er ging in seinem Büro hin und her und hoffte, dass sie noch einmal anrufen würde. Er würde sie sofort anflehen und zu ihr fahren, egal wo sie war. Leider klingelte das Telefon nicht mehr. Er nahm den Höher auf und versuchte die Telefonnummer der Polizei zu wählen, doch dann legte er wieder auf. Das tat er mehrmals. Nach dem zehnten Mal entschied er sich, nach Hause zu fahren und zuerst mit seiner Frau zu reden.

Unterwegs in seinem Auto versuchte er alles zu rekonstruieren. Dann fiel ihm plötzlich etwas Merkwürdiges ein. Die letzten Wörter der Frau, ja die letzten Wörter der Frau, bevor sie aufgelegt hatte. Sie hatte von Schlappschwanz geredet. Wie kann eine Frau ein Schlappschwanz sein? Er war schon zu Hause angekommen. Er parkte das Auto vor seinem Gartentor und stieg aus. Er wollte trotz der Kälte einen kurzen Spaziergang machen und gut überlegen, was er nun seiner Frau sagen würde.

Als er ins Haus kam, war es schon nach 23 Uhr und seine Frau schlief schon. Er ging in die Küche und machte sich noch einen Tee, ging in sein Arbeitszimmer und versuchte, im Internet zu recherchieren.

Als seine Frau ihn am Computertisch aufweckte war es fast 3 Uhr morgens. Er war einfach eingeschlafen und hatte es gar nicht gemerkt. Die beiden gingen wieder ins Schlafzimmer.

„Mali es tut mir leid, ich... du, du hast schon geschla…"

Sie unterbrach ihn: „Adou, schlaf jetzt, und wir reden morgen. Du bist so müde, gute Nacht mein Liebling", und sie machte das Licht aus.

Frau Camara war schon seit 3 Stunden wach. Es war schon 10 Uhr und Dr. Camara schlief immer noch. Sie schaute aus dem Fenster. Es hatte geschneit und es war überall weiß. Kein Auto unterwegs, niemand auf der Straße, bis auf ein paar Kinder, die mit Schlitten hin und her fuhren. Ein echt schöner Sonntag, aber sie war so unruhig.

Sie erkannte von Tag zu Tag, von Stunde zu Stunde ihren Mann, ihren Adou nicht mehr. Er war anders geworden. Das machte sie traurig und nachdenklich. In diesem Moment hätte sie gern ihre Kinder in der Nähe gehabt. Aber sie war doch froh, dass sie nicht da waren, um ihren Vater so zu sehen. Bis sie da wären, gegen den 20. Januar, würde sich sicher schon alles arrangiert haben, versuchte sie die ganze Sache doch noch positiv zu sehen.

Wenn sie nur wüsste, was los war, bedauerte sie. Sie würde ihm so gerne helfen. Sie goss das Wasser in die Kaffeemaschine und schaltete sie ein. Im gleichen Moment kam Adou in die Küche und sah immer noch so müde und betrübt aus, auch wenn er versuchte eine gute Miene zu zeigen.

„Guten Morgen, meine Königin", sagte er mit einem gezwungenen Lächeln.

„Guten Morgen, Adou", antwortete sie ganz einfach. Es fiel ihr schwer zu schauspielern, so zu tun, als ob alles okay wäre.

„Ich mache gerade Kaffee, es dauert noch ein paar Minuten", sagte sie.

„Ich wollte dir zuerst guten Morgen sagen. Ich möchte duschen, bevor ich etwas esse", sagte er und ging ins Bad.

Seit 15 Minuten saßen sie nun im der Wintergarten und frühstückten ohne richtig miteinander zu reden. Es sah himmlisch aus, von dort den Garten voller Schnee zu sehen.

„Adou, ist alles in Ordnung? Du bist gestern einfach am Computertisch eingeschlafen. Du siehst auch jetzt immer noch müde aus. Was ist los?", fragte Mali.

Adou sagte zuerst nichts und schmierte sich ein Brot mit Butter. Dann legte er ein Stück gebratenes Ei mit Zwiebeln und rotem Pfeffer darauf. Er liebte es, am Sonntag wie in Afrika zu frühstücken: mit einem warmen Frühstück. Man konnte sehen, dass er dabei war nachzudenken.

„Ich habe vielleicht eine Katastrophe verursacht. Ich hätte von Anfang an die Polizei informieren müssen", sagte er. Mali sagte nichts und schaute ihn streng an. Sie hatte keine Lust, ihn weiter zu befragen. Er sollte jetzt einfach reden und sagen, was los war.

„Erinnerst du dich an den Mord diese Woche hier in Frankfurt? Ich werde erpresst und ich darf nicht zur Polizei, um dich zu schützen. Weißt du, ich wollte dir nichts sagen, um dich da heraus zu halten. Ich dachte…", plötzlich stoppte er, als er Malis Blick sah.

Mali war genervt, dass er nicht zur Sache kam. Seit Tagen machte sie sich Sorgen, konnte kaum schlafen und dann redete er um den heißen Brei herum.

„Was ist, Mali? Du guckst so, als ob du mir nicht glauben würdest", fragte er.

Sie antwortete nur: „Adou, was ist los?"

„Ich bin doch dabei es dir zu erzählen und du schaust mich so an, als ob ich Müll auf dem Gesicht hätte. Glaubst du, das motiviert mich, weiterzureden?"

„Wie du willst", sagte sie und trank ihren Kaffee. „Wenn du reden willst, rede, wenn nicht, dann lass es. Ich möchte dich zu nichts zwingen."

Adou stand sofort auf, ließ sein geschmiertes Brötchen mit Ei zurück und verließ den Raum. Er ging ins Wohnzimmer, nahm die Sonntagzeitung, setzte sich auf seinen Lesesessel und blätterte darin. Mali blieb noch lange allein im Wintergarten und als sie heraus kam, schlief Adou mit gesenktem Kopf in seinem Sessel.

Sie schaute minutenlang nach ihm und fragte sich, ob ein Geist ihren Liebling Adou besessen hatte; danach ging sie in die Küche. Der Sonntag verlief so kalt zwischen ihnen wie der Winter selbst. Es gab keine richtigen Gespräche mehr bis auf das notwendigste. Sie versuchten sich aus dem Weg zu gehen und den anderen in Ruhe zu lassen.

Frankfurt am Main, Sachsenhausen, Franz-Lenbach-Straße, bei Dr. Camara zu Hause Samstag, 09.01.2010, 11 Uhr 45

Dr. Camara blätterte die verschiedenen Zeitungen durch, die er an der Tankstelle gekauft hatte, auf der Suche nach neuen Informationen über den Doppelmord von vor zwei Tagen.

Nur in der Frankfurter Tages-Zeitung (FTZ) gab es einen kurzen Bericht dazu. Es stand darin, dass die Polizei auch nach der Obduktion der Leichen immer noch keine heiße Spur gefunden hatte. Die Art, wie das Paar zugerichtet worden war, brachte die Ermittler dazu zu glauben, dass der Mörder der gleiche war, der in Darmstadt mehrere schwarze Studenten getötet hatte. Die Polizei war definitiv sicher, dass es sich um eine männliche Person handelte, die mindesten 185 cm groß sei. Dazu gab es noch ein paar Hinweise. Die Polizei wollte am Montag in einer Pressekonferenz noch mehr Details geben.

Mehr war nicht mehr zu lesen. Und auch im Internet schien das Thema nicht mehr so aktuell. Das ärgerte Dr. Camara. Die Informationen vergingen in den westlichen Ländern sehr schnell. Es gibt immer etwas Neues, das

das andere nach hinten schob. Die Menschen lasen Nachrichten nicht mehr, sie konsumierten sie nur noch, genau so, als ob es sich um ein Genussmittel handelte oder ein Kleid. Sie interessierten sich immer nur für das Neueste. Er dachte nach und sagte sich, dass etwas nicht stimmen konnte bei dieser ganzen Sache.

„Warum glauben sie alle, dass der Mörder ein Mann ist? Es könnte auch eine Frau sein", sagte er zu seiner Frau, die noch in der Küche den Rest des Frühstückes wegräumte.

„Adou, warum kümmerst du dich so um diese Geschichte? Das belastet dich sehr und seit zwei Tagen, seitdem dieser Mord passiert ist, bist du komisch geworden. Du tust so, als ob du persönlich die Opfer kanntest. Bei den anderen Morden in Darmstadt warst du nicht so getroffen. Klar tat es dir weh, weil sie dazu noch Afrikaner waren, wie wir, aber du hast dich nicht so verhalten wie jetzt. Was ist denn los?", fragte Mali.

Dr. Camara wurde richtig sauer.

„Was meinst du mit komisch? Was willst du sagen? Sag mal, was willst du sagen? Glaubst du wirklich, dass ich diese Personen kannte? Vielleicht glaubst du, ich würde auch den Täter oder die Täterin kennen", erwiderte Dr. Camara.

„Blödsinn, was du da sagst. Hör zu, Adou, ich mache mir einfach Sorgen. Du schläfst seit zwei Tagen nicht mehr gut. Ich habe gesehen, dass du viele Informationen über die Tat sammelst, dass du nachdenklich geworden bist. Es geht dir nicht gut. Du bist seit zwei Tagen nicht richtig glücklich. Gibt es etwas, über das du mit mir reden solltest? Ich bin doch deine Frau", sagte Frau Camara.

„Was hast du sie noch alle, Mali? Etwas über das ich mit dir reden sollte? Sag mir klar, was du denkst. Sag mir direkt, was du sagen willst, und wenn du nichts sagen willst, dann halte deine Klappe."

Dann ging er schnell wieder in sein Büro und machte die Tür hinter sich laut zu; so laut, dass die Fenster zitterten. Mali erschrak und hielt sie reflexartig mit beiden Handflächen ihren Mund zu und schleppte sich zum nächsten Stuhl.

So hatte Dr. Camara in all den Jahren noch nie mit ihr geredet. Klappe halten? Nein, das war nicht Adou. Etwas musste passiert sein. Seit zwei Tagen machte sie sich Gedanken, warum Dr. Camara sich so verändert hatte und sich komisch verhielt, seit dem Tag, als das Fernsehen über den Mord berichtet hatte. Sie hatten sich doch immer alles erzählt Es war für sie ausgeschlossen, dass Adou mit dem Fall direkt zu tun hatte. Aber vielleicht kannte er den Afrikaner oder auch die deutsche Frau? fragte sich Mali.

Sie stand auf und verließ die Küche, um zu versuchen mit Adou zu reden. Vor der Tür blieb sie stehen und traute sich nicht anzuklopfen. Als sie sich wegdrehte um zu gehen, machte Dr. Camara die Tür auf und sah seine Frau in einer Position, wie jemand, der gerade flüchten wollte. Er konnte nicht ahnen, dass seine Frau gerade dabei gewesen war sich zu entfernen, und dass es nur ein purer Zufall war, dass er die Tür in diesem Moment aufgemacht hatte. Normalerweise hätte er sich darüber kaputt gelacht und Witze gemacht. Aber jetzt wurde aus dieser kleinen Sache ein großer Streit.

„Spionierst du mir jetzt nach? Es wird immer besser", fragte er seine Frau drohend.

„Niemals mein Schatz, niemals, ich wollte nur...", Mali redete nicht bis zum Ende. Sie wurde von ihm unterbrochen. Er schubste sie zur Seite und ging einfach vorbei. Er ging ins Schlafzimmer nach oben und kam sofort wieder zurück, wütend, wie ein Tier, das einen Baum ausreißen will.

„Warum rufst du nicht die Polizei und sagst, dass ich der Mörder bin? He, ruf sie an!" Und er drückte ihr gewaltsam das Telefon in die Hand.

„Du sollst die sofort anrufen oder aufhören, mir nachzuspionieren", sagte er.

Mali war total durcheinander. Sie konnte nichts mehr verstehen.

„Was ist nur los mit dir, mein Schatz?", weinte sie. „Wie kannst du so etwas sagen? Warum sagst du mir, dass du der Mörder bist? Warum willst du mir wehtun?"

Dr. Camara gestikulierte hin und her. „Siehst du? Ja, siehst du, es kommt aus dir raus. Ich bin der Mörder. Das hast du die ganze Zeit gedacht. Das hast du gedacht. Ja, ich bin der Mörder und warum stehst du noch da? Warum? Hast du nicht Angst, dass ich dich umbringe?"

Das war zu viel für Mali, die in das Zimmer ihres großen Sohnes lief und die Tür abschloss.

Dr. Camara ging zur Hausbar und holte sich eine Flasche Rotwein, schenkte sich ein Glas halbvoll und setzte sich auf die Couch.

Er dachte nach, was mit ihm los war. Sein Verhalten war nicht normal. Er hatte immer gedacht, dass er als Arzt, der sich gut auskannte auf dem Gebiet menschlicher Psychologie und menschlichen Verhaltens, sich besser benehmen würde und sich nicht hinreißen und beeinflussen lassen würde. Nun merkte er, wie viel einfacher es war, andere zu coachen, als sich selbst oder seine Familie. Er brachte anderen Menschen bei, was gute Kommunikation war, aber nun, bei sich selbst, bei der ersten schwierigen Situation, konnte er das nicht anwenden.

Er schämte sich ein bisschen wie er sich verhalten hatte, aber war noch sauer auf seine Frau. Warum mischte sie sich so ein? Warum konnte sie nicht einfach ruhig sein und warten, bis er ihr irgendwann alles erzählte?

„Und diese Frau, diese angebliche Mörderin? Warum nur hat sie mich ausgesucht? Warum zerstört sie mein Leben?", schimpfte er.

Nun hatte er sich zum Komplizen einer grausamen Tat gemacht und er wusste, dass niemand ihn verstehen würde oder konnte. Er hatte die Arbeit der Polizei verhindert und behindert, und hatte nun auch zwei Menschen auf dem Gewissen. Vielleicht würden sie noch leben, wenn er diese Frau ernst genommen hätte, machte er sich Vorwürfe.

Er war nun in einer Zwickmühle, in der jede seiner Handlungen nur noch negativer sein konnte. Wie konnte er mit jemandem arbeiten, der über 7 Menschen getötet hatte und überall gesucht wurde? Wie konnte er das tun und abends ganz normal schlafen? fragte er sich.

Er überlegte und entschied sich, der Polizei alles zu erzählen. Lieber jetzt als später. Dann bekam er wieder Angst. Dieser Gedanke musste gut durchdacht werden. Niemand sollte mehr durch seine Handlungen sterben, niemand außer der Täterin, sagte er. Er musste deswegen versuchen, das Vorhaben der Täterin zu erfahren und ihre Denkweise zu verstehen. Vielleicht ergab sich dadurch eine Möglichkeit, dass sie sich von alleine entschied, sich der Polizei zu stellen? Ja, die Idee gefiel ihm. Alles würde wieder anders aussehen. Es würde ihm verziehen, dass er die Polizei nicht schon viel früher informiert hatte. Er könnte dann erklären, dass nur das die einzige Möglichkeit gewesen war, noch mehr Tote zu verhindern.

Er musste deswegen unbedingt heute Abend ins Büro gehen. Er musste den Termin mit ihr wahrnehmen und versuchen, nun ernsthaft ein therapeutisches Gespräch mit ihr zu beginnen.

Er musste dann nach dem heutigen Abend, nach dem Telefonat, seiner Frau alles erzählen. Er wollte nicht zulassen, dass so eine Psychopathin seine erfolgreiche Ehe auf die Probe stellte. Niemals würde er das tolerieren. Er liebte seine Frau und seine Kinder sehr und bis jetzt hatten sie eine Bilderbuchehe geführt.

Er überlegte, welche Erklärung er seiner Frau geben konnte, um sich heute Abend aus dem Kinoabend auszuklinken. Ja, sie hatte für den Abend einen Film von Will Smith gekauft. *Das Streben nach dem Glück* hatten sie nicht im Kino gesehen und hatten große Lust darauf. Das ist shit, sagte er sich. Alle unguten Sachen passieren immer auf einmal. Er musste verdammt gute Argumente finden, um sie nicht zu enttäuschen, gerade jetzt, wo er sie geärgert und sie schlecht behandelt hatte. Dann hatte er eine Idee.

Zuerst würde er einkaufen gehen und ihr etwas Schönes kaufen. Ein gutes Parfüm, und dann würde er sich für sein schäbiges Verhalten entschuldigen, um ihr dann seine Idee mitzuteilen, dass er heute Abend unbedingt wegmusste.

Er fühlte sich gleich wieder besser. Er nahm ein Stück Papier und schrieb ihr etwas darauf, legte es vor die Tür und verließ ganz leise die Villa.

Mali stand am Fenster und schaute traurig zu, wie Adou mit seinem Wochenendauto, einem Mercedes-Benz A 180 CDI KLIMA-DPF-AVANTGARDE, das Grundstück verließ.

Sie schaute ihm nach, bis das Auto verschwunden war und dann verließ sie das Zimmer. Sie hätte fast den Zettel nicht gesehen, wenn das Telefon, dass er ihr in die Hand gedrückt hatte, nicht heruntergefallen wäre.

Sie las, was er auf dem Papier geschrieben hatte und große Tränen liefen über ihre Wangen. Sie sagte nur: „Ja, das ist der echte Adou, der wahre Adou, so liebevoll und respektvoll. Was ist nur mit meinem Baby losgewesen?" Sie war wieder glücklich. Der kleine Brief hatte ihre Laune richtig verbessert und ihr gutgetan.

Drei Stunden später war Dr. Camara wieder zu Hause. Er rief seine Frau, aber diese antwortete nicht. Er schaute im Wohnzimmer, im Arbeitszimmer, in der Küche. Seine Frau war nicht zu sehen. Er stellte seine Einkäufe auf den Küchenarbeitstisch und suchte weiter nach Mali. Sie konnte dann nur im Schlafzimmer sein, dachte er und ging nach oben. Aber sie war nicht im Zimmer. Er hörte plötzlich im Bad Musik aus dem Radio laufen. Mali hörte gerne Musik, wenn sie in der Badewanne war. So entspannte sie sich besser, meinte sie.

Dr. Camara machte die Tür des Bades leise auf, so dass Mali nicht hören konnte, dass jemand hineingekommen war. Er zog sich aus und näherte sich der Badewanne wie eine Katze, ganz langsam, ganz leise. Mali lag in der halb gefüllten Badewanne und las. Dr. Camara machte Halt und bewunderte seine schöne Frau. Sie war eine sehr gepflegte Dame, die viel Wert darauf legte, sich schön zu halten, und der Sport leistete, wie man sah, dabei gute Dienste. Sie konnte ohne Probleme mit viel jüngeren und kinderlosen Frauen mithalten.

Er konnte im Wasser diese vollen afrikanischen Schenkel erkennen und den runden Po, der immer noch schön knackig geblieben war. Er bewunderte diesen stolzen Busen, der 3 Kinder jahrelang ernährt hatte und hatte sofort Lust, wie ein Baby an den Nippeln zu naschen.

Seine Erektion hatte schon ihr Maximum erreicht, als er ihren Nacken berührte und sanft streichelte. Er kniete sich hinter sie, hinter die Badewanne, und ließ seine Hände langsam über ihre Brüste spazieren. Mali erschrak nicht und schloss genüsslich die Augen, als die Fingernägel der linken Hand ihres Mannes ihre Brustwarzen pieksten und die Finger der rechten Hand die Schamlippen ihrer Vagina berührten und langsam in ihre Scheide reinglitten. Sie ließ sich, ohne die Position zu ändern, lange von den Fingern ihres Mannes verwöhnen und genoss, wie er ihre Klitoris abwechselnd in sanften und festen Kreisbewegungen bearbeitete und massierte. Kurz vor ihrem Höhepunkt blockte sie seine

Hände und alle Handlungen. Sie stand endlich auf, stieg aus der Badewanne, kniete und lehnte sich, als ob sie beten würde, an die Badewanne. Sie beugte sich leicht vor, spreizte ihre Beine so, dass der Po hoch gehoben wurde und ihre Vagina besser zum Vorschein kam.

Dr. Camara verstand gut, was sie damit meinte, ging ebenfalls kniend zu ihr, war hinter ihr und ließ sein Teil durch die Tür des Blumenparks gleiten.

Auf einmal erkannte man die ruhige, zurückhaltende Mali nicht mehr, die schreiend, mit heftig kreisenden Hüft- und Pobewegungen und obszönen Lustworten die harten tänzerischen Stöße ihres Mannes genoss.

Dr. Camara hatte es gar nicht mehr nötig, seinen ursprünglichen Plan zur Besänftigung von Mali umzusetzen.

Es stimmt wirklich, was man in seiner Heimat in Afrika sagte: Der Mensch braucht nur Zuneigung und Liebe, um zu verzeihen und kein Objekt wie ein Geschenk. Er legte das Parfüm weg. Er würde ihr das irgendwann später geben, wenn sie keinen Streit hatten. Er hasste es eigentlich, etwas Materielles zu schenken, um einen Streit beizulegen. Der Mensch braucht wirklich nur Wärme und Liebe. Das Materielle korrumpiert.

Für Mali war alles wieder gut. Ihr ging es gut. Sie war wieder sehr gut gelaunt und als er ihr sagte, dass er um 20 Uhr in der Praxis sein musste, hatte sie nur glücklich gesagt: „Kein Problem, Adou, was will ich noch mehr."

Sie wollte auch nicht durch einen Streit dieses schönes Gefühl zerstören, dass noch durch sie hindurchging. Sie spürte immer noch den Rest dieser Kraft, die aus ihren Wirbeln wie ungleichmäßige Stromwellen entstanden war und langsam ihren Unterleib befallen hatte. Das war ihr wichtiger, als ihrem Mann noch mehr Fragen zu stellen, warum er am Samstag zu diesem späten Zeitpunkt noch ins Büro musste.

Darmstadt Ost, Gundolfstraße, bei Johnny zu Hause, Samstag, 09.01.2010, 22 Uhr 20

„Was hattest du denn gedacht, du mieses Unkraut. Was hattest du denn gedacht? Dass du jemandem Angst machen kannst? Jeder fickt dich. Du bist geboren, um gefickt zu werden. Ja, der Doktor hat dich gefickt und du standest wieder da wie ein Schurke", sagte der Rebell.

„Du hast mir doch gesagt aufzulegen, du hast es mir befohlen", jammerte Johnny.

„Hahaha, so dumm bist du. Ich sage dir, nun geh und springe in die kühlen Fluten des Rheins. Geh doch, geh doch, was machst du noch hier, du Feigling? Du kannst keine Verantwortung in die Hand nehmen? Immer bin ich schuld und du, der kleine, arme Johnny ist unschuldig. Du wirst jetzt nicht zum Rhein gehen. In dieses kalte Wasser wirst du nicht springen. Weißt du, warum? Du weißt nicht, warum? Siehst du, du lügst dich selbst wieder an. Ich sage dir es trotzdem. Du hast aufgelegt, weil du geil warst. Du hast aufgelegt, weil du einen Orgasmus haben wolltest. Im kalten Wasser gibt es doch kein Blut. Es gibt keinen der nach Hilfe ruft und die Hose nass macht, wenn du ihm den Kopf abschneidest und er um sein Leben fleht. Jetzt stehst du hier wie blöd und

tust gar nichts, um diesen verdammten Orgasmus zu kriegen", erklärte der Rebell.

Johnny ging in seiner Wohnung hin und her, wie ein Tiger in einem Zoo. Seine Erektion tat ihm schon weh. Der Drang zu töten erreichte langsam seinen Höhepunkt, aber er wollte nicht töten.

„Verdammter Doktor, verdammter Doktor, du wirst es bereuen. Ich verspreche dir, du wirst es bereuen. Du verdammter…" Er schlug so heftig mit voller Wut gegen die Wand, dass der Nachbar zurückschlug, um ihm zu signalisieren er solle aufhören.

„Wo soll ich jetzt einen schw..." wollte er lamentieren als die Engel zu ihm sprach.

„Johnny, ruf doch diese Frau an. Ruf doch Lina an."

„Nein, er soll jetzt rausgehen und töten. Nein, jetzt nicht, Ich habe eine bessere Idee. Ja, ruf doch diese Frau an und lassen wir uns einen nächsten Plan ausschmücken, einen Plan, über den die ganze Welt sprechen wird.", konterte der Rebell versöhnlich.

„Dieser Arzt muss hart dafür zahlen, dass er mir nicht helfen will. Er will Beweise haben? Er will Beweise haben; die wird er bekommen und er wird bedauern, dass er Beweise haben wollte", sagte er beschwörend und rief Lina an.

Lina hörte ihr Handy vibrieren, als sie dabei war sich abzuschminken, um ins Bett zu gehen. Ihr Mann und die zwei Kinder schliefen schon. Sie waren so müde, weil sie heute Nachmittag im Odenwald gewesen waren, um Schlitten zu fahren. Dort war es am schönsten, weil es Berge gab, wo man meterlang rutschen konnte. Aber danach musste man den Berg wieder hoch laufen. Es war schön, aber sehr anstrengend gewesen. Sie kamen nach Hause und waren alle platt, bis auf sie, da sie gar nicht so richtig mitgemacht hatte.

Während ihre Familie im Schnee gerutscht war und Spaß gehabt hatte, hatte sie die ganze Zeit an Johnny gedacht. Sie war nur einmal runtergerutscht, aber dieses eine Mal hatte enorme Lust auf Sex bei ihr provoziert. Sie erinnerte sich noch daran: Der Schlitten war gegen einen kleinen Baum geschlagen und sie war seitlich gerutscht und mit gespreizten Beinen mit voller Wucht mit ihrer Vagina gegen den Stamm des kleinen Baums gestoßen. Dieser schöne Schmerz glich dem, den sie hatte, wenn sie mit Johnny bumste. Ab diesem Moment waren ihre Gedanken nur noch bei ihm gewesen. Sie hatte die ganze Zeit ihrer Familie beim Spielen zugeschaut und auch mit ihr gelacht, aber sie war weit weg gewesen. Sie wollte Johnny treffen. Vielleicht hätte er Zeit heute Abend? Sie hatte dann einen Plan entwickelt. Sie würde abends etwas Kräftigeres kochen, damit die Kinder und ihr Mann noch schneller müde wären und früh ins Bett gingen, hatte sie gedacht.

Sie schmunzelte ein bisschen, als sie sich dran erinnerte wie ihr Mann, außer Atem, den Berg hochlief und fragte

„Hey Schatz, was machst du da die ganze Zeit? Wir haben Spaß und du hängst an deinem Handy?" Sie hatte geantwortet: „Nein, Liebling, das ist Karin, ich wollte ihr nur sagen, dass wir nicht zu Hause sind. Sie wollte mal vorbeischauen."

Alle diese Gedanken liefen durch ihren Kopf, als sie ihr Handy endlich abnahm, runterging, schnell die Tür der Küche zumachte und leise sprach.

Nach einer Minute ging sie rasch wieder ins Bad. Wir werden es hier im Wohnzimmer tun, dachte sie. Sie würde die Tür, die zu der oberen Etage führte, zumachen und er sollte sie direkt auf dem weichen Teppich neben der Couch nehmen, fantasierte sie.

Sie stellte sich vor, wie es laufen würde: Er würde reinkommen, sie würde noch angezogen sein, er mochte es so. Er würde diese Kleidung gewaltsam zerreißen, um schnell an ihren Körper zu kommen, er würde sie tragen und wie einen Sack Kartoffeln auf den Boden schleudern, sie würde ihre Beine so spreizen, dass sich ihre Vagina in ihrer ganzen Schönheit zeigte, er würde selbst seine Jeans aufknöpfen und seinen galaktischen erregten Penis in seine Hand nehmen, er würde sie auf dem Boden starr anschauen mit einem Blick voller Lust, Leidenschaft und Hass und dabei sich selbst wichsen, dann würde er sich hinknien, sich zwischen ihre Beine hinlegen, ihren Po mit seiner linken Hand von unten nach oben zu seinem Gesicht drücken, mit den drei Fingern der anderen Hand würde er direkt in ihre Vagina eindringen und die Finger vibrieren lassen, mit seiner Zunge würde er hart an ihrer Klitoris lecken, bis sie nach nur einer Minuten einen lauten Schrei losließe.

Das würde der erste Orgasmus, die Vorspeise sein. Zum Hauptgericht würden sie lieber in den Keller gehen, da es sicherlich hart zur Sache gehen würde, als ob es um Leben oder Tod ginge. Diesen Druck auf ihren Hals, sodass sie kaum noch Luft bekam, war für sie das Beste was Sie mit Johnny entdeckt hatte.

Bei ihnen gab es kein Dessert. Nein, nach dem Sex zogen sie sich an und er oder sie gingen sofort wieder weg.

Dieser Gedanke erregte sie so, dass ihr ganzer Körper rot und ihre Nippel dreifach größer wurden. Beim Duschen streichelte und fingerte sie sich selbst, aber kurz vor dem Höhepunkt stoppte sie. Das wollte sie mit Johnny haben. Frisch geduscht wartete sie am Fenster auf ihren Liebhaber, der sie bald mit ihr auf der Grenze zwischen Leben und Tod balancieren würde.

Johnny lag wieder auf seinem Bett. Zwar hatte er keinen Orgasmus gehabt mit Lina, aber seinen Drang ein bisschen gezähmt. Aber die Wut und das Rachegefühl gegen den Doktor waren so stark geblieben.

„Siehst du? Du musst töten, Schwuchtel, du musst töten, wie böse Menschen es tun“, sagte der Rebell.

Er hörte sich sagen: „Ja, ich muss töten und ich werde töten."

„Dieses Mal, Johnny, verspreche ich dir, wird die ganze Welt von dir hören. Du wirst bekannter sein als Ted Bundy. Er hat zwar mehr Menschen getötet als du, aber du wirst ihn mit deiner Brutalität übertreffen", sagte der Rebell.

Er erinnerte sich an Bücher über Serienmörder, die er oft während der Kriegseinsätze in Somalia und im Irak gelesen hatte:

Gary Ridgway, der mindesten 48 Prostituierte getötet hatte.
John W. Gacy der Killer-Clown, er hatte mindesten 33 Kinder auf dem Gewissen und schrieb immer als letzte Worte „Leckt mich am Arsch".
Gilles de Rais, ein reicher französischer Heerführer; er hatte viele Kinder im Krieg getötet. Man sprach von mindesten 140 Kindern, die er vorher extrem folterte.
Fritz Haarmann, der Kannibale? Verantwortlich für mindestens 24 tote Jungen.
Theodore Bundy, 1946-1989, wahrscheinlich hatte er 260 Frauen vergewaltigt und getötet.

Er wiederholte noch einmal: „Ja, ich muss töten und ich werde töten."

Er wusste damit, dass er nachgegeben hatte und töten würde. Diese Erektion würde jetzt nur noch verschwinden, wenn er tötete. Er hatte akzeptiert, es zu tun, und ab nun war er nur noch ein fremdgesteuertes Phantom. In diesem Zustand hatte er immer die beste Strategie zum Töten entwickelt.

„Nun leg dich hin und schlaf, du Missgeburt. Der neue Ted Bundy", sagte der Rebell.

Sein Vorbild war aber nicht Ted Bundy sondern Jack the Ripper, der, wie er auch, seinen Opfern die Kehle durchschnitt und anschließend die Organe des Unterleibs entfernte. Für ihn, Johnny, war der abgetrennte Penis seine Trophäe. Er wusste nicht genau, warum er dieses Stück sammelte, aber nach jedem Mord entfernte er immer den Penis, und er machte Bilder und Videos seiner Taten, und er würde alles das Dr. Camara auf eine makabre Art präsentieren. Er wollte doch Beweise, grinste er böse. Er wird sie haben und spätestens dann wird er mir helfen, dachte er.

Aber davor wollte er ihm noch eine Chance geben.

Darmstadt, am Woog, Sportplatz der TSG 46, Montag, 11.01.2010, 11 Uhr 02

Johnny machte seine Dehnübungen, wie immer nach dem Joggen.

Schon sehr früh war er heute in die Stadt gegangen und hatte sich eine Handykarte besorgt. So eine Karte ohne Registrierung, die in Pakistani-Geschäften verkauft werden. Er nannte sie immer Pakistani, aber er wusste nicht, ob sie aus Pakistan kamen oder aus Indien. Auf jeden Fall hatte er zufällig gehört, dass sie dort nichtregistrierte Karten verkauften. Nach dem Gespräch mit Dr. Camara am Samstag, hatte er Sorge, dass dieser sich doch bei der Polizei gemeldet hatte. Deswegen war er nun vorsichtig geworden und wollte nicht mehr von der Telefonzelle aus anrufen. Er hatte sich also ein Handy und 10 solcher Karten besorgt, damit wollte er von nun an Dr. Camara anrufen und die Karte nach jedem Anruf wegwerfen.

Die schwarze Joggerin vom letzten Mal kam auch auf das Gelände der TSG und machte Übungen, wie Johnny. Sie lächelte ihn an, aber er drehte den Kopf weg, als ob er sie nicht gesehen hätte.

„Machen Sie das nach allen Runden so?", fragte sie und kam ihm sehr nah. Er hatte keine Möglichkeit ihr zu entwischen.

„Ha hallo, reden Sie mit mir?", fragte er und tat so, als ob er nicht wüsste, dass sie auf diesem Gelände alleine waren. Er schaute sie lächelnd an. Das war die andere Visage von Johnny. Er war nach außen sehr charmant und hatte von Natur aus eine extrem schöne Ausstrahlung. Jede Frau würde dem Charme und dem Körper dieses schönen Gentlemans verfallen.

„Oh ich wüsste nicht, dass außer Ihnen und mir noch eine dritte Person hier wäre, vielleicht ein Phantom? Aber ich glaube nicht an Phantome. Hallo, ich heiße Catherine", sagte sie und streckte ihm die Hand hin.

„Hocherfreut, Catherine, ein schöner Name, mit K oder mit C wie Catherine Zeta-Jones? Ich heiße Johnny, Johnny Walker", sagte er.

„Mit C, wie Catherine Deneuve, ich mag diese amerikanischen Schauspieler nicht so. Johnny Walker ist ein markanter Name. Kommen Sie aus der Whisky-Hersteller Familie?", spaßte sie.

Johnny lachte auf diese Art, die alle Frauen schwach machte, ohne dass sie es wollten.

„Nein, und wenn, wäre das vielleicht schade. Ich wäre nicht hier und ich hätte Sie zauberhafte Kreatur nicht kennen gelernt", sagte er.

„Oho, danke, Sie sind ein Charmeur", freute sich Catherine.

„Für Sie sehr gern, das ist das mindeste, was ein Mann für so eine schöne Frau wie Sie tun kann, Catherine", entgegnet er.

Johnny staunte sehr über sich selbst. Warum konnte er denn keine normale Beziehung zu Frauen haben? Er hatte einen guten Draht zu ihnen und sie mochten ihn auch. Er konnte sehr charmant sein, und das war seine Art, sein wahres Gesicht zu verstecken.

„Johnny Walker, hmm, aber es klingt nicht so deutsch, ich vermute deswegen, dass Sie kein Deutscher im wahren Sinn sind?", fragte Catherine.

„Ich vermute auch, dass du keine Französin im wahren Sinn bist?", duzte er sie und lachte laut dabei. „Es tut mir leid, dass ich Sie geduzt habe", fügte er hinzu.

„Warum lachst du so? Was amüsiert dich so? Ich duze dich auch", fragte Catherine ein bisschen erstaunt.

„Die Worte *im wahren Sinn* sind lustig. Du, ich fragte mich gerade ob ich dann im falschen Sinn doch Deutscher bin?", sagte er und lachte weiter.

„Ah ja, verstehe. Ich wollte nur…", wollte Catherine sagen, wurde aber von Johnny unterbrochen.

„Na klar, ich verstehe, was du meinst. Ich habe nur Spaß gemacht. Ich bin Amerikaner, aber habe auch einen deutschen Pass, meine Mutter ist Deutsche und mein Vater Amerikaner, weißer Amerikaner", sagte er.

„Wirklich? Weißer Amerikaner? Deutschamerikaner und der Vater ist nicht schwarz? Mit deinem negroiden Aussehen hätte ich es andersherum gedacht! Mit blauen Augen, blonden Haaren, schmaler, aber langer Nase und..? Lass mich überlegen, weißer Hautfarbe?", lachte sie.

„Na und, ich habe meine Hautfarbe wie Michael Jackson nur gebleicht, trage nur blaue Kontaktlinsen, die Nase habe ich operieren lassen und die Haare blondiert, nur damit mein Vater ein weißer Amerikaner sein kann", scherzte auch er.

„Ja und Hokuspokus, ich bin keine Französin, ich bin jetzt auf einmal Kamerunerin und studiere hier Wirtschaftsinformatik an der Technischen Universität", sagte Catherine.

„Hoffentlich auch im wahren Sinn Kamerunerin", sagte Johnny und sie lachten beide.

Die beiden unterhielten sich noch lange. Obwohl es Johnny nicht passte, da er etwas anderes vorhatte, war er sehr schüchtern und zu höflich, um sich abrupt zu verabschieden. Er kannte das nicht. Klare Grenzen zu ziehen und sagen, dass es nun reiche, fiel ihm sehr schwer. Deshalb tat er weiter so, als freue er sich und redete weiter.

Nach fast 50 Minuten in der Kälte wollte Catherine dann weiterziehen.

„Hast du schon mal afrikanisch gegessen? Wir haben die beste Küche der Welt in Kamerun. Eine Freundin von mir besucht mich bald mit ihrem Freund. Ich würde dich gern einladen, wenn du Zeit hast. Gibst du mir deine Nummer? Dann rufe ich dich an. Ich weiß noch nicht genau, aber vielleicht am Wochenende. Ich sag dir Bescheid", sagte Catherine.

Das kam für Johnny sehr überraschend und unerwartet und das alles passte noch dazu überhaupt nicht in seinen Plan. Außerdem wollte er seine Telefonnummer nicht herausgeben. Er wollte nirgendwo Spuren hinterlassen.

„Was ist, Johnny?", fragte Catherine, die gemerkt hatte, dass er auf einmal komisch geworden war. Johnny bekam sich wieder unter Kontrolle und lächelte sie an.

„Ich war nur traurig-glücklich. Ich wurde noch nie von einem schwarzen Menschen eingeladen. Das ist so nett von dir", versuchte er seine Reaktion zu erklären.

„Komisch, obwohl es so viele Schwarze in Amerika gibt und Obama der Präsident ist. Gib mir deine Nummer. Ich rufe dich garantiert an", sagte sie.

„Oh, he, humm, ich habe gerade die Telefonkarte gekauft und die Nummer kenne ich noch gar nicht. Was ist, wenn du mir deine gibst und ich rufe dich vor Samstag an?", schlug er vor.

„Okay. Das geht auch in Ordnung. Hast du was zu schreiben?", fragte sie.

„Nein, leider nicht, sag sie mir einfach und sie wird nicht mehr aus meinem Kopf verschwinden", antwortete er.

Das konnte er tatsächlich. Er hatte ein durch und durch super trainiertes Gedächtnis, wie ein Rechenzentrum, und er hatte spezielle Ausbildungen bekommen, die ihm bestimmte übermenschliche Fähigkeiten verliehen. Er hatte in der Vergangenheit ein super Gedächtnis haben müssen, um gefährliche Aufgaben durchführen zu können. Er konnte sich auf Anhieb Dinge bis in die kleinsten Einzelheiten merken. Bilder verankerten sich fest in seinem Kopf und er musste etwas nur einmal lesen und es blieb für immer in seinem Gedächtnis. Sein Kopf funktionierte wie ein Computer. Suchte er zum Beispiel eine Telefonnummer einer Person, musste er nur einen Buchstabe des Namens denken und sofort erschienen alle Nummern dieser Person oder auch umgekehrt. Er gab seinem Kopf nur eine Nummer, wie zum Beispiel die 9, und dann erschienen vor seinen Augen alle Menschen, die irgendwie mit der Nummer 9 in Verbindung standen.

Wie man sehr bald sehen wird, hatte Johnny Walker wirklich erstaunliche Fähigkeiten und Kenntnisse. Normalerweise sollte man solche Menschen nicht einfach so in der Wildnis, bzw. der modernen Gesellschaft, aussetzen und alleine lassen.

Er sah, dass Catherine nicht wirklich überzeugt war.

„Vertrau mir. Ich werde mir die Nummer genauestens merken und ich rufe dich garantiert an. Ich freue mich auf kamerunisches Essen", betonte er.

Frankfurt am Main, Bockenheim, Arndtstraße, Praxisgemeinschaft Dr. Camara, Montag, 11.01.2010, 12 Uhr 45

Dr. Camara verabschiedete sich gerade von einer Patientin und freute sich schon auf eine kurze Mittagspause als ein Anruf kam.

„Frau Bender, ich habe Ihnen doch gesagt, dass ich heute nicht erreichbar bin und nur Patienten mit Termin empfange", antwortete er ruhig aber entschieden.

„Ja, Professor Doktor Camara. Aber die Frau am Telefon hat gesagt, dass es sehr wichtig ist und …"

Sofort wusste Dr. Camara, dass es sich um *diese* Frau handelte; er unterbrach seine Sekretärin.

„Stellen Sie sie in einer Minute durch", sagte er.

Er hatte so viel zu tun, dass er heute gar nicht an sie gedacht hatte, aber er war irgendwie froh, dass sie sich doch meldete. Er hatte am Wochenende die ganze Zeit Angst gehabt, im Fernseher zu sehen, dass wieder jemand umgebracht worden war. Er hatte sich nicht getraut, die Polizei anzurufen. Nach dem Streit mit seiner Frau hatte er sich gesagt, wenn schon seine Frau ihm gar nicht zuhören wollte, würde die Polizei es noch weniger tun. Er trank ein bisschen Wasser, setzte sich bequem hin und nahm dann den Hörer.

„Hallo, hier Dr. Camara, mit wem rede ich?", fing er an, ganz freundlich, wie immer.

„Ich bin es. Sie sind überrascht, dass ich mich wieder melde, obwohl niemand gestorben ist? Oder glauben Sie, Sie hätten vielleicht gewonnen?", meldete sich Johnny.

„Hallo, wie geht es Ihnen? Wie heißen Sie eigentlich?", fragte er.

„Doktor, Doktor, glauben Sie wirklich, dass ich Ihnen meinen Namen geben kann? Damit Sie ihn der Polizei geben? Oder soll ich Sie anlügen und irgendwelche Namen erfinden?"

„Geben Sie mir einfach einen Namen, bei dem ich sie nennen kann. Egal welchen", sagte Dr. Camara.

„Heißt das, Sie wollen mich doch therapieren?", fragte Johnny.

„Das wäre der richtige Weg, um zu prüfen, ob ich etwas für Sie tun kann oder nicht", sagte Dr. Camara.

„Doktor, wie war Ihr Wochenende? Sie haben sicher solche Angst gehabt. Ich kann mir ganz gut vorstellen, dass Sie ständig erwarteten zu hören, dass noch ein Schwarzer ermordet wurde, und dass diese Ungewissheit Sie unruhig machte. Sie hatten sicher eine ganz miese Laune und ich kann mir vorstellen, dass Sie deswegen auch mit Ihrer Frau Streit hatten. Alles das, Doktor, weil Sie sich geweigert hatten, mir zu helfen. Das ist nicht gut. Das ist nicht gut, Doktor. Das war wirklich nicht klug von Ihnen. Warum wollen Sie alles aufs Spiel setzen? Ihre Ehe, Ihre Karriere? Helfen Sie mir und das Geheimnis wird nur zwischen uns bleiben. Zwischen uns allein. Niemand wird es wissen. Niemand wird noch sterben müssen. Sie hätten etwas für die Menschheit getan. Warum ist das für Sie so schwer zu begreifen? Why Doctor, oh oh oh, no, no, Doctor, it is not good. That's not good. This is dangerous, very dangerous. Ich biete Ihnen trotzdem einen Kompromiss an, um Ihnen alles zu erleichtern. Sie fangen an mir zu helfen und ich beweise Ihnen, dass ich die Person bin, die die Polizei sucht. Okay? Doktor?", fragte Johnny.

„Ich kann leider nicht am Telefon helfen. Sie müssen dann in meine Praxis nach Frankfurt kommen", versuchte Dr. Camara mit einem Schachzug zu kontern.

„Sehr intelligent, Herr Doktor. Sehr klug von Ihnen. Aber das werde ich nicht tun. Hören Sie auf, sich über mich lustig zu machen. Nein, wir sind wieder ruhig und vernünftig, nicht wahr, Doktor? Ja, wir sind ruhig und reden nun wie erwachsene Menschen. Ich habe verstanden, Sie wollen mich treffen. Das ist wunderbar. Ich schlage vor, dass wir uns an einem neutralen Ort treffen. Es ist nun 13 Uhr 10. Wir treffen uns um 18 Uhr in Langen. Halb Darmstadt, halb Frankfurt. Das ist doch fair. In der Nähe des Hauptbahnhofs gibt es ein Restaurant ZUR WESTENDHALLE. Wir treffen uns dort. Ich warne Sie, Herr Doktor, es wird keine weiteren Chancen geben."

„Wie kann ich Sie erkennen?" fragte Dr. Camara, der nun wirklich neugierig darauf war, diese Frau kennen zu lernen.

„Ha ha Doktor, don't worry. Ich werde Sie erkennen. Passen Sie auf und kommen Sie allein und ich glaube nicht, dass ich Ihnen noch zu sagen brauche, dass die Polizei nicht informiert werden muss. Dann um 18 Uhr in Langen." Und er legte auf.

Er stand auf der Brücke die vom Woog zum Hofgut Oberfeld führte. Er wollte nicht direkt am Woog telefonieren, falls das Handy geortet werden sollte. Deswegen war er in die Nähe des Hofguts gegangen, um zu telefonieren.

Er fühlte sich gut. Er schaute auf sein Handy und war stolz auf sich selbst. Ja, er hatte es geschafft. Er hatte es geschafft, den Doktor zu dominieren. Der würde sicher kommen. Der wird 100% kommen, sagte er sich und ging nach Hause, um sich vorzubereiten.

Er wusste, dass es fast überall in Deutschland, besonders an solchen Plätzen um den Bahnhof, Überwachungskameras gab, deswegen musste er einen gelernten Trick anwenden, um unerkannt zu bleiben.

Langen, Nähe Bahnhof,
Restaurant „Zur Westendhalle"
Montag, 11.01.2010, 17 Uhr

Johnny kam eine Stunde früher mit der S-Bahn. Er schaute sich zuerst die Umgebung an, inspizierte alles und merkte sich alle Details.

Dann ging er um ca. 17 Uhr 15 in das Restaurant, suchte sich einen schönen Platz, von wo aus er alles im Blick hatte und bestellte sich ein Wiener Schnitzel und ein Bier. Alles musste so aussehen, als sei er nur da, um zu essen.

Sein Super-Handy, das er selten mitnahm, stellte er vertikal auf den Tisch. Dieses kleine Ding war powervoller Hightech. Es konnte alles filmen, im Freien alle Bewegungen bis 500 Meter und alle Gespräche bis 200 Meter sehr deutlich aufnehmen. Sein kleines Objektiv konnte sich um 180° drehen, ohne dass es jemand bemerkte. Solche kleinen Geräte hatte er oft bei geheimen Operationen benutzt, und er hatte nie geahnt, dass ihm das irgendwann einmal im normalen Leben helfen könnte.

Er war froh, dass das Restaurant gut besucht war und es deswegen lange dauerte, bis der Kellner sein Schnitzel auf den Tisch stellte. Es war schon 10 vor sechs, so würde Doktor Camara hereinkommen, während er aß.

Er würde ihn so niemals als die gesuchte Person in Betracht ziehen.

Um 17 Uhr 58 betrat ein schwarzer Mensch das Lokal. Johnny hätte ihn fast verpasst, weil er damit beschäftigt war, sein Schnitzel zu zerlegen. Er schaute diesen Menschen ganz cool an, der ruhig seinen Mantel auszog, ihn aufhängte und sich einen Platz ihm gegenüber suchte. Er sah wie immer sehr respektabel aus. Man konnte aus mehreren Metern Entfernung einen sehr intelligenten und gut erzogenen Menschen erkennen. Dr. Camara bestellte sich einen Tee, nahm eine Zeitung aus seiner Aktentasche und las.

Johnny konnte alles beobachten ohne seinen Kopf richtig zu heben. Das war auch ein Vorteil seiner Spezialausbildung. Er war fertig mit dem Essen und bestellte noch ein Bier. Er versuchte, so normal wie möglich auszusehen. Wenig später kam noch ein weiterer schwarzer Mann hinein und setzte sich direkt vor Johnny, gegenüber von Dr. Camara.

Johnny konnte deswegen nicht mehr so genau sehen, was Dr. Camara machte. Es war 18 Uhr 51 als er sah, dass Dr. Camara aufstand. Er dachte, er wolle weggehen. Nein, er ging nur auf die Toilette. Er kam wieder zurück, wechselte aber den Platz. Vielleicht damit man ihn nicht verwechselte, vermutete Johnny.

Dr. Camara bestellte wieder einen Tee und las weiter ganz ruhig in seiner Zeitung. Johnny schaute alles genau an und studierte den Mann, der sein Leben retten konnte, aber vielleicht sein eigenes dabei verlor. Das ist schicksalhaft, dachte er. Er trank sein Bier aus, rief den Kellner, beglich seine Rechnung und lief fast rennend hinaus, um den Zug um 19 Uhr 16 nicht zu verpassen.

Er bemerkte dabei, dass der Psychotherapeut weiter ganz ruhig mit seiner Zeitung beschäftigt war. Er sah aus wie jemand, dem es gefiel da zu sein, wo er war. Man hätte niemals ahnen können, dass er einen Termin mit dem meistgesuchten Mörder Deutschlands hatte.

Johnny saß im Zug und war zufrieden. Genauso wollte er es haben. Er wollte zuerst wirklich prüfen, ob er Dr. Camara vertrauen konnte. Hätte er die Polizei informiert, wären sie da gewesen. Er kannte sich genau aus. Im Saal war niemand gewesen, der ihm etwas Böses wollte. Das gefiel ihm sehr und er dachte nun schon an die nächste Etappe, die er mit Dr. Camara vorhatte und wie er weiter mit ihm umgehen würde.

Dr. Camara blieb bis genau Punkt 20 Uhr im Restaurant, dann stand er auf, ging zur Theke, zahlte seine Rechnung und verschwand ohne ein Wort mit jemandem zu wechseln. Er regte sich erstaunlicherweise gar nicht auf, als ob er so etwas erwarte hatte. Er wusste als Psychotherapeut und Psychologe, dass der erste Kontakt in einem solchen Fall mehr zur Sicherheit, zur Lagesondierung diente. Der Täter wollte sehen, wie sich der andere verhielt. In solchen Situationen war es wichtig, sich so zu verhalten, dass der andere Vertrauen fasste. Er sollte nirgendwo Gefahr spüren.

Dr. Camara war sich sicher, dass diese Person, sei es ein Mann oder eine Frau, in dem Restaurant gewesen war und ihn die ganze Zeit angeschaut hatte. Er hatte das die ganze Zeit gespürt, auch wenn er so getan hatte, als ob es ihn nicht interessierte. Er war sich nun sehr sicher, dass diese Person sich wieder melden würde. Er brauchte nichts zu tun, außer zu warten. Er hatte keine andere Wahl, wie sie ihm gesagt hatte. Er hatte schon einen falschen Weg eingeschlagen und diesen Weg musste er nun bis zum Ende gehen. Er wollte jetzt unbedingt diese Person sehen.

Darmstadt Ost, Gundolfstraße, bei Johnny zu Hause, Dienstag, 12.01.2010, 23 Uhr 57

Johnny war sichtlich sehr müde. Er gähnte am laufenden Band. Er hatte die ganze Nacht nicht geschlafen und arbeitete die ganze Zeit am Computer.

Er war dabei, ein spezielles Programm zu entwickeln. Die Fragmente des Programms hatte er in seinem Kopf. Das ganze Programm war sehr kompliziert. Er kannte dieses Programm aus seiner Zusatzausbildung als Spezialagent. Dieses Programm hatte ihn so fasziniert, dass er damals unbedingt wissen wollte, wie es programmiert wurde. Es war extrem schwierig gewesen, diese Ausbildung zu absolvieren, weil das Programm sehr geheim war. Einmal hatte er die Chance gehabt, im Entwicklungslabor zu sein, sie mussten dort ein Praktikum machen und lernen, wie man dieses Programm anwendete oder, je nach Sachlage, beeinflussen konnte, um es anzupassen. Dabei hatte er sich die wichtigsten Passagen der Quellseiten in seinem Gedächtnis eingeprägt. Aus diesen Fragmenten wollte er nun einen der schlimmsten Trojaner entwickeln. Er wollte mit diesem Programm von zu Hause aus einen fremden Computer in Besitz nehmen. Er konnte dann den Computer anschalten und ihn so steuern, als ob er davor stünde. Damit konnte er Programme auf Camaras Computer installieren, Mails lesen, schreiben, löschen, Ordner öffnen, Bilder auf der Festplatte speichern und wieder löschen, alles das, ohne Spuren zu hinterlassen.

Mit solchen Programmen hatten sie in ihren Einsätzen viele Geheimnisse der Gegner erfahren und viele Aktionen sabotiert, ohne einen Agenten einzusetzen. Es amüsierte ihn, wie dann die Gegner untereinander den Verräter suchten, der den Amerikanern geheime Dokumente gegeben hatte.

Man konnte damit auch Handys ausspionieren. Mit solchen Trojanern konnte man überall auf dieser Erde spionieren. Die Amerikaner waren darin sehr fortgeschritten und hatten so sämtliche Informationen über alle Länder auf der Welt gesammelt, ohne dass diese jemals etwas gemerkt hatten. Auch im Bereich Wirtschaft war dieses Detektivprogramm sehr wichtig. Amerikanische Firmen wussten oft im Voraus, was der Konkurrent vorhatte und konnten ihre Projekte sabotieren, ohne Spuren zu hinterlassen. Das Programm beschädigte nichts. Wenn es seine Arbeit getan hatte verschwand es, ohne etwas am Computer zu verändern. Es konnte sich bei Aufdeckungsgefahr selbst löschen oder in mehrere belanglose Trojaner zerstreuen, die nicht mehr verfolgbar waren, und deswegen war es kaum möglich diesen Spion zu „verhaften".

Er würde noch mehrere Tage brauchen, bis er alles fertig zusammengestellt hatte. Das Spielchen mit Doktor

Camara gefiel ihm immer mehr. Er stand auf, holte sich zum wiederholten Male Kaffee und schaute aus dem Fenster. Ein herrlicher Wintertag. Er freute sich, dass er 7 Wochen krankgeschrieben war und erst im Februar wieder arbeiten musste.

Er setzte sich wieder an den Computer, aber seine Augen konnten nicht mehr mithalten und gingen einfach zu und er sackte auf den Computertisch und schlief dort sofort ein und fast 12 Stunden durch.

Plötzlich wachte er schreiend auf und hörte sich sagen „Nein, nein, bitte, nein, bitte...“

Er hatte geträumt. In seinem Traum hatte er versucht, einem Schwein das Geschlechtsteil bei lebendigem Leib zu entfernen. Das Schwein schrie wie ein Mensch. „Nein, nein, bitte, nein, bitte ...“

Johnny war verwirrt. Er dachte darüber nach und spürte etwas Bedrohliches in sich. Ein komisches Gefühl, dass bei ihm eine Erektion verursachte.

„Deine Mama, deine Mama, ja sie, deine Mama“, sagte die Engel.

Wie in Trance zog er seine Schuhe an, nahm eine Jacke und einen Schal und verließ seine Wohnung, total aufgeregt und total erregt. Es war Mittwoch, der 13.01. 2010, 12 Uhr 08.

An der Haltestelle Heidenreichstraße kam kein Bus. Er entschied sich dann, zu Fuß bis zum Hauptbahnhof zu laufen. Erst da bemerkte er, dass er eine Sommerjacke trug. Es herrschten sicher Minustemperaturen, aber er war vor Aufregung schweißgebadet, obwohl ihm kalt war.

Heidelberg, Gutenbergstraße, bei Johnnys Mutter, Mittwoch, 13.01.2010, 14 Uhr 20

Johnny lief wieder zu Fuß vom Hauptbahnhof in Heidelberg bis dahin, wo seine Mutter wohnte. Das waren immerhin fast 3 Kilometer und es war Winter, aber Johnny wollte nicht mit dem Bus oder dem Taxi fahren. Er wollte so wenig Kontakt wie möglich mit Menschen haben. Der Weg bis zur Gutenbergstraße gefiel ihm auch. Diesen Weg kannte er so gut und er würde die Zeit nutzen, um nachzudenken, warum er überhaupt zu seiner Mama gehen musste.

Vom Willy-Brandt-Platz ging er Richtung Nordosten, dann bog er in die Lessingstraße, dann hielt er sich rechts auf der Mittermaierstraße, er ging weiter, vorbei an der Musikfabrik, in die Jahnstraße und wieder rechts auf der Jahnstraße, nicht weit vom Gerhart-Hauptmann-Platz. Und irgendwann bog er rechts ab in die Moltkestraße. Man konnte links die Pädagogische Hochschule sehen. Er ging weiter links auf die Handschuhsheimer Landstraße und er musste nur noch rechts abbiegen und er war in der Gutenbergstraße.

Seine Mama wohnte seit ihrer Rückkehr aus Amerika in diesem Haus, das einmal ihrem Freund gehört hatte. Es war ein schönes und nicht billiges Wohngebiet in Heidelberg. Er selbst hatte kurz hier gelebt, nachdem er aus der Armee ausgestiegen war und keine Lust mehr hatte in Amerika zu bleiben. Er hatte damals ein neues Leben anfangen wollen und gedacht, dass er es in Deutschland tun würde und dass seine Mama ihm dabei helfen könnte.

Aber nach nur 3 Wochen bei seiner Mutter hatte er sofort gewusst, dass es nicht klappen konnte mit ihr zusammen zu wohnen. Irgendetwas hatte ihn gestört. Alles war verlogen gewesen. Es wurde immer Harmonie gespielt und alle Auseinandersetzungen wurden vermieden.

Er hatte das Gefühl gehabt, dass seine Mutter alles daran setzte, dass er mit sich selbst nicht ins Gericht ging. Warum denn? hatte er sich immer gefragt. Sie hatten niemals einen Streit, sie war sehr hilfsbereit, sie konnte für ihn alles tun. Und gerade das war ihm verdächtig gewesen. Er wusste aber nicht, warum.

Am schlimmsten hatte er die ständigen Besuche seines Halbbruders Philip gefunden. Den konnte er überhaupt nicht leiden. Er erinnerte sich, dass er sie einmal besucht hatte, als seine Mama noch mit seinem Vater in Houston wohnte. An mehr konnte er sich nicht mehr wirklich erinnern. Aber er spürte, dass damals irgendetwas passiert war. Etwas Schlechtes, etwas Unangenehmes, aber leider hatte sein Superkopf keine Erinnerung mehr an diese Zeit. All das hatte dazu geführt, dass er sich wieder nach Darmstadt abgesetzt hatte und einen

Job als Computerspezialist in Weiterstadt angenommen hatte. Er erinnerte sich an diese Zeit damals in der Gutenbergstraße und wurde immer wütender.

Nun stand er wieder vor dem Haus und schrie fast vor Wut. „Wieder er, wieder er, du verdammter Hund, verdammtes Schwein".

Das Auto von Philip stand vor dem Haus. Das hieß, dass er da war. Er wollte ihn aber nicht sehen. Er wollte ihn nie mehr sehen. Nie mehr. Er hatte einen Druck in sich, eine Stimme die ihm sagte, töte diesen Menschen. Das ist das Schwein. Aber er wusste nicht, warum er ihn töten sollte. Er hatte doch nichts getan. *„Doch, doch, der ist ein Schwein, das ist das Schwein, das du in deinem Traum gesehen hast"*, hörte er diese neue Stimme sagen. Diese Stimme klang nicht wie der Rebell oder die Engel. Diese Stimme war ruhiger und selbstsicher und ließ keinen Zweifel daran, dass sie Recht hatte. Diese Stimme hörte er nur dieses Mal und nie mehr wieder. Aber das prägte sich ihm so ein, dass er wieder eine schmerzhafte und tief unangenehme Erektion bekam. Was hatte sein Halbbruder mit seiner Erektion zu tun? fragte er sich und als er dessen Auto berührte, spürte er so etwas wie Hass und wusste in diesem Moment, dass er doch noch mit diesem Mann zu tun haben würde. Er war noch nicht fertig mit ihm.

Er zog sein kleines Taschenmesser, das auf den ersten Blick wie ein Kugelschreiber aussah, aus seiner Tasche und machte alle Reifen des Autos platt. Er zerkratzte das ganze Auto und steckte das Messer wieder in seine Tasche. In diesem Moment spürten seine scharf entwickelten Instinkte, dass jemand ihn beobachtete. Er hob seinen Kopf und sah seine Mutter am Fenster des ersten Stockes, die ganz ruhig, mit einem neutralen Gesicht alles verfolgte, ohne eine Geste zu machen.

Sie schauten sich ein paar Sekunden an, dann verschwand sie wieder.

Johnny wusste sofort, dass sie seinem Bruder nichts von dem Vorfall erzählen würde. Er verstand es. Sie wollte ihm sagen, „Tu es. Mach das, wenn es dir hilft", aber er selbst wusste nicht, ob es ihm half oder nicht. Es war ihm auch egal und er fragte sich gar nicht, was wäre wenn Philip jetzt hinauskäme. Alles war ihm egal. Der Hass und die Wut steuerten ihn.

Nachdem er dem Auto richtig großen Schaden zugefügt hatte, wandte er sich nun Richtung Hauseingang. Er stand vor der Tür und wusste nicht, was er tun sollte. Reingehen, weggehen, dastehen? Er setzte sich einfach vor der Tür in den Schnee und wartete fast 15 Minuten. Seine Mutter hatte sich nicht mehr gezeigt und war auch nicht zu ihm heruntergekommen.

Da er immer noch die Schlüssel des Hauses hatte, und hereinkommen durfte wann er mochte, stand er auf, schloss die Tür auf und ging aber in den Keller. Das war das erste Mal überhaupt, dass er im Keller dieses Hauses war. Komisch, sagte er sich, obwohl er schon mehrmals da gewesen war.

Er setzte sich in der Waschküche auf die Waschmaschine und überlegte. Warum bin ich eigentlich hierhergekommen? fragte er sich. In diesem Moment sah er Bilder vor seinen Augen. Er sah eine Tür, eine Kiste. Er stand auf und ging durch die Gänge des ganzen Kellers, und plötzlich stand er vor der Tür, die er gerade in seiner Vision gesehen hatte. Die Tür war mit einem speziellen Schloss gesichert. Johnny aber lächelte. Was war das denn schon gegenüber den gepanzerten und atomarausgestatteten Türen, die er damals im Einsatz hatte öffnen müssen?

Kurze Zeit später war er in einem großen Raum mit vielen Kisten. Alle waren mit einem Schloss verriegelt, bis auf eine Kiste, die offenstand. In seinen Einsätzen als Soldat hatte er mehrmals solche Situationen erlebt, in denen er schnell entscheiden musste. Er hatte nicht genug Zeit, alle Kisten zu öffnen, deswegen musste er überlegen, nach einem Ausschlussprinzip agieren und so schon einige Kisten aussortieren.

Warum sind alle Kisten zugeschlossen bis auf diese eine? überlegte er. Es könnte Absicht sein, damit man gerade die offene Kiste als belanglos ansah. Ja, gerade das, was auf den ersten Blick belanglos aussah, war oft der wichtigste Anhaltspunkt, hatte er gelernt. Von dort kam oft die tödliche Gefahr. Deswegen holte er die offene Kiste, stellte sie auf den einzigen Tisch, der im

Raum war und suchte darin. Er hatte Recht. Das war die richtige Kiste.

Nach 20 Minuten verließ er das Haus. Er lief wieder an dem Auto vorbei und diesmal zerkratzte er die Frontscheibe. Und auch diesmal hatte er wieder das Gefühl, dass jemand ihn beobachtete. Er hob den Kopf und sah seine Mutter am Fenster. Sie schaute nicht auf das Auto sondern auf das, was Johnny in der Hand hielt. Johnny sah sie lange an, vielleicht 5, 10, 15 Minuten? Er wusste es gar nicht mehr. Aber es war sehr lang, so lang, dass seine Finger erfroren.

Seine Mama bewegte sich nicht. Sie sah aber diesmal nicht so traurig aus wie vorhin, wie vor 45 Minuten. Sie schien, obwohl sie ihre Miene nicht verzog und keine Gefühle zeigte, ja, sie schien, als ob sie ihn anlächeln würde, als ob sie zufrieden und erlöst wäre. Ihre Augen strahlten vor Glück.

Johnny steckte das kleine Buch in seine leichte Jacke und ging weg. Er drehte sich noch einmal zu seiner Mutter um, aber sie war nicht mehr da und der Vorhang war zugezogen. Er bekam ein komisches Gefühl, ein solches Gefühl, das man hat, wenn man sich auf Nimmerwiedersehen wünschte, und etwas sagte ihm, dass dies das letzte Mal war, dass er seine Mutter sah.

Wieder im Zug nach Darmstadt blätterte er im Tagebuch seiner Mutter:

Es war weniger ein Tagebuch als ein Erklärungsbuch. Es fing über Philip an. Er las einige Seiten und steckte das Buch zurück in seine Jacke, als er wieder an den Abschied von seiner Mutter dachte.

Was er da gelesen hatte klang nicht gut. Das war schlimm. Er hatte es nie geahnt. Das klang schrecklich. Er hatte sich immer wieder folgende Fragen gestellt: Was geht durch den Kopf dieser Frau? Was trägt sie so mit sich? Was belastet sie so? Warum lachte sie so wenig? Warum ist sie nie glücklich, auch wenn sie sich freut? War das, was er jetzt gelesen hatte, der Grund dafür? fragte er sich, oder nur einer von vielen Gründen?

Er wollte dieses Buch in Ruhe irgendwann weiter lesen, aber jetzt nicht mehr.

„Ich will jetzt nicht ihre Jammerei hören und ihre Entschuldigung auf diese Weise erfahren. Es ist feige, sie hätte direkt mit mir reden können", sagte er sich, auch wenn es ihm ein bisschen leid tat, was sie erlitten hatte.

Er wusste nun den Grund, warum er plötzlich nach Heidelberg hatte reisen müssen. Seine Mama hatte ihn gerufen. Seine Mama wollte Abschied von ihm nehmen und sie wollte ihm etwas mitteilen – um ihm zu helfen? Zu befreien? Ja, das war es sicher, dachte er und das würde aber auch bedeuten, dass etwas Schlimmes passieren würde, das diesen Abschied rechtfertigte. Was denn? Er spürte, dass etwas Schlimmes passieren würde, aber was denn? fragte er sich und schloss seine Augen und dachte über die paar Seiten nach, die er gerade gelesen hatte.

Philip war in einem Heim und später in einer Pflegefamilie aufgewachsen. Seine Mutter hatte ihm das nie gesagt.

Dieser Sohn war aus einer inzestuösen Vergewaltigung hervorgegangen. Seine Mutter Margot war jahrelang von ihrem „Großonkel" missbraucht worden, dem Mann ihrer Oma, bei der sie nach dem Krieg wohnen musste, weil ihre Mama mit sechs Kindern überfordert gewesen war und ihr Papa vom Krieg in Russland nicht zurückkam. Sie war damals sehr jung gewesen.

Der Missbrauch fing an als sie 10 war, und mit 13 wurde sie schwanger und musste das Kind austragen. Damals war es nicht so einfach, solche Sachen in der Familie zu besprechen. Sogar noch heute versuchten die meisten Familien eine solche Schande doch zu vertuschen, dachte Johnny und versuchte so, seine Mama zu verstehen, zu verstehen, warum sie nicht an die Öffentlichkeit gegangen war.

Ihre Oma hatte den Missbrauch die ganze Zeit mitbekommen. Und als Margot einmal versucht hatte mit ihrer Mutter, die zu Besuch da war, die Sache zu thematisieren, wurde sie geschlagen. Sie solle nicht so etwas von Onkel Jörg erzählen. Sie solle sich freuen und dankbar sein, dass sie ein Zuhause gefunden und etwas zu essen bekommt hatte. Sie traute sich nie mehr, darüber zu reden.

Sie schrieb in dem Buch von diesem widerlichen, stinkenden, faltigen, bleichen Körper, der sie drückte und ihr weh tat, bis sie irgendwann einmal null Gefühle mehr hatte und alles nun über sich ergehen ließ. Der alte Mann dachte sogar, dass der grausige Akt ihr nun gefallen würde. „Siehst du, siehst du, ich hatte dir gesagt, dass es dir gefallen wird", sagte er öfter, weil sie sich nicht mehr zur Wehr setzte.

Das schlimmste dabei war, schrieb sie, dass ihre Oma, anstatt sie zu beschützen, sich ihr gegenüber verhielt als ob sie, ihre Enkelin, nun die Nebenfrau ihres Mannes war. Sie wurde immer eifersüchtiger und sie, das Opfer, musste noch dafür zahlen, dass sie ständig missbraucht wurde. Die Oma nannte sie „kleine Hure". Als sie schwanger wurde, wurde überall erzählt, dass sie eine leichte Frau wäre und sich mit einem Besatzungssoldaten eingelassen hätte, der nun flüchtig wäre.

Nun waren alle Zeugen von damals tot, bis auf dieses Tagebuch. Jetzt waren es nur noch zwei; zwei Personen, die die Schande kannten, nämlich sie und er, Johnny. Er spürte noch mehr Hass als vorher gegen seinen Halbbruder. Vielleicht wäre es alles anders mit seiner Mutter gewesen, wenn er nicht geboren worden wäre? Vielleicht würden sie glücklich leben?

Aber das konnte nicht der Grund sein, warum er seinen Halbbruder so hasste, sagte er sich.

Vielleicht stand doch alles in diesem Buch? Dann würde er es erfahren, aber er fand es komisch, dass er nicht mehr so neugierig war und das Buch erst später lesen wollte. Vielleicht hatte er unbewusst Angst, unangenehme Sachen zu erfahren? Auch das würde er irgendwann erfahren, sagte er sich, und stieg aus dem Zug, der Darmstadt erreicht hatte.

Nun musste er weiter an dem Spionageprogramm arbeiten. Es konnte noch Tage dauern bis er fertig war, aber vorher musste er sich bei Lina abregen.

„Bundy, du bist mein Bundy, komm und bring mich um", antwortete Lina.

Er sprang fast auf, als Lina ihn T. Bundy, den berühmten Frauenmörder, nannte. Was wusste diese Frau über ihn? fragte er sich.

„Um 22 Uhr, draußen, im Garten im Schnee, ganz nackt", sagte er und steckte sein Handy wieder in seine Jeanstasche.

Zwar hatte er nie einen Orgasmus mit Lina, aber dieser beinahe sadistische Sex beruhigte ihn ein bisschen, und heute wollte er noch brutaler sein.

„Das wird dir nichts bringen, bescheuerter Hund. Das wird dir nichts bringen. Du brauchst Blut. Bald wird es explodieren, wenn du weiter ohne Orgasmus bleibst",

*s*agte der Rebell, der sich seit Tagen nicht mehr gemeldet hatte.

Darmstadt Ost, Gundolfstraße, bei Johnny zu Hause, Donnerstag, 14.01.2010, 6 Uhr

Der Wecker klingelte schon seit fast 3 Minuten und Johnny hatte Schwierigkeiten aufzustehen. Gestern hatte er auch bis spät gearbeitet und war mit der Programmierung fast am Ende. Er war viel schneller, als er gedacht hatte. Es fehlte nur noch, dieses Programm zu testen. Das Testen würde den ganzen Vormittag dauern, und dann konnte er Dr. Camara die gewünschten Beweise abliefern. Wenn alles gut lief, würde er Dr. Camara morgen direkt besuchen, sagte er sich und stand endlich auf. Seit 3 Tagen hatte er keinen Sport getrieben. Das war der Grund, warum er um 6 Uhr aufstehen wollte, um noch in der Dunkelheit Joggen zu gehen.

Bei den Dehnübungen nach dem Joggen auf dem Gelände der TSG 46 dachte er wieder an Catherine. Er hat ihr versprochen anzurufen. Vielleicht würde er das tun, vielleicht aber auch nicht. Er wusste noch nicht genau, was er tun würde.

Nach 90 Minuten war er fertig mit dem Sport und lief ganz langsam und entspannt nach Hause und dabei stellte er sich vor, wie die Frau von Dr. Camara reagieren würde bei der Ansicht der Bilder und Videos, die er bald ihrem Mann schicken würde.

Zu Hause angekommen ging er direkt ins Bad, um zu duschen. Er schaute sich ganz gern im Spiegel an, aber er hasste den Bereich um seine Hüfte und am meisten seinen Penis. Er hatte den Eindruck, dass dieses Stück verantwortlich dafür war, dass er unzufrieden war.

Als er das sagte spürte er wie sein Glied langsam an Volumen zunahm und dicker und dicker wurde. Das wollte er aber nicht. Er hatte es die ganze Zeit mit so großer Mühe geschafft, seinen Drang zu morden in Schach zu halten. Er wusste, dass dieser Zwang ihn irgendwann wieder so stark dominieren würde, aber er hatte gehofft, dass er bis dahin schon bei der Therapie sein würde, sodass er diese Mordlust in den Griff bekäme.

Nun, seitdem er in Heidelberg gewesen war, spürte er die Gewalt dieses Dämons immer mehr und jetzt, nachdem er an Catherine gedacht hatte, wurden seine Fantasien wieder aktiv.

„Nein, du hast keinen Dämonen in dir. Du bist selbst der Dämon, du Lumpenhund. Ich habe dir doch einen Orgasmus versprochen. Vergiss nicht, was wir abgemacht haben. Deine nächste Tat wird in die Geschichte eingehen. Diese Frau ist das Tor zu deiner nächsten Schandtat", sagte der Rebell.

Er hatte inzwischen eine volle Erektion und das, worauf andere Männer sich freuten und wofür viele Frauen den Verstand verlieren würden, war für Johnny die Hölle. Er hatte so einen charakterstarken Penis in erigiertem Zustand, wie ein schöner Stößel.

Er zog schnell eine Unterhose an, um seinen Penis nicht mehr zu sehen, duschte damit und danach setzte er sich wieder sofort an den Computer.

Er arbeitete ununterbrochen, stundenlang, bis er ein Piepsen und eine Stimme hörte. „You have a message." Er schreckte auf und fragte sich, wer ihm eine Mail schicken könnte. Schnell ging er zum Posteingang und öffnete eine Mail von Asifa, der arabischen Frau.

Es waren zwei Bilder mit einer Aufschrift „Hättest du auch Lust? Ich schon. Habe Zeit zwischen 15 Uhr und 15 Uhr 30, danach ist mein Mann da. Deine Asifa"

Die Bilder waren eindeutig und in beiden Bilder ging es um Analsex. Auf einem Bild war eine Frau zu sehen, die einen Umschnalldildo trug und in einen Mann eindrang. Auf dem anderen Bild war der Mann, der sich mit seinem Glied anal bei der gleichen Frau befriedigte.

Johnny lächelte über die Schwulensexfantasien von Asifa. Es war auch lange her, dass er Schwulensex hatte und eine kurze Pause würde ihm vielleicht nicht schlecht tun. Der Schwulensex war der einzige Sex, den er ein bisschen genießen konnte, aber komisch war nur, dass er sich danach immer so schlecht fühlte und schämte. Er sagte zu sich selbst, dass er kein Schwuler wäre. Das war immer seltsam bei ihm. Vielleicht würde

Dr. Camara ihm helfen, diese widersprüchliche Seite zu erklären?

Er schrieb Asifa zurück: „Ich will es auch, aber nur das erste Bild. Ich möchte, dass du mich hart und brutal fickst." Er holte den Dildo, den er ihretwegen gekauft hatte. Asifa liebte es, selbst zu ficken und danach lag sie auf der Couch und onanierte minutenlang. Sie brauchte immer so lange bis sie kam und wenn sie dann kam, bebte das ganze Haus. Das durfte sie leider bei ihrem Mann nicht, aus Angst Hure genannt zu werden, meinte sie und sie konnte auch nur kommen, wenn sie sich vor einem Mann selbst befriedigte. Diese nicht ausgelebte Fantasie hatte dann ihre Sexualität total gehemmt.

Nach der kurzen Pause mit Asifa, wo er wie erwartet auch nicht gekommen war, war er nun noch aggressiver geworden. Er wusste, dass es bald so weit sein würde, dass er tötete.

Um 17 Uhr 10 war das Testen abgeschlossen und er konnte nun den Angriff auf Dr. Camaras Rechner starten. Er lud den speziellen Trojaner hoch und schickte ihn über Google Online. Nach nicht einmal 10 Minuten hatte er alle Daten von allen Menschen die Camara in ihrem Namen hatten. Eine Minute später hatte er die Daten des gesuchten Camara. Alles über ihn: Sein Lebenslauf stand vor ihm, mit allen möglichen Daten, die Daten seiner Frau, von seinen Kindern, Namen der Eltern, Telefonnummern und Verbindungslisten, SMS- und Mail-Listen der 12 letzten Monate, was auch Johnny erstaunte. Er dachte, dass alle Daten nach 6 Monaten vom Provider gelöscht werden müssten. Das Programm lieferte ihm auch die verschiedenen Kontonummern und Kontotransaktionen der letzten Monate von allen Mitgliedern der Familie. Er staunte, wieviel Geld dieser Arzt hatte. Endlich bekam er, was er suchte, die Mailadresse, seine Passwörter und den Code des Computers. Alles geschah innerhalb von 15 Minuten. Das war der Hammer, freute er sich, aber das Originalprogramm hätte das alles in nicht einmal einer Minute geschafft. Johnny grinste und lachte innerlich über Menschen, die noch glaubten, dass sie im Internet unerkannt seine und die noch glaubten, dass es Datenschutz gäbe.

Nachdem er alle Daten bekommen hatte, löschte er das Programm wieder. Er änderte einige Dinge im Quelltext und lud es wieder hoch. Nach 3 Minuten stand praktisch der Laptop von Dr. Camara auf seinem eigenen Schreibtisch: er hatte nun die totale Kontrolle darüber. Er errichtete einen Ordner mit dem Name „Secret" und speicherte dort ein paar Bilder und Videos von seinen Morden. Schnell schickte er ihm eine E-Mail von seiner Praxis-E-Mail-Adresse, so dass es aussah, als ob er sich selbst die Mail geschickt hätte. Dann erstellte er auf dem Desktop eine Verknüpfung zu dem „Secret"- Ordner und ließ alles offen. Mit der Kamera des Laptops konnte er nun alles verfolgen was in dem Raum geschah. Jetzt musste er nur auf Doktor Camaras Reaktion warten.

Er ging in die Küche und machte sich einen Kaffee und ein Sandwich. Es dauerte ca. 20 Minuten, dann kam er zurück in sein Arbeitszimmer.

„Oh nein, shit, fuck you, fuck you, verdammt, ach du Scheiße, nein, nein", fluchte er laut, als er sah, was sich auf dem Computer von Dr. Camara abspielte.

Frankfurt am Main, Sachsenhausen, Franz-Lenbach Straße, bei Dr. Camara, Donnerstag, 14.01.2010, 17 Uhr 30

Mali war heute lange unterwegs gewesen und war erst gegen 17 Uhr 30 wieder in der Villa. Nach ihrer Arbeit war sie in einem Afroshop in der Nähe des Hauptbahnhofs in Frankfurt einkaufen gewesen.

Ihre Ehe erlebte seit Tagen ihre erste richtig ernsthafte Krise seitdem sie zusammen waren, und das gefiel ihr nicht. Sie war durcheinander und wusste nicht, was sie tun sollte. Sie wollte heute mit ihrer Mama telefonieren und mit ihr darüber reden.

„So ist es", hatte ihr ihre Freundin Amina aus Paris gestern gesagt, als sie darüber geredet hatten.

„Was, so ist es?", hatte sie gefragt.

„Ja, das passiert immer da, wo man so viel Harmonie vorspielt. Bei der ersten Schwierigkeit zweifelt man schon. Weißt du, wie oft ich mit meinem Mann gestritten habe? So haben wir uns besser kennengelernt, auch unsere schlechten Seiten. Bei euch war immer alles Harmonie, Harmonie. Vor Auseinandersetzungen hattet ihr Angst. Was für eine Liebe ist das, wo es keine Reibereien gibt? Nein, ihr wolltet wie die Weißen leben.

Schatz hier, Schatz da und sogar in Anwesenheit von Gästen streichelt ihr euch. Ihr tatet alles, um zu zeigen, dass ihr euch sooo liebt. Das tut ihr auch bestimmt, wie Oumarou und ich. Aber ihr habt eure Liebe nicht geprüft. Nun ist die Prüfung da. Meine Schwester, nimm die Prüfung an als Chance. Versuche nicht wieder diese Missstimmung zu vergraben, der Harmonie wegen. Nein, ihr solltet die Chance nutzen, um über euch, über die unangenehmen Seiten von euch, zu reden. Es ist besser jetzt, wo ihr noch jung seid", argumentierte Amina.

Seit gestern dachte sie über diese Sätze nach und fand, dass Amina, auch wenn sie sehr, sehr direkt war, was sehr typisch afrikanisch war, ja, dass sie nicht unbedingt Unrecht hatte.

Sie fing an, über alles nachzudenken, auch die Erziehung der Kinder. Ihre Mama war mehrmals hier bei ihnen gewesen und hatte sie immer gewarnt. „Meine Tochter, ich finde, dass ihr übertreibt. Glaubst du, unser System war falsch? Siehst du, was unsere Erziehungsart aus euch gemacht hat? Siehst du, dass ihr glücklich, erfolgreich, selbstbewusst das Leben bei den Weißen bestreitet? Das ist das Ergebnis unseres Systems, des afrikanischen Systems, der afrikanischen Art. Glaubst du, eure Kinder werden so sein wie ihr, wenn ihr so weitermacht? Glaubst du, dass eure Erziehungsart diesen Kindern genauso viel Kraft, Selbstsicherheit, Frieden und Freude am Leben geben kann? Für mich sieht es nicht danach aus. Ihr seid dabei, die Kinder so zu erziehen, dass sie lebenslang von euch abhängig bleiben. Sie werden zu früh freigelassen um sie am Ende doch wieder einzusammeln. Und ihr nennt das Harmonie und Liebe? Das würde euch Eltern vielleicht gut passen. So könnt ihr, wenn ihr in Rente seid, zusehen, dass ihr noch nützlich seid. So entgeht ihr der Langeweile des Alters und habt wieder eine Beschäftigung in euren Kindern, aber für die Kinder wird es verdammt schwer sein, da sie in diesem Alter normalerweise leben sollten, ohne eure Hilfe. Schau mal Aicha an. Ihr überlasst den Kindern zu viele Freiheiten und besonders zu früh zu viele Freiheiten. Gib jemandem immer nur das, was er tragen kann, sonst wird das, was er trägt, ihn niedermachen. Diese Art, den Kindern in jungem Alter die Entscheidungen zu überlassen, was sie tun und was sie nicht tun wollen, wird dazu führen, dass sie, wenn sie erwachsen sind, nichts mehr alleine schaffen können ohne euch, ohne eure Hilfe. Ist es das, was ihr möchtet? Die Kinder niemals loszulassen? Das ist ein guter Weg, die Kinder direkt zum Psychologen zu schicken. Das Geld dafür könntet ihr aber schon jetzt sparen, indem ihr nicht nach der Theorie, sondern nach der Realität lebt. Verantwortungen und Vertrauen zur Unzeit erzeugen eine Leere im Menschen. Im Gegenteil, gebt euren Kindern einen Glauben."

Mali machte sich schon lange Sorgen um ihre älteste Tochter, sogar um alle ihre Kinder. Sie fragte sich, wie sie ihr Leben morgen leben wollten. Aicha war ständig unzufrieden mit sich selbst und mit allem und sehr anhänglich und voller Sorge. Früher war sie nicht so gewesen.

Vielleicht hatten sie wirklich einen Fehler gemacht? fragte sie sich. Vielleicht war es wirklich zu früh, den Kinder so viel Macht, Eigenverantwortung und Unabhängigkeit zu geben? Sie wollten mit ihrer Erziehungsart die Kinder stärken; ein Selbstwertgefühl und Selbstsicherheit geben, Eigenverantwortung lehren. Aber im Laufe der Jahre mussten sie feststellen, dass sich das Gegenteil immer mehr und mehr abzeichnete.

Sie packte das Eingekaufte aus. Sie wollte für ihren Mann frittierte Kochbananen machen, mit gegrilltem Hähnchen im Backofen und einer speziellen scharfen Sauce. Das würde ihm ganz sicher gut schmecken und die Sauce Makossa Hot Rotic würde ihn anheizen, sie hoffte sie würden einen schönen Abend verbringen.

Ja, etwas muss ich ändern und auch ein bisschen konstruktive Konfrontation muss in die Beziehung rein, dachte sie und suchte nach dem Telefon.

Sie wollte schnell anrufen, bevor Adou nach Hause kam. Es war schon 18 Uhr 31. Sie nahm das Telefon, wählte eine billige Vorwahl, die sie im Kopf hatte. Aber die Verbindungskosten hatten sich geändert. Sie musste deswegen im Computer nach der aktuellen billigsten Vorwahl suchen. Da das Arbeitszimmer ihres Mannes ganz in der Nähe war, zog sie es vor, eher an seinem Laptop ins Internet zu gehen, als oben in ihrem Arbeitszimmer.

Als sie ins Arbeitszimmer kam, um ca. 18 Uhr 35, sah sie sofort, dass der PC im Energiesparmodus war. Das hieß, dass Adou vergessen hatte, den Laptop ganz herunterzufahren. Sie machte sich keine Gedanken. Das passierte doch jedem.

Sie drückte die Eingabetaste und der Laptop ging an.

Ungewollt sah sie, dass der Mail-Account von Adou offen war. Sie wollte das Fenster zumachen, um in Google ein neues Fenster aufzurufen, als etwas ihre Aufmerksamkeit auf sich zog. Eine E-Mail von Samstag die von seiner Büroadresse an ihn selbst geschickt worden war mit der Aufschrift „Mordbilder". Am diesen besagten Samstag, dem Tag, wo er sich komisch benommen und ins Büro hatte fahren müssen.

Wie fremdgesteuert tat sie, was sie niemals getan hatte seitdem sie zusammen waren. Sie öffnete die Mail, und das was sie da sah unterbrach für eine kurze Zeit die Luftzufuhr in ihrem Körper.

Frankfurt am Main, Bockenheim, Arndtstraße, Praxisgemeinschaft Dr. Camara, Donnerstag, 14.01.2010, 18 Uhr 39

Dr. Camara ging sofort ans Handy als er sah, dass es seine Frau war und voller Freude, ohne auf ihr Hallo zu warten, redete er sofort: „Hallo, mein Schatz, hast du an mich gedacht? Schon Sehnsucht nach mir? Ich bin in 40 Minuten fertig und schätze, dass ich um 20 Uhr zu Hause bin."

Mali weinte aber, sie weinte richtig fürchterlich.

„Hallo, Mali? Du bist es doch, oder?", fragte Dr. Camara verunsichert.

„AAAAAAdou, wa.. was i i is ist d de das, wa wa was hei h heißt das", stotterte sie.

„Mein Schatz, was ist los, ist was passiert?", fragte Dr. Camara total beunruhigt.

„Ich möchte, dass du sofort nach Hause kommst. Sofort bitte", sagte sie.

„Was ist denn los? Sag mir, was ist? Bist du verletzt? Bitte Mali, sag mir doch, was los ist?", flehte er sie an.

„Ich kann es nicht, Adou, ich kann es nicht am Telefon. Du musst mir eine Erklärung geben. Ich weiß gar nichts mehr. Ich verstehe gar nichts mehr. Bitte komm sofort nach Hause", forderte sie weiter.

„Mali, ich kann nicht sofort kommen. Es geht nicht. Aber wenn ich wüsste, was los ist, würde ich vielleicht doch kommen. Sag mir einfach, was los ist", forderte Dr. Camara zurück.

Mali redete nicht mehr und weinte nur noch am Telefon.

Adou wartete ca. 5 Minuten, und als Mali nicht mehr weinte sagte er: „Es ist besser, wir hören jetzt auf, ich erledige schnell, was ich noch zu tun habe und mache mich sofort auf den Weg. Okay, Mali?"

„Adou, Adou, warum? Warum nur?", und sie unterbrach das Telefonat.

Dr. Camara versuchte sie sofort anzurufen, aber sie ging nicht ans Telefon. Er forschte in seinem Kopf und fragte sich, was los gewesen sein musste, damit Mali so reagierte? Er fand überhaupt keinen Hinweis.

Es war 19 Uhr 25, Dr. Camara machte sich gerade fertig, um schnell nach Hause zu gehen, als von seinem Sekretariat eine Bitte um ein Telefonat kam.

„Soll ich sie verbinden, Doktor? Ich habe ihr gesagt, dass Sie beschäftigt sind aber sie sagte, dass es lebenswichtig wäre."

Dr. Camara ahnte, wer sie sein könnte und irgendwie freute er sich. Auf dieses Telefonat wartete er seit Tagen, aber er konnte leider nicht lange reden, weil er über seine Frau sehr beunruhigt war und wissen wollte, was los war.

„Ja, danke, stellen Sie sie durch."

Sehr freundlich und vornehm wie immer fragte er: „Hallo, hier Dr. Camara, was kann ich für Sie tun?"

„Wir müssen uns treffen. Wir müssen uns unbedingt treffen", sagte Johnny am anderen Ende der Leitung.

„Aber letztes Mal haben Sie das gleiche gesagt und waren doch nicht da, und für solche Spielchen habe ich keine Zeit", sagte Dr. Camara und tat so, als ob er sauer wäre.

„Ich war da, Doktor. Wir haben nur nicht miteinander geredet, aber ich war da", antwortete Johnny.

„Sie hätten mich doch ansprechen sollen. Wären Sie nicht eine Frau, hätte ich gesagt, dass der Mann, der mir gegenüber saß und sein Schnitzel aß, die Person ist", sagte Dr. Camara ganz ehrlich ohne Hintergedanken.

Johnny war fast schockiert darüber, dass der Arzt ihn eigentlich schon kannte. Wie hatte er das angestellt? Er hatte die ganze Zeit in dem Lokal seinen Kopf doch gar nicht gehoben? fragte er sich. Er wollte aber nicht, dass der Doktor seine Unruhe merkte und fuhr fort ohne ein Kommentar zu machen.

„Ich muss Sie treffen, bevor Schlimmeres passiert. Ich muss Sie jetzt und sofort sehen, bevor Sie nach Hause gehen", sagte Johnny und dachte dabei Frau Camara und die Bilder und Videos.

„Okay, kommen Sie am Samstag in meine Praxis, am Samstag um 11 Uhr. Heute geht überhaupt nicht, es tut mir Leid. Ich muss nach Hause", sagte Dr. Camara.

Die Zeit und der Tag waren absichtlich ausgesucht. Am Samstag war niemand in der Praxis und gegen 11 Uhr würde er sowieso wie immer einkaufen, so dass er keine Erklärung für seine Frau – außer, dass es vielleicht irgendwo einen Stau gab – finden musste.

„Wie Sie wollen. Ich wollte Sie warnen. Werde dann am Samstag kommen. Passen Sie auf. Sie müssen die Polizei nicht informieren und ich werde sowieso gute Vorkehrungen treffen", sagte Johnny.

„Was meinen Sie damit?", fragte Dr. Camara genervt.

„Nur meine unversehrte Rückkehr nach Darmstadt wird ihr Leben retten. Komme ich nicht nach Hause oder spielen Sie mit mir, werden sie alle sterben", sagte Johnny und legte auf.

Dr. Camara lächelte mitleidig in sich hinein. „Was kommt noch auf mich zu? Seit zwei Wochen habe ich keinen Boden mehr unter den Füßen", beklagte er sich und fuhr mit seinem Auto los.

Dies war die erste Lebenskrise dieses Diplomatensohns. Seitdem er auf der Welt war lief für ihn alles nach Plan. Schicksalsprobleme, wie das, was er jetzt erlebte, kannte er nur aus den Medien, bei seinen Freunden, Bekannten und bei seinen Klienten oder Patienten. Obwohl er vielen Menschen half, solche Situationen zu meistern, war er für sich selbst nicht vorbereitet.

Das Leben kannte er bis jetzt nur von der schönsten Seite, was ihm auch ein wenig Arroganz-Allüren, die sich durch sein extremes „Nettsein" und seiner Liebenswürdigkeit ausdrückten, verliehen hatte. Er dachte früher immer, dass Unglück und Pech nur die Versager und die Erfolgslosen verfolgten. Aber er war keins davon und trotzdem wurde er getroffen. Das traf ihn aber hart, aus heiterem Himmel. Er wusste nicht, was er tun sollte, was er tun konnte. Er fühlte sich auf einmal so klein, so ohnmächtig, so schwach.

Seit einigen Tagen sah er seinen Beruf mit einem anderen Blick. Er hatte nun viel mehr Respekt für die Menschen, die zu ihm kamen, um Hilfe zu suchen. Manche hatten so schwere Schicksale, aber hatten die Lust am Leben nicht verloren. Sie kämpften weiter und wollten nicht aufgeben. Das konnte er jetzt schätzen. Er hatte mit seiner Frau kaum ein Problem. Bei den ersten Schwierigkeiten jetzt in der Ehe, sahen sie beide so fertig aus, als ob Mohammed gerade gestorben wäre. Wie hätten sie denn dann getan? Was hätten sie getan, wenn so ein Schicksal gehabt hätten wie Familie Stollenberg?

Die hatten innerhalb von 10 Minuten ihre drei Kinder, Vater und Mutter, die in den Urlaub fuhren, bei einem Unfall verloren und trotzdem hatten sie sich nicht aufgegeben. Er und Mali hatten noch vor einigen Tagen über ihre Freunde, die Schröders aus Niederbayern geredet. Er erinnerte sich, wie seine Frau und er sie unfähig und Versager nannten, weil sie ihre Lebenskrise nicht auf die Reihe bekamen. Nun waren sie dran, und vielleicht würden bald andere Leute sie auch Versager und Unfähige nennen. Ist das Leben nicht komisch? dachte Dr. Camara, der nun vor seinem Gartentor stand und wartete, dass das elektrische Tor den Weg frei gab.

Frankfurt am Main, Sachsenhausen, Franz-Lenbach Straße, bei Camara zu Hause, Donnerstag, 14.01.2010, 19 Uhr 10

Nach dem Telefonat mit ihrem Mann hatte Mali versucht, ihre Mutter in Mali anzurufen. Leider ging niemand ans Telefon. Sie dachte an ihre Freundin Amina in Paris aber verspürte keine Energie, um ein schwieriges Gespräch zu führen.

Sie war wieder am Laptop gewesen und wollte sich einfach versichern, dass sie es sich nicht nur eingebildet hatte. Doch sie waren da, die Bilder, und sie durchsuchte dann den ganzen PC und fand in einem Ordner noch mehr Bilder, und am schlimmsten die Videos.

Diese Schreie von sterbenden Menschen, die sich in die Hose machten, dieses Flehen um Leben, diese Gesichter, die vor Angst wie Zombies aussahen, gingen nicht mehr aus ihrem Kopf. Sie sah diese abgetrennten Geschlechtsteile, bei lebendigem Leib entfernt, es war einfach unglaublich und ekelhaft. Die letzten Bilder, vermutlich vom letzten Mord in Sachsenhausen, waren grausamer als das Grauen selbst. Es war fast wie ein ritueller Mord. Es war widerlich zu sehen, wie dieser junge Mann sich auszog, so etwas wie ein Tablette von dem Unbekannten, den man nicht sah, in den Mund steckte und mit Wasser einnahm und kurz darauf … Nein, das kann man gar nicht glauben, sagte Frau Camara. Aber je ekelhafter und unmenschlicher die Bilder und Videos waren, desto neugieriger wurde sie und wollte doch alles sehen. Sie war einfach wie dämonisch davon angezogen, alles zu sehen, was ihr Mann vielleicht angezettelt hatte.

Sie wusste nicht was zu tun sei. Sie wusste nur, dass sie auf einmal Angst hatte. Sie hatte Angst vor Adou, vor diesem Mann, der seit zig Jahren ihr Leben begleitete. Als sie die Bilder entdeckt hatte, wollte sie sofort ihre Sachen packen und in ein Hotel ziehen. Es fehlte ihr aber der Mut es zu tun, ebenso wie die Polizei zu informieren. Sie stellte alle Arten von Theorien auf:

Wenn er nicht der Mörder war, wie kamen dann diese Bilder nicht nur in seine Mail sondern auch auf seine Festplatte?

Wenn er nicht der Mörder war, warum hatte er ihr diese Bilder nicht gezeigt? Sie lagen da seit fast einer Woche.

Wenn er nur den Mörder deckte? Vielleicht wurde er erpresst und deswegen verhielt er sich so komisch seit dem letzten Mord in Sachsenhausen?

Vielleicht ist er als Therapeut zufällig auf diese Bilder gestoßen und wollte ihr nicht wehtun und hatte deswegen nichts davon erzählt?

Was wäre nun, wenn er doch der Mörder wäre? Warum nur schwarze Leute, wie er? Warum hier in Sachsenhausen in der Nähe von seinem Wohnsitz? Welche Motive? Seit wann würde er töten? Wie viele Menschen hätte er schon ermordet?

Sie dachte in alle Richtungen, aber sie fand keine zufriedenstellenden Lösungen und es bleib bei ihr nur die Angst. Die Angst, dass sie mit einem Mörder verheiratet sein könnte, der sie jederzeit auch so bestialisch umbringen könnte.

Obwohl die Angst sehr groß war, entschied sie sich dennoch, auf ihn zu warten, denn sie war gespannt auf seine Antwort und seine Reaktion.

Sie sah aus, als ob sie 20 Jahre älter geworden wäre. Sie stand am Fenster und schaute einfach auf den Garten. Sie stand lange so, bis sie sah, wie das Tor zur Seite glitt und das Auto ihres Mannes in die Garagen einfuhr.

Sie bewegte sich nicht, als die Tür zum Wohnzimmer auf ging und Adou hineineinmarschierte. Sie wusste nicht, ob er schon jetzt ahnte, worum es ging und deshalb konnte sie nicht abschätzen, wie er reagieren würde. Sie wartete gespannt und angespannt, als Adou sich näherte.

Sie spürte, wie seine Hände sich auf ihre Schulter legten. Sie schrie und sprang vor Angst zur Seite, mit beiden Armen auf ihrer Brust, als ob sie sich umarmen wollte.

„Was ist los, Mali? Du siehst fürchterlich aus? Ist unseren Kindern etwas passiert?"

Mali schaute auf diesen Mann, der so tat, als ob er so rein wäre. Sie wurde wütender, aber schaffte es, sich zu kontrollieren.

Sie drehte sich um und sagte:

„Schau mal die Bilder und Videos auf deinem Computer an, geh und sieh, wenn du sie noch nicht kennst."

„Was sollte auf meinem Computer sein, meine Liebste? Ja, ich gehe schauen. Es gibt da nichts, was du nicht kennst", lächelte er süffisant und ging in sein Arbeitszimmer.

Nach nicht einmal zwei Minuten kam er wieder heraus.

„Schatz, ich verstehe nicht, was du sagst. Ich habe nichts gefunden, was nicht vorher da war. Alles ist wie immer und sag einmal, wer hat dir die Erlaubnis gegeben, mein Mailpostfach zu öffnen? Wie kamst du auf das Passwort? Nicht, dass ich etwas da zu verstecken hätte aber ich meine…"

Frau Camara verlor jetzt die Kontrolle und unterbrach laut schreiend und aggressiv ihren Ehemann.

„Sei bitte sofort still und hör auf, mich ständig Schatz zu nennen. Ich werde wahnsinnig. Du machst mich wahnsinnig. Du hast nichts gesehen? Du hast alle diese Bilder, diese widerlichen, ekelhaften Bilder auf deinem Computer. Hast du sie wirklich nicht gesehen oder sind sie dir so normal geworden, dass sie dir egal sind? Du kommst raus und sprichst von wer hat dir Erlaubnis, wer hat dir meine Passwörter gegeben? Niemand hat mir die Passwörter gegeben. Der Laptop war an und dein Mailkonto offen. Ich wollte nur…ha, was soll ich dir erklären? Du schuldest mir eine Erklärung, und nicht ich dir. Hast du etwas mit diesen Bildern zu tun? Ja oder nein? Seit wann, Adou, seit wann geht das so? Antworte mir. Hast du mit diesen Bildern und den Morden an den schwarzen Studenten etwas zu tun?"

Dr. Camara war sichtlich geschockt und durcheinander.

„Aber, aber ich, Mali, ich…"

„Hör verdammt nochmal auf", sagte Mali erneut schrill und bewarf Adou mit einer Zeitung. „Du hast mir immer noch keine Antwort auf meine Frage gegeben."

Dr. Camara versuchte noch einmal, die Ruhe zu bewahren.

„Wenn ich wüsste, wovon du redest, würde ich dir eine Antwort geben, Mali. Können wir vernünftig miteinander reden? Sag mir bitte, worum es geht. Von welchen Bildern redest du? Kannst du sie mir zeigen?", fragte er sehr sanft.

„Ich will diese Scheiße nicht mehr sehen, Adou. Es ist grausam. Es übertrifft die menschlichen Denkdimensionen. Schau selbst auf dem Computer, der Ordner

„Mordbilder", du wirst alle Videos finden", sagte sie langsam und sackte erschöpft in den Sessel am Fenster.

„Okay ich schau mir alles noch einmal genau an", sagte Dr. Camara und verschwand wieder ins Arbeitszimmer.

Nach 10 Minuten kam er zurück.

„Es tut mir leid, ich habe mir Zeit genommen und habe überall gesucht und ich finde weder einen Ordner unter diesem Namen noch irgendwelche widerlichen, ekelhaften Bilder. Nun gehe ich baden. Der heutige Stress reicht mir", sagte er.

Mali sprang auf und sah Adou mit einem drohenden Blick an.

„Pass auf, Adou, du gehst nirgendwohin bis du mir geantwortet hast, ob du damit etwas zu tun hast. Ich werde dir alle diese Bilder zeigen", sagte sie und ging ins Arbeitszimmer.

Sie suchte auf dem Computer, in dem Mailpostfach und langsam wurde sie immer hektischer und unruhiger.

Adou stand hinter ihr und sah alles an.

„Wie, was, die...sie waren doch hier. Die Verknüpfung des Ordners war doch hier auf dem Desktop. Hier, hier war es und die Mail? Wo ist sie, es war, es war eine Mail vom letzten Samstag, von deiner Praxis aus gesendet. He, nein ich verstehe nicht, ich verstehe nicht, wo sind sie nun", sagte sie im Selbstgespräch. Sie zitterte am ganzen Körper.

„Beruhige dich, Mali, beruhige dich. Du bist sicher sehr angespannt die letzte Zeit. Es kann passieren, dass man dann etwas sieht, was nicht ist. Das ist aber nicht schlimm", versuchte Dr. Camara sie zu beruhigen.

„Lass mich los!", sagte Mali in einem Ton der keinen Widerspruch duldete. „Ich bin nicht verrückt. Du hältst mich für ein dummes Mädchen? Du hast alles gelöscht. Du hast alles gelöscht. Warum hast du sie gelöscht? Du willst mit mir spielen, Adou. Du willst ein Psychospiel mit mir machen. Ha ja, jetzt verstehe ich: du hast den Laptop absichtlich angelassen. Dein Mailpostfach auch, absichtlich, damit ich die Bilder sehe. Nun sind sie wieder verschwunden und ich stehe da wie eine Verrückte. So willst du mich darstellen? Warum denn nur? Warum? Nein, so geht es nicht."

Sie redete weiter als Dr. Camara zu ihr kam und sie in den Arm nehmen wollte.

„Bitte, geh jetzt aus dem Weg und lass mich hier raus. Versuche nicht, mich zu berühren. Bin ich jetzt auch bald dran?" Sie flüchtete aus dem Arbeitszimmer und rannte so schnell sie konnte nach oben ins Schlafzimmer und verriegelte die Tür.

Adou stand da, total perplex und verwirrt und von den Ereignissen überrumpelt. Er verstand gar nichts von dem, was Mali sagte. Welche Bilder? Sie hatte ganz sicher ein Problem. Das war ein echtes Beispiel von Einbildung. Was sie da sagte war unmöglich und ihre Re-

aktion, als sie nichts gefunden hatte, war symptoma-
tisch, sagte er sich.

„Seit wann ist meine Frau krank? Was ist passiert?",
fragte er sich und ging im Arbeitszimmer hin und her.
Er musste mit einem Vertrauten reden. Er dachte an
Amina, entschied sich aber zuerst noch abzuwarten und
nach einer Stunde mit Mali wieder ein Gespräch zu versuchen.

Darmstadt Ost, Gundolfstraße, bei Johnny zu Hause, Donnerstag, 15.01.2010, 18 Uhr 37

„Oh nein, shit, fuck you, fuck you, verdammt, ach du du scheiße, nein, nein", fluchte Johnny laut, als er sah, was sich auf dem Computer von Dr. Camara abspielte.

Johnny beobachtete alles was Fr. Camara tat.

So war es zwar geplant gewesen, aber erst, wenn Dr. Camara da wäre. Er hatte diesen Weg, Beweise zu schicken gewählt, um Dr. Camara zu erpressen und ihm seine Macht zu zeigen und somit zu manipulieren. Nun hatte er fast Mitleid mit dem Drama, das nun entstanden war. Er überlegte, was er tun sollte.

Er sah wie Frau Camara die Bilder anschaute und weinte. Sie rief ihren Mann aus dem Arbeitszimmer an und er konnte die ganze Konversation mitverfolgen. Nachdem sie mit ihrem Mann geredet hatte, war sie kurz aus dem Zimmer gegangen und dann wiedergekommen. Erst dann hatte sie den Ordner mit den Videos bemerkt.

Er war überrascht, dass sie alles genau anschaute. Sie war fassungslos, verzweifelt, niedergeschlagen.

Sie schaute sich alle Szenen an, und er auch. Manche Szenen erkannte er selbst nicht. Manche Brutalitäten erregten ihn. Besonders das letzte Video über den Mord an dem Paar hatte er selbst noch nicht gesehen. Er spürte wie seine Niere das Adrenalin in sein Blut ausschüttete. Seine Pulsfrequenz stieg an. Er bekam plötzlich eine starke Erektion.

„Du Kakerlake, du musst töten, siehst du dieses Blut, hörst du diese hilflosen Schreie? Ja, das ist deine Arbeit. Der nächste Mord soll noch brutaler sein. Du, der Bruder von T. Bundy", sagte der Rebell.

„Ruf doch einfach den Doktor an, ruf ihn jetzt an. Das wäre gut für dich. Du solltest kein Bundy werden. Der war ein böser Mensch", sagte die Engel.

„Haa hahaha, und er? Ja, Bundy war ein Böser, aber er war nicht böse. Er war nicht ein Gefickter, wie der hier. Er hatte seine Ehre. Dieser nicht. Und sein Penis ließ ihn nicht im Stich, wie diesen Hurensohn. Du bist nichts, du bist wertlos und nur das Morden befriedigt dich. Von mir aus kannst du ihn anrufen aber du weißt selbst, du brauchst das Blut, das du gar nicht fähig bist, zu trinken", widersprach die Rebellenstimme in ihm.

Er entschied sich, noch während sie die Videos anschauten, Dr. Camara anzurufen. Er redete nicht sehr lange mit ihm. Er wollte ihn warnen, aber der Doktor wollte ihm nicht richtig zuhören und schlug einen Termin am Samstag vor.

Nach dem Telefonat überlegte Johnny, was er tun sollte. Die Idee, doch alles, was er auf dem Laptop von Dr. Camara installiert hatte, wieder zu löschen, um noch mehr zu verwirren, gefiel ihm. Dieses Spiel machte ihn an.

Er schrieb in einer Sequenz des Quelltexts des Programms den Befehl „withdraw, delete and clean" und schickte seinen Spion wieder online. Einige Minuten später, bevor Dr. Camara nach Hause kam, war der Computer leer und sauber. Alles war wieder weg und das System war wieder zurückgesetzt, wie es früher war, bis auf das Spionieren. Er wollte weiter sehen, wie die beiden reagieren würden, wenn seine Frau feststellte, dass nichts mehr auf dem Computer war.

Alles lief so, wie er es sich vorgestellt hatte. Das Paar hatte nun ein Problem. Der Mann hielt seine Frau für psychisch gestört und die Frau hielt den Mann für einen Mörder. Eine schwierige Situation, die ihn aber sehr anmachte.

Die Mordlust beflügelte seine ganze Fantasie und der Trieb wurde immer größer und immer dringlicher. Er fing an, automatisch nachzudenken, wie das nächste Verbrechen aussehen würde. Er malte sich schon in seinem Kopf aus, wie brutal er vorgehen würde.

Er wusste selbst nicht, ob er das bis Samstag noch durchhalten könnte. Aber ein neuer Mord war nicht einfach. Die Menschen in Darmstadt waren sensibilisiert worden. Die Afrikaner waren vorsichtiger geworden und er hatte schon gemerkt, dass dort, wo viele Studenten lebten, Beamte in Zivil herumliefen. Er wusste genau, dass die Polizei auf Hochtouren arbeitete und ermittelte. Die Ruhe in den Medien sollte ihn nicht täuschen. Irgendwie war er auf Darmstadt fixiert. Vielleicht würde er in einer großen Stadt, wie Mannheim, Frankfurt, Mainz einfacher Opfer finden. Aber in seinem Kopf kam nur Darmstadt in Betracht, er wusste allerdings nicht woher diese Fixierung kam. Der Mord in Sachsenhausen war nur eine Ausnahme. Auch, dass er das Paar wahllos ausgesucht hatte, war eine Ausnahme gewesen. Normalerweise beobachtet er seine Opfer eine Zeitlang genau, bevor er zuschlug, um alle Risiken zu verbannen. Und er wollte nicht wieder eine Ausnahme machen. Aber seit Tagen war es ihm nicht gelungen neue Opfer zu lokalisieren, ohne sich selbst bemerkbar zu machen. So minutiös arbeitete die Polizei. Sie hatte fast ohne Lärm alle Wege zugemacht und die offen gelassenen Wege waren nur Fallen. Er kannte sich gut aus. Er konnte das in der Luft riechen. Die Polizei kam immer näher an ihn heran und er spürte, wie es immer enger wurde. Deswegen wollte er keinen Hastigkeitsfehler machen. Plötzlich dachte er an Catherine und strahlte auf einmal förmlich. Sie könnte der Weg sein.

Darmstadt Ost, Gundolfstraße, bei Johnny zu Hause, Freitag, 15.01.2010, 10 Uhr 55

Johnny hatte Catherine telefonisch nicht erreicht und hoffte, sie nun vielleicht beim Joggen zu treffen, deswegen ging er heute auch besonders spät joggen. Das letzte Mal, als sie sich getroffen hatten, war es auch gegen 11 Uhr gewesen.

Er machte wieder seine Runden um den Woog, joggte am Spielplatz vorbei, dann durch die Müller-Anlage, dann entlang der Landgraf-Georg-Straße und an der Jugendherberge weiter zum TSG Sportplatz.

Er machte nun seine abschließenden Dehnübungen und Catherine war immer noch nicht zu sehen. Nach fast 90 Minuten war er fertig und lief ruhig nach Hause. Er ging nicht direkt nach Hause, er wollte sich im Netto etwas zu essen holen und Kaffee kaufen. Er trank am Tag und Nacht literweise Kaffee und deswegen kaufte er fast alle zwei Tage eine 500g Packung.

Er wollte die Roßdörfer Straße überqueren als er hörte, wie eine weibliche Stimme seinen Namen rief. Zuerst sah er niemanden und ging deswegen weiter. Nach einigen Metern tippte jemand an seine Schulter, er drehte sich um und stand Catherine direkt gegenüber. Sie war nicht allein. Sie war zusammen mit einer anderen schwarzen Frau.

„Hallo Catherine, schön, dich zu sehen", sagte er.

„Hallo Johnny, wie geht es dir?", fragte sie.

„Mir geht es ganz gut. Ich habe dich nicht erreicht", antwortete er.

„Ja, es tut mir leid. Habe mein Handy verloren, aber an dich habe ich sehr gedacht und war heute Morgen auch schon joggen und hoffte, dass ich dich treffe. Aber wie ich sehe, bist du erst später gegangen. Nun ist es egal. Wir haben uns getroffen. Hättest du Zeit am nächsten Freitagabend? Die ganze Sache wurde auf nächste Woche verschoben", sagte Catherine.

„In diesem Fall lade ich dich doch am Samstag zum Essen ein. Ich esse gerne indisch. Ja, so kommst du zu meiner Einladung und ich komme nächsten Freitag zu deiner Einladung. Deine Freundin kann auch gern mitkommen, wenn du willst", riskierte Johnny.

„Nein, leider. Es ist nicht wegen meiner Freundin. Samstag habe ich aber keine Zeit. Ich…"

Johnny unterbrach sie „Okay, ich verstehe. Ich hätte es eigentlich auch wissen müssen."

Johnny sah, wie ihre Freundin sie knuffte und ihr ein Kopfzeichen machte, um zu sagen ja, sag ja.

Er tat, als ob er nichts bemerkt hätte und sagte ganz naiv: „In diesem Fall ist es vielleicht auch besser für dich, dass ich am nächsten Freitag nicht komme. Es könnte unangenehm für dich sein, oder?"

„Was ist denn heute oder Sonntag oder bist du schon auch anderweitig besetzt?", fragte Catherine überraschend provokant.

Sie verabredeten sich und Johnny ging weiter und ließ die beiden Frauen allein.

„Bist du verrückt, Rachelle, wie kannst du mich ermutigen ihn zu treffen? Was ist wenn Richie es mitkriegt?", fragte Catherine so, als ob sie einen Sündenbock suchte.

„Ich meine, ich stehe nicht unbedingt auf weiße Männer, Sister, und noch weniger auf blonde Männer, aber der hier ist eine Bombe. Boah. Ich meine, Richie sieht auch gut aus, aber wir sind noch so jung und Abwechslung zu haben ist okay. So einen Weißen wirst du selten finden. Und ich glaube, er hat was in der Hose, hast du gesehen? Das ist ein Sechser im Lotto. Der ist ein Mann, glaub mir. Ein bisschen fremde Haut tut gut. Mach das, Sister. Mach das. Wir brauchen niemandem Rechenschaft abzulegen. Richie darf fremdgehen und du nicht? Wenn du ihn nicht willst, dann nehme ich ihn gern. Wir könnten am Sonntag tauschen. Ich wollte auch immer mal mit einem weißen Mann vögeln."

„Hey, go away, Schwester, suche dir selbst deinen Weißen. Der hier gehört mir. Glaubst du, dass meine Hormone nicht richtig funktionieren und ich keinen guten Geschmack habe? Den habe ich angemacht, auch wenn er glaubt er wäre es gewesen. Der gefällt mir und ich hatte mich schon längst entschieden. Ich will mit ihm schlafen, aber so eindeutig muss man das nicht erkennen lassen. Es ist immer gut, Männer zappeln zu lassen, damit sie noch wilder werden", sagte Catherine und die beiden lachten und gingen wieder in die Bäckerei gegenüber der Sparkasse.

Frankfurt am Main, Bockenheim, Arndtstraße, Praxisgemeinschaft Dr. Camara, Samstag, 16.01.2010, 10 Uhr 10

Seit fast 20 Minuten lief Johnny um das Haus, wo sich die Praxis von Dr. Camara befand. Er hatte beim Restaurant Classico geparkt und war dann zu Fuß auf Lageerkundung gegangen. Er lief die Corneliusstraße hoch zur Mendelsohnstraße, dann weiter rechts in die Schubertstraße und wieder rechts in die Arndtstraße. Alles schien normal zu sein. Er hatte keine verdächtigen Bewegungen ausgemacht.

Zwar hatte er geblufft mit seiner Drohung, die Dr. Camara ganz sicher ernst genommen hatte, aber aus seiner Erfahrung als Spezialsoldat wusste er, dass es immer besser war, allem zu misstrauen und immer vom Schlechten auszugehen. Nur so konnte man sich genauestens vorbereiten und Risiken minimieren.

Er wusste, dass Dr. Camara überrascht sein würde zu sehen, dass er doch ein Mann war und keine Frau, wie es am Telefon klang. Er wollte nun mit offenen Karten spielen. Er dachte an Catherine und redete leise mit sich selbst. „Ich will normal sein, Doktor, du musst mir helfen. Ich will nicht wieder morden und ich will endlich eine normale Beziehung haben und ich bin verliebt in Catherine."

Es war schon 5 vor 11 und er hatte das Auto von Dr. Camara noch nicht gesehen. Niemand war in das Gebäude hineinmarschiert. Er wurde langsam unruhig. Auch um 11 Uhr war noch immer niemand in Sicht. Er wurde immer nervöser.

Johnny machte sich schon ernsthafte Sorgen, als er sah, wie ein Fenster aufging und jemand kurz nach draußen schaute. Es war Dr. Camara.

Dr. Camara war viel früher in der Praxis gewesen. Er hatte dort übernachtet, weil die Stimmung zuhause nicht mehr zu ertragen gewesen war. Er hatte versucht, noch mit seiner Frau zu reden aber sie war nun wie ein Geist geworden. Sie hatte sich krankschreiben lassen und verbarrikadierte sich die ganze Zeit nur im Zimmer.

Freitagmorgen war sie zu ihm heruntergekommen und hatte ihn gebeten auszuziehen. Er war so stinksauer gewesen, dass er etwas getan hatte, was ihm jetzt noch viel mehr Leid tat. Er hatte ihr eine Ohrfeige gegeben und war dann weggegangen.

Danach hatte er versucht sie zu erreichen, um sich zu entschuldigen, aber sie ging nicht ans Telefon. Auf seine SMS kam keine Antwort. Er hatte dann entschieden, die Nacht im Büro zu verbringen und gehofft, dass der nächste Tag besser sein würde.

Leider war ihr Telefon seit heute Morgen aus. Seine Laune war dementsprechend nicht so gut. Er wollte schnell nach Hause gehen, als er sich daran erinnerte, dass er mit dieser komischen Frau in 15 Minuten einen Termin hatte. Er stand auf und bereitete schnell den Therapieraum vor, stellte eine Flasche Wasser und zwei Gläser auf den kleinen Tisch in der Ecke. Er bemerkte, dass der Raum zu warm war. Er drehte die Heizung ein bisschen runter. Es war 2 vor 11 als er das Fenster aufmachte, um frische Luft hereinzulassen, und nun wartete er gespannt auf diese mysteriöse Person, wenn sie überhaupt käme.

Um 11 Uhr 03 klingelte es an der Tür.

Es dauerte fast 8 Minuten, bis sein Gast die Tür der Praxis aufschob.

Er konnte seine Überraschung nicht verbergen, doch dann erinnerte er sich plötzlich an den Satz „Ich bin kein Schlappschwanz". Sie war ein Mann oder gab es auch eine Frau? fragte er sich.

„Kommen Sie rein, guten Tag. Haben Sie heute einen Termin?", fragte er trotzdem. Es konnte auch sein, dass die Frau noch nicht da war.

„Sie sind doch Dr. Camara, oder? Ich habe einen Termin mit Ihnen", antwortete Johnny.

„Ja, aber ich erwarte eine Frau. Vielleicht haben Sie sich wegen des Tags geirrt? Hatten Sie…"

Johnny unterbrach ihn und sagte: „Doktor Camara, ich bin es. Ich bin derjenige, der mit Ihnen die ganze Zeit telefoniert und den Sie im Restaurant in Langen gesehen haben."

Dr. Camara tat so, als ob er nicht überrascht war. Er schaute ihn an und erkannte dieses markante, schöne Gesicht.

„Folgen Sie mir", sagte er nur.

„Setzen Sie sich bitte dorthin", und zeigte ihm den super schönen Luxussessel. Er selbst saß auf einem viel kleineren und alten Stuhl.

„Wollen Sie etwas trinken?", fragte er und beobachtet dabei jede einzelne Geste, die Bewegungen und die Mimik des Mannes ganz genau.

„Herr Doktor, ich bin nicht hergekommen, um zu trinken. Ich bin hergekommen, damit Sie mir helfen und ich hoffe, dass Sie nicht den Fehler gemacht haben zu viel zu reden."

„Ich verstehe immer noch nicht, warum Sie am Telefon eine weibliche Stimme hatten", sagte Dr. Camara.

„Ich habe nur meine Stimme mit einem Gerät verstellt", antwortete Johnny.

Dr. Camara begutachtete den Mann, der ein Baseballspieler hätte sein können oder auch ein Filmstar. Er war ein sehr schöner Mann, groß, super gut gebaut, hatte eigentlich eine schöne Ausstrahlung. Er hatte rein äußerlich nichts an sich, woran man erkennen könnte, dass er ein kleiner Dämon war. Man spürte seine Energie und Selbstsicherheit. Dr. Camara kannte diesen Blick und diese Körperhaltung von Menschen aus der Kampfsport-Szene. Er fragte sich, wie so ein Mensch, der alle Voraussetzungen hatte, um erfolgreich zu sein, ein Verbrecher geworden war.

„Damit ich Ihnen helfen kann muss ich wissen, mit wem ich es zu tun habe", fing er an.

Johnny dachte nach und schaute dem Doktor direkt in die Augen und sprach:

<<< *Er ist 1m95 groß, ca. 93 kg, voller Muskeln, sehr gut gebaut, sieht sportlich und topfit aus. Er ist 38 Jahre alt, ehemaliger US-Marine.*

Er ist vor einem Jahr zurück nach Deutschland gekommen und lebt wieder in Darmstadt, wo er schon vor 17 Jahren als US-Soldat stationiert war.

Er ist in Houston in den USA geboren. Seine Mutter ist Deutsche und sein Vater ist Amerikaner, weißer Amerikaner.

Sein Vater, Herr Walker, wie er ihn die ganze Zeit nannte, war auch bei den amerikanischen Streitkräften als Elitesoldat der US-Marine tätig gewesen und hat an der Seiten der Alliierten gekämpft, um Europa und Deutschland von Hitler und den Nazis zu befreien.

Nach dem Sieg und der Besatzung Deutschlands lebte sein Vater noch 15 Jahre in Böblingen, dem Hauptquartier der United States Marine Corps Forces für Europa. Dort lernte er seine Mutter Margot Mackebrandt kennen. Sie war noch relativ jung, knapp über 15 Jahre, als sie sich kennenlernten und sich verliebten, das war 1949.

Er war 27 und sie war noch zu jung, als dass sie offen ihre Beziehung hätten ausleben können. Deswegen lief alles sehr diskret, indem Herr Walker sich mit der Familie anfreundete und sie und die Nachbarn in diesen schwierigen Zeiten immer mit schönen Geschenken aus Amerika überschüttete. So ergaunerte er sich das Vertrauen der Eltern und der Nachbarschaft, und sie konnten sich treffen ohne Aufmerksamkeit auf sich zu ziehen.

Erst 2 Jahre später hatten sie eine intime Beziehung und Herr Walker war somit ihr erster Mann, zumindest wurde es damals so dargestellt. Sie wurden nun offiziell ein Paar ... >>>

Dr. Camara notierte auch die Bemerkung von Johnny, dass er sich immer gefragt hatte, wieso Herr Walker, sein Vater, nicht gemerkt, dass ihre Mama schon mit mindestens einem Mann geschlafen hatte. Er musste doch gespürt haben, dass sie keine Jungfrau mehr war. Aber er hatte niemals den Mut gehabt zu fragen.

<<<1960, 8 Jahre später, Margot war nun 23, musste Herr Walker Deutschland verlassen, er kehrte zurück

nach Amerika und ließ sie allein in Deutschland. Margot ertrug diese unvorhersehbare Trennung schwer und wurde leicht depressiv.

In Amerika gründete Herr Walker eine neue Familie, aber hatte immer sehr guten Kontakt zu Margot.

Walker war inzwischen aus den Streitkräften ausgeschieden und war ein sehr erfolgreicher Autohändler geworden. Durch seine guten Kontakte nach Deutschland konnte er gute Umsätze in Europa machen.

Nachdem Walker Deutschland verlassen hatte, lernte seine Mutter einen vermögenden deutschen Offizier kennen. Angeblich hatten sie sich sehr geliebt. Aber er starb ein paar Jahre später an Krebs. Seine Mutter litt sehr darunter und wurde psychisch krank.

Als Herr Walker hörte, dass der Mann von Margot gestorben sei und es ihr schlecht gehe, reiste er nach Deutschland, um sie zu besuchen. Bei diesem zweiten Besuch gegen 1966 erfuhr er erst, dass sie schon damals, bevor er sie kennengelernt hatte einen Sohn namens Philip Mackebrandt geboren hatte. Philip war schon 16. Das hieß, sie hatte das Kind mit 13 bekommen.

Es wurde nie gesprochen, wer der Vater des Kindes war. So blieb es ein Geheimnis.

Ein Jahr später, 1967, mit 30, flüchtete Margot aus Deutschland und folgte Walker nach Amerika und sie ließen sich in Houston nieder. 1968 ließ sich Herr Walker von seiner damaligen Frau scheiden und heiratete Margot.

Drei Jahre später, mit 34, war sie schwanger und brachte 1972 einen gesunden Sohn zur Welt, den sie Johnny M. Walker, M wie Mackebrandt, nannte. Philip war nun 22 Jahre alt…>>>

Dr. Camara notierte alle diese Einzelheiten sehr akribisch. Johnny M. Walker redete so, als ob er über eine dritte Person, eine andere, fremde Person sprach.

Johnny: Das ist alles, was ich weiß, was ich Ihnen jetzt sagen kann über meine Familie.

Dr. Camara: Danke, nicht sehr viel, aber es hilft. Aber über sich selbst haben Sie kaum was gesagt.

Johnny: Doktor, über mich gibt es auch nicht so viel zu sagen.

Dr. Camara: Sie sind 1972 in Houston geboren und auch dort zur Schule gegangen.

Johnny: Ja, ich bin dort zur Schule gegangen.

Dr. Camara: Haben Sie noch Erinnerungen an diese Zeit?

Johnny: Ja, sicher.

Dr. Camara: Ich vermute sehr schöne Erinnerungen, wenn ich Sie so lächeln sehe.

Dabei lächelte er auch, um Johnny unbewusst zu beeinflussen und zu motivieren, damit er den Mut hatte zu reden, wenn er sah, dass der Therapeut seine Geschichte schön fand.

Johnny: Ja, unser Haus war sehr groß, mit Swimmingpool, und viele Kinder kamen zu uns. Es war sehr schön.

Dr. Camara: Hatten Sie viele Freunde?

Johnny: Oh ja Doktor, William, Matthew, Madison, Liam, ja ich kann mich sehr gut an sie erinnern.

Dr. Camara: Wie alt waren Sie da ungefähr?

Johnny: Ich weiß nicht genau, es ging so jahrelang bis ich vielleicht 11, 12, 13, war?

Dr. Camara: Warum nur bis 13? Waren die Freunde auf einmal weg?

Johnny: Sie waren noch da, aber irgendwann, mit 13 oder so, verlor mein Vater das ganze Geld und wir mussten das Viertel verlassen und ich auch somit die Schule.

Dr. Camara: Wissen Sie, warum Ihr Vater das ganze Geld verlor?

Johnny: Nein.

Dr. Camara: War es so schlimm für Sie? Welche Erklärung haben Ihre Eltern Ihnen gegeben?

Johnny: Ich habe es gar nicht mitbekommen, wie es dazu kam. Ich war allein zu Haus mit meinen Freunden und wir schwammen. Wir hörten die Klingel nicht und plötzlich sahen wir Leute das Tor aufbrechen. Wir dachten zuerst, dass es Einbrecher wären. Aber die Herren waren in Anzug und Krawatte und sahen auch nicht so aus wie Einbrecher. Der ältere Mann kam zu uns und fragte, ob wir fertig gepackt hätten. Ich sagte ihm, dass meine Eltern nicht da wären. Er hat mich gebeten, sie anzurufen. Was ich auch tat. Ich erreichte aber nur meine Mutter. Sie sagte mir, dass sie bald da seien. Sie räumten dann das ganze Haus und nahmen mich mit zur Polizei. Dort holten mich meine Eltern wieder ab. Wir blieben einige Tage in einer Pension, dann im Wohnmobil von Herrn Walker und dann in einem schlimmen Haus voller Schimmel und so.

Dr. Camara: Wie haben Sie sich gefühlt? Können Sie sich noch daran erinnern?

Johnny: Schlimmer war es, als sie mich weggebracht haben. Ich dachte, ich werde meine Eltern nicht mehr sehen.

Dr. Camara: Waren Sie sauer auf Ihre Eltern?

Johnny: Das würde ich gar nicht so behaupten, aber sie haben mir nicht gesagt, warum sie nicht da waren und wohin die ganzen Sachen und meine Spielzeuge gebracht worden waren.

Dr. Camara: Deswegen dauerte für Sie die schöne Zeit nur bis zu diesem erzwungenen Umzug?

Johnny: Ja, genau, Sie haben es gut gesagt. Genau so war es. Danach wurde alles nur noch schlechter.

Dr. Camara: Was meinen Sie damit, alles wurde nur noch schlechter?

Johnny: Meine Freunde durften mich nicht mehr besuchen. Alles war eng und es gab viele Streitereien.

Dr. Camara: Streitereien mit Ihnen?

Johnny: Nein, nicht mit mir, meine Eltern fingen an, sich immer heftiger zu streiten.

Dr. Camara: Vor diesem Umzug gab es keine Streitereien?

Johnny: Ich weiß es nicht. Vielleicht, aber ich habe sie nicht mitbekommen.

Dr. Camara: Und was haben Sie gemacht, wenn sie sich gestritten haben?

Johnny: Ich habe mich im Jeep von Herrn Walker eingeschlossen, um nichts zu hören.

Dr. Camara: Blieb der Streit nur verbal?

Johnny: Leider nicht. Irgendwann fingen sie an, sich gegenseitig zu schlagen.

Dr. Camara: Sie haben Sie nicht geschlagen?

Johnny: Soweit ich mich erinnern kann, nein.

Dr. Camara: Gab es einen Anlass zu streiten oder sich gegenseitig zu schlagen?

Johnny: Meine Mutter hatte mit dem Schlagen angefangen, als sie einmal nachts Herrn Walker ertappte, mit einer Nachbarin im Jeep.

Dr. Camara: Wusste die Nachbarin, dass Ihr Vater verheiratet war?

Johnny: Sie war auch verheiratet und ihr Mann hatte auch was mit Mama, deswegen habe ich nicht verstanden, warum meine Mutter so sauer war und habe mich auf die Seite von Herrn Walker gestellt.

Dr. Camara: Wie hat Ihre Mutter reagiert?

Johnny: Sie war sehr wütend auf mich und sagte, dass ich es bereuen würde und fragte warum ich einen Mann unterstütze, der vielleicht gar nicht mein Vater sei?

Dr. Camara: Hat Ihr Vater das gehört?

Johnny: Ja, er hat das gehört und hat dann gesagt, dann kannst du deinen Hurensohn mitnehmen und hier verschwinden.

Dr. Camara: Er nannte Sie Hurensohn? Und wie war Ihre Reaktion?

Johnny: Ich habe mich geschämt und habe geweint. Es hat mir sehr wehgetan, weil ich mich gerade auf seine Seite gestellt hatte.

Dr. Camara: Was hat Ihre Mutter getan, als er ihr gesagt hat dass die das Haus zu verlassen hat?

Johnny: Sie hat ein paar Sachen zusammengepackt und mich aufgefordert, mit ihr zu kommen, aber das habe ich ablehnt. Sie ist allein gegangen, aber am Tag danach war sie wieder da.

Dr. Camara: Was hat Ihr Vater getan, als seine Frau weg war?

Johnny: Gar nichts gesagt. Er war eigentlich immer ruhig.

Dr. Camara: Wollten Sie, dass Ihre Mutter wiederkommt?

Johnny: Ich weiß es nicht. Sie hat mir nicht gefehlt. Wenn sie nicht da war, war alles ruhig und das war schön so.

Dr. Camara: Sie sagten vorhin „soweit ich mich erinnern kann". Gibt es Phasen Ihres Lebens, an die Sie sich nicht mehr erinnern?

Johnny: Ja.

Dr. Camara: Stritten sich Ihre Eltern ständig?

Johnny: Ja, aber es gab Zeiten, wo alles gut lief, wo sie so taten, als ob sie sich sehr lieben. Es war ekelhaft.

Dr. Camara: Welche Momente waren das?

Johnny: Ich will nicht darüber reden.

Dr. Camara: Das ist auch okay. Ich bin einverstanden und froh darüber, dass Sie mir auch sagen können, wann Sie nicht reden möchten. Das weiß ich zu schätzen.

Johnny: Ha, was soll's. Ich möchte doch, dass mir geholfen wird und ich muss alles sagen, was ich weiß, oder Doktor? Ich sage es Ihnen. Wenn sie Sex hatten ging es ein paar Stunden oder ein, zwei Tage gut.

Dr. Camara: Es ist auch okay, wenn Sie nicht antworten möchten. Wenn eine Frage Ihnen unangenehm ist, antworten Sie nicht.

Johnny: Es war mir doch lieber, wenn sie Streit hatten. Wir hatten nur eine kleine Wohnung und wenn sie sich versöhnen wollten, nahmen sie keine Rücksicht auf mich und vögelten überall, igitt. Ich wollte das nicht sehen, ich wollte das nicht hören. Das schlimmste Mal war, als ich vom Sport nach Hause kam. Es war ein Samstag. Ich erinnere mich gut. Ich hatte ein Spiel, ein Footballspiel. Nach dem Spiel bin ich direkt nach Hause und als ich in die Wohnung kam lagen 4 Menschen da und vögelten.

Dr. Camara: Warum sind Sie nicht wieder weggegangen?

Johnny: Es war gruselig. Ich war wie erstarrt, als ich sah, was mein Vater gerade mit dem anderen Mann machte.

Dr. Camara: Was haben sie gemacht?

Johnny atmete tief durch und Dr. Camara sah die Wut auf seinem Gesicht, in seiner Stimme.

Johnny: Es war so schlimm für mich. Ich hatte so etwas noch gar nicht richtig begriffen. Ich wusste, dass Mann und Frau vögeln, aber Mann und Mann? Herr Walker machte mit dem Mann, was er auch mit Mama machte, wenn Mama wie eine Kuh auf allen vieren auf dem Boden stand und er hinter ihr war. Mein Weltbild änderte sich an diesem Tag.

Dr. Camara: Wo war ihre Mama und was machte sie?

Johnny: Ich weiß nicht. Ich sah immer nur noch Herrn Walker und den Mann. Ich war fixiert auf die beiden und war verstört, ängstlich und zittrig.

Dr. Camara: Ja, ich verstehe. Ich kann Sie ganz gut verstehen. Wie haben sie Ihnen das erklärt? Ich meine sie haben nichts Verbotenes gemacht, sie hatten Schwulensex, aber wie haben sie sich verhalten, als sie Sie gesehen haben?

Johnny: Sie haben zwar schnell aufgehört, aber Erklärungen haben sie mir nicht gegeben. Doktor, Sie sagen, dass sie nichts Verbotenes gemacht haben. Aber für mich damals war das verboten. Es war schmerzhaft. Ich hasste mich. Ich hasste es, ein Mann zu sein. Ich wusste nicht, was das ist.

Dr. Camara: Ich verstehe Sie gut. Wie ging es Ihnen danach?

Johnny: Es ging mir sehr schlecht. Ich wollte kein Mann mehr sein. Ich wollte meinen Penis abschneiden. Ich zog mich total zurück und ich wollte nichts mehr. Hatte Lust auf nichts und wollte nur noch schnell mein Abi haben und aus diesem dämonischen Haus verschwinden.

Dr. Camara: Wie war dann danach die Beziehung zu Ihren Eltern?

Johnny: Es gab keine Beziehung mehr zwischen uns. Ich zog mich zurück und verlor zeitweilig meine Stimme.

Dr. Camara: Heißt es, dass Sie stumm waren?

Johnny: Ja, ich wurde stumm und kurze Zeit später taub, vielleicht, weil ich nicht mehr hören wollte und mit meinen Eltern nicht mehr sprechen wollte.

Dr. Camara: Was haben dann Ihre Eltern getan, um Ihnen zu helfen?

Johnny: Ich weiß es nicht mehr. Ab da gibt es ein Loch in meinem Kopf.

Dr. Camara: Das ist das, was Sie meinten „soweit ich mich erinnern kann".

Johnny: Ich glaube ja, Doktor.

Dr. Camara: Wie häufig denken Sie an diese Situation?

Johnny: Als ich 18 oder 19 war, habe ich mich entschieden nicht mehr daran zu denken.

Dr. Camara: Heißt das, bis Sie 18 oder 19 waren, haben Sie sich immer wieder daran erinnert, was damals passiert war?

Johnny: Ich glaube ja, Doktor. Mit 18 konnte ich auf einmal wieder reden und wieder sprechen, aber ich konnte mich nicht mehr und kann mich bis heute nicht daran erinnern, was passiert war ab dem Zeitpunkt, zu dem ich stumm und taub geworden war. Ich kann mich nicht erinnern. Ich kann mich noch an alles erinnern bis ich 13 war.

Johnny hatte inzwischen auch seinen Pulli ausgezogen und war nur noch mit einem T-Shirt bekleidet, aber trotzdem war er schon so nass, als ob es auf ihn geregnet hätte.

Dr. Camara bemerkte die Anspannung in ihm.

Dr. Camara: Machen wir eine kurze Pause. Wollen Sie nun etwas trinken?

Johnny verneinte, aber eine Pause wollte er.

Er legte sich einfach auf den Boden, machte seine Augen zu und ruhte sich aus.

Dr. Camara wusste, dass es ein langer Tag werden würde und ging in die Praxisküche, wo er sein Handy hingelegt hatte und schaute drauf.

„Soll ich oder willst du selbst die Polizei anrufen?" Es war eine SMS von seiner Frau.

Er wählte sofort ihre Nummer, es läutete und sie ging auch dran.

„Hallo Mali, ich möchte gar nicht fragen, wie es dir geht. Ich habe deine SMS gelesen. Ich kann dir versichern, dass alles ein Missverständnis ist. Bitte hör mir zu. Ich weiß wirklich nichts von den Mails und Bildern. Glaub mir", sagte Dr. Camara.

„Adou, du musst wissen, was du tust. Ich werde...", sagte sie nur.

„Okay", unterbrach er sie. „Ich werde nächste Woche mit der Polizei reden, nach meiner Reise nach Guinea. Lass mich meine Eltern noch einmal sehen. Das ist meine letzte Bitte an dich. Einverstanden?", sagte er und legte auf.

Er wollte auf Zeit spielen und vielleicht würde sich bis dahin etwas mit Johnny Walker ergeben.

Sein Fall interessierte ihn nun sehr. Es war mittlerweile eher ein Forschungsfall für ihn geworden und er wollte jetzt bis zum Ende gehen. Er wollte nun unbedingt wissen, was in diesem Menschen passiert war zwischen seinem 13. und seinem 18. Lebensjahr. Sein Berufsinstinkt sagte ihm, dass in diesem Zeitintervall der Schlüssel des ganzen Problems lag, bzw. der Anfang seines Hasses und seiner zerstörten Persönlichkeit, die verantwortlich für die Entstehung des Mordtriebs waren. Aber warum dann nur schwarze afrikanische Studenten? Warum nicht Afroamerikaner? Das herauszufinden war nun seine Herausforderung.

Er ging wieder zurück ins Beratungszimmer und sah, dass Johnny sehr fest schlief. Der meistgesuchte Verbrecher Deutschlands lag da vor ihm und schlief. Ihn zum jetzigen Zeitpunkt der Polizei zu übergeben würde nichts bringen. Zum einen würden vielleicht noch mehr Menschen sterben, und zum anderen würde er irgendwann wieder aus dem Gefängnis herauskommen und würde weiter Menschen abschlachten. Er würde weiterhin eine Gefahr für die Allgemeinheit sein. Er musste ihn zuerst therapieren und dann konnte das Gesetz seine Arbeit machen, sagte er sich, wie zur Entschuldigung. Somit fand Dr. Camara eine moralische Erklärung für seine gesetzwidrige Vorgehensweise. Es war nicht nur die Neugier eines Forschers, sagte er sich. Er holte einen Block, analysierte und resümierte den ersten Teil des Gespräches.

Nach zwei Stunden war Johnny wieder wach. Er stand auf und fragte, wo die Toilette sei und entschuldigte sich. Er kam wieder hinein, machte die Tür zu und fragte „Wie lange habe ich geschlafen, Doktor?"

„Sie haben so lange geschlafen, wie Sie gebraucht haben", antwortete Dr. Camara.

Er setzte sich wieder auf die Couch.

„Ich bin wieder fit, wir können die Arbeit fortführen", sagte Johnny.

Dr. Camara: Sie sagten, erst mit 18 oder 19 konnten Sie auf einmal wieder hören und sprechen.

Johnny: So kann ich mich erinnern. Vielleicht habe ich auch dazwischen gehört und gesprochen, aber ich kann mich erst ab dieser Zeit wieder an Sachen erinnern.

Dr. Camara: Sie lebten immer noch bei Ihren Eltern?

Johnny: Wo sollte ich sonst hin?

Dr. Camara: Ihre Eltern waren immer noch zusammen?

Johnny: Ja.

Dr. Camara: In dem gleichem Haus?

Johnny: Nein.

Dr. Camara: Das heißt, sie lebten nun wo anders?

Johnny: Ja.

Dr. Camara: Dieses neue Haus war komfortabler?

Johnny: Ja.

Dr. Camara: Das heißt, es ging Ihrer Familie wieder besser.

Johnny: Ja.

Dr. Camara: Haben Sie die Veränderungen und den Umzug mitgekriegt?

Johnny: Daran kann ich mich nicht erinnern. Das ist in meinem Kopf, als ob wir plötzlich wieder da in diesem schönem Viertel wohnten.

Dr. Camara: Waren Sie zufrieden in dem neuen Haus, in dem schönen Viertel?

Johnny: Soweit ich mich erinnern kann, wollte ich nur noch weg.

Dr. Camara: Stritten sich Ihre Eltern immer noch sehr?

Johnny: Viel weniger. Meine Mutter redete kaum noch.

Dr. Camara: Und Sie redeten mit Ihren Eltern?

Johnny: Auch sehr wenig, nur das nötigste.

Dr. Camara: Haben Sie Ihren Eltern keine Fragen gestellt über die letzte 4 Jahre, die in ihrem Kopf verschwunden waren?

Johnny: Wie Sie sagen, Doktor, sie waren verschwunden und ich wusste es nicht, dass sie verschwunden waren. Ich glaube nicht, dass es ihnen bewusst war, dass ich 4 Jahre verloren hatte. Ich war doch immer da. Es war mir zuerst auch gar nicht bewusst, dass ich mich nicht daran erinnerte.

Dr. Camara: In diesem Moment, als Sie wieder aktiv Sachen um sich wahrnehmen konnten, was war für Sie anders?

Johnny: Es lebte eine andere Frau zu Hause bei meinen Eltern.

Dr. Camara: Eine andere Frau Ihres Vaters?

Johnny: Ja, Herr Walker war polygam geworden. Er wohnte mit zwei Frauen zusammen.

Dr. Camara: Wie war das für Sie?

Johnny: Es war mir egal. Es war so, als ob ich nicht mehr dazu gehöre.

Dr. Camara: Haben sie wieder Sex vor Ihnen gehabt?

Johnny: Ich war nun kein Kind mehr, und wohnte nur noch dort, und mein Zimmer war im Keller. Ich hatte mir es so ausgesucht. Wenn ich die Haustür aufmachte ging ich sofort in den Keller. Ich bekam so kaum etwas von dem Haus mit. Ich trieb viel Sport und holte die Schule nach.

Dr. Camara: Hatten Sie Freunde?

Johnny: Wenig. Ich war sehr verschlossen, war aber öfter unterwegs.

Dr. Camara: Kamen das Sprechen und das Hören plötzlich und gleichzeitig zurück?

Johnny: Nein. Ich konnte wieder hören und mich an das Geschehene erinnern und das Sprechen kam später.

Dr. Camara: Können Sie sich an das erste Wort erinnern, als Sie nach 4 Jahren wieder sprechen konnten?

Johnny dachte nach.

Johnny: Nein.

Dr. Camara: Wo haben Sie das erste Mal wieder ein Wort ausgesprochen? Zuhause oder woanders?

Johnny: Ich glaube zuhause.

Dr. Camara: Haben Sie das Gefühl, dass Sie etwas Schönes gesagt haben oder dass Sie sich beklagt, beschwert haben, geschrien haben, sich bedankt haben?

Johnny verzerrte sein Gesicht so, dass man sehen konnte, dass er sich anstrengte, um sich wirklich daran zu erinnern.

Dr. Camara: Ist etwas Besonderes passiert als sie 18 waren, in ihrem Leben, in Ihrer Familie, in dem Moment, als Sie das erste Mal wieder geredet haben?

Johnny lächelte glücklich, wie ein Kind, das gerade ein Osterei gefunden hatte.

Johnny: Doktor, Herr Doktor, ich kann mich genau erinnern. Ich weiß ganz genau, wie das erste Wort lautete: es war „Mama".

Dann wechselte plötzlich seine Stimmung und er war wieder traurig.

Dr. Camara: Warum haben Sie „Mama" gesagt?

Johnny: Ich wollte, dass sie nicht weggeht. Ich kam von der Schule und ich sah ein Taxi vor dem Haus. Ich sah meine Mutter mit einem kleinen Koffer das Haus verlassen. Sie hat mir gesagt: „Bleib stark, mein Sohn". Ich habe gewusst, dass sie weggeht. Ich habe „Mama" gesagt. Ich wollte ihr sagen, dass sie nicht gehen sollte. Sie sollte mich nicht allein lassen. Aber sie stieg in das Auto und sagte mir, dass sie mir einen Brief geschrieben hätte und er wäre auf meinem Bett. Dann war das Auto weg. Meine Mama war weg, einfach so weg und ließ mich allein zurück.

Die Traurigkeit war weg. Diesmal konnte man Wut in seinem Blick lesen.

Dr. Camara: Was haben Sie danach getan?

Johnny: Ich weiß es genau, Doktor. Ich kann mich noch so erinnern, als ob es heute Morgen gewesen wäre. Ich war wütend. Auf einmal hatte ich keine Angst mehr. Ich ging in meinen Keller, machte die Musik so laut ich konnte und masturbierte. Ich weiß nicht, was meinen Vater, nein, was Herrn Walker mehr geärgert hat: die laute Musik oder mein Wichsen-Stöhnen. Ich stöhnte sehr laut und verfluchte die ganze Welt. Er stand auf einmal vor mir und fragte: „Ist es das, was du willst? Ist es das, was dir fehlt? Du Hurensohn, lass mich es dir zeigen, wie es richtige Männer tun." Ich bin zu ihm gegangen und habe ihm ins Gesicht geschlagen. Er sagte nur: „Du bist wie deine Mutter, ein wertloser Hund. Sieh zu, dass du sofort aus meinem Haus verschwindest."

Dr. Camara: Sind Sie weggegangen?

Johnny: Ja, ich habe den Brief meiner Mutter eingesteckt, ein paar Sachen mitgenommen und war weg. Ich wusste nicht wohin, aber ich bin einfach losgezogen ohne zu wissen, wo ich hin sollte.

Dr. Camara: Fehlte Ihnen in diesem Moment Ihre Mama?

Johnny: Nein. Sie fehlte mir nicht und fehlte mir nie mehr, auch bis heute nicht.

Dr. Camara: Sie waren nun alleine draußen, ohne Geld, ohne Wohnung

Johnny: Ja, ich ging einfach geradeaus entlang der Hampstead Rd. danach auf W. Little York Rd. und irgendwann sah ich rechts an dem Perimeter Park eine Armeekaserne. Ich weiß es nicht. Ich dachte an Herrn Walker, der Soldat war, und entschied mich, einfach so hinzugehen, ohne genau zu wissen, was ich wollte. Vor dem Haupttor wurde ich gestoppt und gefragt, was ich da suchen würde. Wie ein Automat antwortete ich, dass ich einen Job suche. Der Soldat lachte mich aus und sagte, dass das hier eine Militärkaserne wäre und kein Supermarkt. Ich sagte ihm, dass ich das wüsste und deswegen gekommen sei. Er meinte: „Hier wird man Soldat, verstehen Sie? Soldat wie ich. Ein Job für harte Männer." Ich antwortete, dass ich dann ein Soldat sein möchte. Er schickte mich zu jemandem, der mich anhörte und so landete ich ungewollt in der US Army. Nicht direkt, aber so fing es zumindest an. Sehr schnell wurde ich aufgenommen und ausgebildet und dabei konnte ich Informatik studieren. Wegen meiner Größe, meiner Stärke und der Kraft meines Gedächtnisses wurde ich nach einigen Tests zu einer Spezialschule abkommandiert, wo Elite-Soldaten ausgebildet werden.

Dr. Camara: Hatten Sie wieder Kontakte zu Ihren Eltern?

Johnny: Ja, vereinzelt sowohl mit Herrn Walker als auch mit meiner Mutter, die ich in Deutschland besuchte, und als ich als Soldat in Darmstadt stationiert war, besuchte sie mich mehrmals.

Dr. Camara: Was sagten sie zu dem, was Sie erreicht hatten?

Johnny: Herr Walker war eigentlich stolz, aber mehr stolz auf sich selbst, dass ich ihn nachgemacht hatte, aber er meinte immer abwertend dazu, dass ich nicht so weit kommen würde wie er. Die Welt wäre nun sehr friedlich geworden und die Armee wäre jetzt für Feiglinge. Der Krieg gegen Hitler war noch ein Krieg gewesen, meinte er. Du musstest Eier in der Hose haben als Soldat. Meine Mutter sagte mir nur, dass sie wünschte, dass es während meiner Zeit als Soldat keinen Krieg gäbe. Krieg würde den Menschen kaputtmachen. Sie nannte als Beispiel Herrn Walker, der die Folgen des Krieges und der Tötung vieler Menschen nicht mehr losgeworden war, obwohl er ein guter Mensch sei, meinte sie.

Dr. Camara: Waren Sie stolz auf sich selbst?

Johnny: Ich war stolz vor anderen Soldaten als Elite-Soldat anzugeben. Wir hatten einen anderen Status. Aber wirklich stolz Soldat zu sein war ich nicht. Ich hasste alles, was mit Herrn Walker zu tun hatte und der Krieg, wie meine Mutter vorher gesagt hatte, war auch keine gute Sache. Im Krieg passieren so viele schlimme Dinge, die die Öffentlichkeit nicht mitbekommt. Darauf bin ich nicht stolz.

Dr. Camara: Waren Sie im Krieg?

Johnny: Ja, in Somalia und im Irak.

Dr. Camara: Was ist so Schlimmes passiert, dass Sie nicht stolz sein können, Soldat zu sein?

Johnny: Soldat gewesen zu sein. Ich bin nicht mehr Soldat. Aus eigenem Wunsch bin ich seit 3 Jahren aus diesem Dienst raus.

Dr. Camara: Was haben Sie dann im Krieg erlebt, das Sie so anekelt?

Johnny: Ich könnte seitenweise darüber schreiben. In Somalia war es für mich am schlimmsten. Es war viel brutaler als im Irak. Im Irak kämpften wir Soldaten gegen Soldaten. Eine Armee gegen eine andere. Aber dort in Somalia wusstest du nicht, gegen wen du kämpfst. Du wusstest nicht, wer Soldat und wer Zivilist war. Es gab keine uniformierten Corps. Wir Soldaten begannen das Gefühl zu haben, dass wir mehr Zivilisten töteten als islamische Kämpfer. Mein Regiment war darauf spezialisiert, den Kampf ohne Zeugen durchzuführen, den Kampf im Inneren. Der Kampf ohne Bilder und ohne Opfer und ohne Beweise, ohne Fernsehkameras. Da waren die Schläge am härtesten, um den Gegner zu demoralisieren. Was man im Fernsehen sieht, die Panzer, die Flugzeuge, die Bombardierungen, das ist mehr Show. Das ist Film. Den wahren Krieg führen nur ein paar Soldaten. Die anderen Tausende halten nur die Position und bringen die Arbeit zu Ende. So arbeitet eine moderne Armee. Es geht darum, dem Gegner so viel Schaden wie möglich zuzufügen, mit so wenig Risiko wie möglich für die eigenen Männer. 10 Löwen haben mehr Schwierigkeiten, einen Elefanten zu töten und riskieren dabei mehr ihr Leben, als eine kleine Mücke. Um das Zentralkommando des Gegners mit mehreren hundert, sogar tausenden Soldaten zu neutralisieren, braucht eine moderne Armee nicht hundert sondern nur höchstens 10 Soldaten. Deswegen sind diese Soldaten Elite-Soldaten mit super Qualitäten mit harter Ausbildung.

Dr. Camara hörte Johnny sehr aufmerksam zu. Johnny wollte zeigen, dass sein Job ein besonderer war und sich somit wichtigmachen.

Dr. Camara: Ist das alles, was Ihnen nicht gefallen hat?

Johnny: Im Irak wussten wir zumindest, warum wir kämpften, auch wenn wir nicht überzeugt waren. Es war uns aber klar, dass unser Land Öl für uns braucht. Dafür kann man kämpfen, auch wenn viele Soldaten diesen

Grund nicht ausreichend fanden für so eine Zerstörung und Tötung, aber in Somalia wusste niemand, warum wir da waren. Es sah so aus, als ob wir nur unsere militärische Macht demonstrieren wollten. Es fehlte die Überzeugung, und da wir keine Gegner so vor uns sahen, fingen wir an, Angst zu bekommen. Darauf waren wir nicht vorbereitet oder dafür ausgebildet. Es wurde immer schwerer für uns, die Tötung mit unserem Gewissen zu vereinbaren, weil uns klar war, dass wir mehr Zivilisten töteten als Kämpfer. Das war schlimm für mich. Ich hatte einen Sinn für die Gerechtigkeit und die Wahrheit und ich sah diesen Sinn verbrennen, erlöschen. Ich wurde immer zerrissener, immer unglücklicher, immer unruhiger und die Depressionen kamen. Aber als Soldat dürfen wir nicht sagen, dass wir depressiv sind. Wir sind doch keine Weiber und Schwächlinge. Dann, während eines Einsatzes meines Regiments, wurde ein Soldat entführt. Die Kritik der Soldaten wurde immer lauter, und es war nur noch eine Frage der Zeit bis wir abzogen, obwohl wir unsere Mission nicht erreicht hatten. Als dann die Leiche dieses Kameraden, in primitiver Weise misshandelt, aufgefunden wurde, mussten wir abziehen. Die Öffentlichkeit in Amerika war nicht mehr dafür, diesen sinnlosen Krieg, ohne Vorteil für das eigene Land, weiter zu billigen. Aber viele von uns waren schon kaputt.

Dr. Camara: Können Sie mir genau erklären, was mit der Leiche ihres Kameraden passiert war? Ich finde, dass das ein wichtiger Punkt ist. Sie dürfen sich wiederholen. Erzählen Sie mir noch einmal zusammengefasst, was Sie gesehen haben, wie Sie das erlebt haben und was Sie da empfunden haben. Hass? Rache? Angst? Zorn?

Johnny: Alles zusammen: Zorn gegen mein Land, Hass und Rachegefühl gegen die Leute, die so etwas gemacht hatten. Zorn gegen mein Land für die Lügen, die sie uns erzählt haben. Der Krieg dort war härter und schlimmer, als es in den Medien dargestellt wurde. Es war uns von einer Bande von Islamisten-Banditen erzählt worden. Aber diese Islamisten unter der charismatischen Führung von General Aidid waren gut organisiert und waren harte und mutige Kämpfer, die keine Angst vor dem Tod hatten. Aber sie blieben im Schatten und wir sahen sie nicht. Ihre Organisation war nicht militärisch, wie wir es kennen, wir bekamen sie nie zu Gesicht. Psychisch und mental waren wir weder vor noch nach dem Einsatz vorbereitet noch gut betreut worden. Und vor Ort fehlte vielen Soldaten das Verständnis und die Überzeugung für diesen Krieg, was die Seele noch viel mehr belastete. Viele Soldaten schossen auf Menschen, aber gingen davon aus, dass sie unschuldig waren. Die wahren Islamisten sahen wir, wie gesagt, kaum. Mein entführter und gefangener Kamerad! Doktor, es war schlimm. Es war Horror. Wie kann man so etwas tun? War das die Reaktion auf unsere blinden Bombardements? Auf jeden Fall wurde er getötet und seine

Leiche wurde vor den Augen der Welt auf der Straße wie ein Tier auf dem Boden an ein Auto gebunden und kilometerweit mitgeschleift. Die Menschenmenge klatschte. Ich sah diese schwarzen Männer, die diesen Kameraden so bestialisch umgebracht hatten, jubeln und sich freuen, als ob sie einen Orgasmus gehabt hätten und die Menge, die klatschte, waren alles schwarze Menschen. Ich wollte sofort rausgehen und alle schwarzen Männer, die ich auf der Straße finde, abschießen, aber richtig bestialisch abschießen.

Dr. Camara: Warum haben Sie es nicht getan?

Johnny: Es ging doch nicht. Wir mussten schnell wieder das Land verlassen.

Dr. Camara sah, wie Johnny vor Zorn fast zitterte. Man sah regelrecht den Hass in seinen Adern. Sein Gesicht wurde bei der Erzählung total rot und sein Blick war sehr bedrohlich.

Dr. Camara: Haben Sie nach dem Abzug nicht mit Fachleuten darüber geredet?

Johnny: Nein.

Dr. Camara: Warum nicht?

Johnny: Ha, sie hätten gar nichts verstanden. Sie nehmen unser Leid gar nicht ernst.

Dr. Camara: Sie sagten, Sie haben Hass gegen schwarze Männer empfunden. Empfinden Sie das jetzt immer noch?

Johnny: Und wie. Der war ein Kumpel.

Dr. Camara: Aber in der Armee gab es auch Afroamerikaner. Sie sind auch schwarz.

Johnny: Mein Hass geht nur gegen Afrikaner. Ich bin kein Rassist. Ich will nur Rache, weil sie mich verletzt haben, sonst habe ich nichts gegen sie.

Dr. Camara: Und wie empfinden Sie es, zu wissen, dass diese Studenten, die Sie töten, keine Somalier sind und keine Schuld für die Schändung Ihres Kameraden tragen?

Johnny: Ich weiß nicht. Ich stelle mir auch diese Frage. Eigentlich will ich nicht töten. Aber wenn ich dann eine Erektion bekomme, kann ich mich nicht mehr halten. Deswegen bin ich hier. Deswegen suche ich Hilfe bei Ihnen. Ich weiß, dass sie mir nichts getan haben und will nicht mehr töten. Ich verstehe es aber nicht.

Dr. Camara war dabei, langsam, aber ganz sicher die Puzzle-Teile dieser Tragödie zu sammeln. Jetzt hatte er die Antwort für die Fixierung auf Schwarze. Die Morde an Schwarzen waren also eine Rache. Aber er wusste auch, dass noch etwas anderes Johnny dazu gebracht hatte, diese Rache auch umzusetzen und das mit dieser Brutalität, und das lag nicht an Somalia. Nicht jeder, der ein Trauma erlebt hat, wird zu einem Serienmörder. Er sah auch einen Zusammenhang zwischen dem Morddrang und seiner zerstörten Sexualität. Ob das mit dem zu tun hatte, was er erlebt hatte, als sein Vater Schwulensex hatte, war ihm aber noch nicht klar. Ein großer Schritt war gemacht, trotzdem blieb noch viel zu tun, aber der Weg war richtig.

Dr. Camara: Wenn Sie eine Erektion haben, ist es für Sie unangenehm oder fühlt es sich gut an?

Johnny: Ich hasse es einfach.

Dr. Camara: Wenn Sie eine Erektion bekommen?

Johnny: Ja.

Dr. Camara: Warum?

Johnny: Weil ich nicht kommen kann und es tut mir sehr weh und dann will ich Gewalt.

Dr. Camara: Sie haben keinen Orgasmus, auch wenn Sie mit jemandem schlafen oder masturbieren?

Johnny: Nein, ich komme nicht.

Dr. Camara: Haben Sie dann nie einen Orgasmus?

Johnny: Doch.

Dr. Camara: Beim Sex oder beim Masturbieren?

Johnny: Beim Masturbieren, wenn ich gerade getötet habe oder ohne fremde Einwirkung, wenn ich dabei bin zu töten oder wenn ich Homosex habe.

Dr. Camara: Nur so können Sie Ihren Höhenpunkt erreichen?

Johnny: Zurzeit ja.

Dr. Camara: Sie sagen „zurzeit ja". Gab es Zeiten, als es anders war?

Johnny: Was meinen Sie mit anders?

Dr. Camara: Zeiten, als Sie einen Orgasmus bekommen haben beim Liebemachen.

Johnny: Es ist aber lange her.

Dr. Camara: Aber Sie haben es schon erlebt?

Johnny: Ja, aber, wie gesagt, es ist lange her.

Dr. Camara: Wie war das für Sie?

Johnny: Ich verstehe die Frage die nicht so ganz.

Dr. Camara: Was haben Sie dabei empfunden, als Sie gekommen sind?

Johnny: Meinen Sie, als ich ejakuliert habe?

Dr. Camara: Ja.

Johnny: Am Anfang war es nicht schön, weil ich, weil ich… Ha, ich möchte nicht darüber reden.

Dr. Camara: Okay. Wie fühlt es sich dann an, ich meine, wie fühlt sich der Orgasmus an, wenn Sie töten?

Johnny: Sehr schön, fantastisch, aber danach falle ich in eine Depression und will meinen Penis nicht mehr sehen.

Dr. Camara: Haben Sie momentan Sex?

Johnny: Ja.

Dr. Camara: Mit einer oder mehreren Frauen?

Johnny: Mit Frauen und Männern.

Dr. Camara: Sehen Sie sich als bisexuell an?

Johnny: Nein.

Dr. Camara: Als was denn?

Johnny: Als Heteromann, was sonst?

Dr. Camara: Aber Sie schlafen auch mit Männern.

Johnny: Ich schlafe nicht mit Männern.

Dr. Camara: Was machen Sie denn? Wie würden Sie das definieren?

Johnny: Ich hasse es eigentlich, mit Männern zu ficken. Ja, das ist ficken. Das ist nicht schlafen. Aber ich lasse mich mehr ficken, als dass ich ficke. Deswegen betrachte ich mich nicht als Schwulen oder Bisexuellen.

Dr. Camara: Und mit Frauen? Wie würden Sie das definieren? Ist das auch nur ficken?

Johnny: Mit Frauen? Hmm, ich würde es bumsen nennen. Ich bumse sie.

Dr. Camara: Wie fühlt es sich an?

Johnny: Wenn es hart, sehr hart ist, an der Grenze zwischen Sterben und Leben, dann macht mir das Spaß.

Dr. Camara: Aber trotzdem kommen Sie nicht?

Johnny: Nein.

Dr. Camara: Haben Sie schon eine längere Beziehung gehabt?

Johnny: Eine einzige.

Dr. Camara: Wie lange ist das her?

Johnny: Schon lange her.

Dr. Camara: Wie war der Sex mit ihr? Ich gehe davon aus, dass es eine Frau war, weil Sie gesagt haben, Sie stehen nicht auf Männer.

Johnny blieb stumm und schaute auf den Boden und spielte mit seinen Beinen.

Johnny: Doktor, es ist schwierig.

Dr. Camara: Haben Sie ihn geliebt?

Doktor Camara fuhr einfach fort, als ob er die Antwort von Johnny nicht gehört hätte. Rhetorisch sagte er „ihn" anstatt „sie", um eine aktive und wahrheitsgemäße Reaktion von Johnny zu provozieren.

Johnny: Ich liebe doch keine Männer, zumindest nicht sexuell.

Dr. Camara: Haben Sie sie geliebt?

Johnny: Es war so, die Sache kam sehr langsam. Wie schon gesagt, ich hatte ihn…

Dr. Camara: Sie haben nicht auf meine Frage geantwortet.

Johnny: Ich war aber dabei, Ihre Frage zu beantworten.

Dr. Camara: Und was ist dann die Antwort?

Johnny blieb ruhig und kaute an seinem Fingernagel. Nach einigen Minuten Stille fragte der Arzt:

Dr. Camara: Wollen Sie, dass wir das Thema wechseln?

Johnny reagierte kategorisch.

Johnny: Nein.

Dr. Camara blieb auch ruhig, minutenlang, und Johnny tat es genauso.

Johnny hob den Blick und merkte, dass Dr. Camara ihn die ganze Zeit anschaute.

Johnny: Haben Sie keine Lust mehr, mit mir zu reden?

Dr. Camara: Ich möchte Sie nicht zwingen zu reden. Sie reden, wann Sie wollen. Wir haben Zeit. Fühlen Sie sich nicht unter Druck. Tun Sie, was Sie wollen. Sie können aufstehen, gehen, laufen, in die Küche gehen, sich etwas zu trinken holen, auch Essen; einfach alles, was Sie wollen und was Ihnen gut tut.

Johnny: Darf ich auch Alkohol trinken?

Fragte er und lächelte.

Dr. Camara: Tun Sie was Sie wollen, alles was Sie glauben, das mir helfen kann Ihnen zu helfen. Tun Sie das. Fühlen Sie sich frei.

Tatsächlich stand Johnny auf und fragte den Doktor:

Johnny: Wo ist die Küche?

Dr. Camara: Da draußen, nach dem Empfang, am Ende des Ganges, rechts.

Johnny: Darf ich wirklich da essen und trinken, was ich möchte?

Dr. Camara: Ja. Das dürfen Sie. Sie dürfen alles das tun, von dem Sie glauben, es würde helfen, dass Ihnen geholfen wird. Ja, das dürfen Sie, Herr Walker.

Johnny ging hin und her in dem Raum und setzte sich wieder.

Johnny: Doktor, ich bin nicht hierhergekommen, um zu essen und zu trinken.

Dr. Camara: Gut. Es ist schon sehr gut, wenn man weiß, was man will. Wir haben einen echten Sprung gemacht. Ich bin sehr zufrieden, was Sie da erreicht haben aus eigenen Erkenntnissen. Sie müssen auf sich selbst stolz sein.

Johnny: Doktor, wissen Sie, Sie sind der erste Mensch, den ich kenne, der mir wirklich Zeit gibt, der wirklich für mich da ist, um mir zu helfen, der von mir nichts fordert. Das war nicht immer so in meinem Leben. Die anderen wollten immer was von mir und ich hatte nie die Möglichkeit, ja oder nein zu sagen. Es ging immer so schnell.

Dr. Camara: Tut es Ihnen gut, dieses Gefühl zu haben ernst genommen zu werden?

Johnny: Wie können Sie denn einen Mörder wie mich ernst nehmen, Doktor? Vielleicht haben Sie nur Angst, dass ich Sie umbringe, wie die anderen Schwarzen, ha ha ha. Hups, es tut mir leid, es war nur Spaß.

Dr. Camara: Nein, es sollte Ihnen nicht leid tun. Es ist okay. Sie könnten auch Recht haben.

Johnny: Ich? Doktor? Sie machen sich lustig über mich. Ich Recht haben? Habe doch nie Recht gehabt. Bin immer schuldig. Habe immer Schuld an allem.

Dr. Camara: Wie Sie merken, sehe ich das nicht so.

Johnny: Aber sie gaben mir alle Schuld, verstehen Sie, alles was schlecht war, konnte nur von Johnny kommen.

Dr. Camara: Hat sie dir auch Schuld gegeben?

Johnny: Wer denn?

Dr. Camara: Deine Freundin, wie hieß sie denn?

Johnny: Sie hieß Melissa.

Dr. Camara: Hat Melissa Ihnen auch immer die Schuld gegeben?

Johnny wurde wieder still.

Nach vielleicht 5 Minuten schloss er seine Finger zur Faust und drückte sie so fest zusammen, dass der Doktor Sorge hatte, er könnte sich alle Finger brechen.

Trotzdem blieb er ruhig und beobachtete ihn.

Dr. Camara: Tut es Ihnen gut, was Sie da machen mit Ihren Fingern? Wenn ja, tun Sie es weiter. Tun Sie alles, was Ihnen guttut.

Johnny: Diese Schlampe. Sie hat mir die ganze Zeit etwas vorgemacht. Ich wollte nicht mit einem Mann schlafen, ich wollte nicht mit einem Mann zusammen sein, verstehen Sie, ich wollte es nicht.

Dr. Camara: Was nun? War die Person nun eine Frau oder ein Mann?

Johnny: Sie war beides.

Dr. Camara: Das heißt, ein Transvestit?

Johnny: Sie war ursprünglich ein Mann und hieß Merlan, aber sie war, bevor wir ein Paar wurden, eine Frau geworden.

Dr. Camara: Was war diese Person in Ihren Augen? Ein Mann oder eine Frau?

Johnny: Ich dachte 10 Jahre lang, dass sie eine Frau wäre.

Dr. Camara: Sie nennen sie Schlampe. Heißt das, Sie haben sie doch geliebt und waren nun verletzt und wütend, zornig und enttäuscht über das, was sie getan hatte? Erzählen Sie ein bisschen über Melissa.

Johnny: Ja, verdammt noch mal, ja ich habe sie geliebt. Und sie? Sie hat wieder nur das von mir genommen, was sie wollte. Sie hat mich verarscht, auch sie, auch sie und ich dachte…

Er machte eine Pause und überlegte. Er drehte den Kopf ständig nach links und nach rechts und streichelte seinen 3-Tage-Bart.

Dr. Camara: Sollen wir eine Pause machen? Sie haben bestimmt Hunger und wollen etwas trinken.

Johnny: Nein, Doktor, ich will weitermachen. Ich will reden. Wie ich gesagt habe, ich bin nicht gekommen, um zu essen.

Dr. Camara: Warum habt ihr euch getrennt und wo ist sie jetzt?

Johnny: Sie ist tot. Ich habe sie umgebracht. Sie war meine große Liebe, aber auch meine große Lüge.

Dr. Camara hörte alles und machte weiter seine Notizen.

Sie war seine erste und einzige große Liebe. Melissa war ein Transvestit, den er aus Eifersucht umgebracht hatte und es war in Beaumont geschehen. Er hatte es nicht gewollt, aber er hatte es nicht ertragen können, dass sie doch mit dem anderen ihren Penis benutzt hatte, was sie die ganzen 10 Jahre mit ihm nie getan hatte. Sie hatte ihm immer gesagt: „Johnny, dieses Stück ist bei mir tot. Ich bin eine Frau." Nur aufgrund dieser immer wieder wiederholten Worte hatte er sich letztendlich bereit erklärt, mit ihr eine Liebesbeziehung anzufangen. Er war nicht schwul und wollte auch nicht das Gefühl haben, dass er mit einem Mann zusammen war. Er dachte 10 Jahre lang, sie wäre nur noch eine Frau. Aber an jenem Abend hatte er den Verstand verloren. Er hatte schon immer gewusst, dass Melissa sich mit vielen Männern und Frauen traf, aber da sie ihm überzeugend gezeigt hat, dass sie ihn liebte und nicht fremdging, akzeptierte er die Tatsache so. Melissa war ein Partytyp und er blieb lieber zu Hause oder ging gern ins Kino, ins Theater und am liebsten trieb er Sport. In den 10 Jahren Beziehung hatte Melissa nie, ihre *Vergangenheit*, wie sie ihren Penis selbst nannte, benutzt, auch wenn er manchmal auch steif wurde. Das war ihm damals sehr wichtig, weil er 100% hetero war und sich nicht vorstellen wollte, dass er einen Mann liebte und mit einem Mann Sex hatte. Sonst war alles an ihr wirklich weiblich, und sie hatten irgendwie eine harmonische Beziehung, wie ein normales Heteropaar.

An jenem Tag hatte er einen anonymen Hinweis bekommen, dass seine Freundin eine Beziehung mit einem sehr jungen Paar hätte. Er bekam auch die Adresse, wo sie sich an diesem Abend treffen würden, und detailliert wurde ihm in dem Brief beschrieben, was die drei so machten, wenn sie sich trafen. Er glaubte aber zuerst nicht daran, weil Melissa das eigentlich hasste, was die anonyme Person da beschrieb.

Er wohnte damals immer noch in Houston. Er erinnerte sich, wie er dann wie ein Verrückter mit dem Auto nach

Beaumont fuhr. Aber davor hatte er alles so organisiert, dass die Nachbarn und Bekannten glaubten, er sei daheim.

Er fuhr nach Beaumont zu der genannten Adresse. Es war ein Haus am äußersten Rand von Beaumont, am Wasser. Es war Sommer.

Damals wusste er nicht, was dieser Abend für sein Leben bedeuten würde.

Johnny redete mit geschlossenen Augen, als ob er sich an alle Einzelheiten erinnern wollte.

Dr. Camara: Wollen Sie vielleicht erzählen, was da passiert ist? Was Sie da gesehen haben? Was ist an diesem Abend passiert? Was hat Sie so verletzt und so wütend gemacht?

Johnny: Ich war gegen 21 Uhr da. Das Haus war nicht sehr weit vom Wasser entfernt. Es sah wie ein Ferienhaus aus. Schon einige Meter vor dem Haus konnte man sie stöhnen hören. Ich näherte mich leise und langsam an. Alles war offen. Die Fenster, die Tür. Ich stand nun am Fenster und beobachtete alles. Sie waren, wie die anonyme Person gesagt hatte, zu dritt. Melissa und ein Paar. Ein schwarzes Paar. Ein sehr junges Paar. Ich glaube, das Paar war nicht mal 20. Oh, mein Gott, wie konnte Melissa mir das antun? Nein, Doktor, so lässt sich Johnny nicht verarschen. Verstehen Sie, Melissa hatte mir immer gesagt, dass sie es hasste, wenn jemand sie am Penis berührte. Sie würde niemals ihren Penis benutzen und jemanden damit bumsen. „Ich bin kein Mann mehr. Ich bin eine Frau und ich fühle ich mich so auch." In den 10 Jahren mit ihr hatte ich sie nie im Mund gehabt und sie hatte mich nie gebumst. Ich stand nun am Fenster und sah, wie meine Freundin im Sandwich genommen wurde. Der junge Schwarze lag auf ihr, auf ihrem Rücken, und tat es heftig anal. Sie ihrerseits lag auf der jungen Frau und vögelte sie vaginal und dabei kaute sie genussvoll an ihren Nippeln oder sie küssten sich. Alle drei schrien vor Lust und sagten obszöne Wörter. Irgendwann mal zog sich der schwarze Mann aus ihr und ruhte sich neben den beiden aus. Melissa und die schwarze Frau vögelten dann in allen Richtungen, in allen Positionen. Die schwarze Frau sagte: „Ja, du fickst gut, ich spüre dich, härter, härter, noch schneller. Du bist ein starker Mann." Melissa tat es auch und ich sah das erste Mal, dass sie wirklich beweglich war mit ihrer Hüfte, wie ein Mann, der sein Zeug gut kennt. Kurze Zeit später schrie die Frau im völligen Lustrausch. „Merlan, Merlan, ich komme gleich, ich komme gleich, Merlan." Dann war alles vor meinen Augen schwarz. Da war es klar für mich. Melissa führte ein Doppelleben. Die Frau hatte sie Merlan genannt und nicht Melissa. Sie war doch immer noch nur ein Mann. Ich fühlte mich betrogen und gedemütigt. Ich ging zurück in mein Auto, weinte wie ein Baby. Und ohne zu überlegen entschied ich mich, mich zu rächen. Alle meine Sinne waren nicht mehr mit Verstand versehen. Ich hörte und spürte mich nicht mehr und dann schlug ich zu. So war es. Alle drei waren weg. Alle drei waren tot. Das waren meine ersten Morde, die bis heute nicht aufgeklärt wurden, weil man die Körper bis heute noch nicht gefunden hat. So fing ich an, meine Trophäen zu sammeln. Wegen Melissa tat ich das.

Dr. Camara: Was meinen Sie mit Trophäen?

Johnny: Ich fing an diesen Penis, dieses Schmerzstück, zu sammeln. Ich wollte nicht mehr, dass jemand das trägt. Bei allen Morden, die ich bis jetzt begangen habe, habe ich immer die Penisse abgeschnitten und mitgenommen.

Dr. Camara: Und das schwarze Paar, warum mussten sie sterben? Sie wussten doch nicht von dem Doppelleben von Melissa.

Johnny: Ich weiß es nicht, Doktor, aber ab da hat sich dieser Drang in mir gebildet, mit allen diesen verschiedenen Stimmen. Es ist als ob noch zwei Personen in mir leben. Eine die mich hasst und immer befiehlt zu töten und eine, die mich eigentlich liebt, aber mir nicht wirklich hilft, mich nicht konsequent davon abhält zu töten und mich somit im Stich lässt.

Dr. Camara: Sie hatten, wie in Somalia, wieder wegen den Schwarzen jemanden verloren. So hatten Sie das empfunden?

Johnny: Ich glaube ja. Ich sagte mir nur, wieder sie, wieder sie.

Dr. Camara: Wo haben Sie die Körper versteckt?

Johnny: Es ist gut, dass die Leichen dort bleiben, wo sie sind. Sie sind in Frieden dort.

Dr. Camara: Sie wurden nicht verdächtigt?

Johnny: Alle Leute konnten bezeugen, dass ich an diesem Abend bei mir zu Hause war, und wo es keine Leiche gibt, kein Blut gibt, gibt es offiziell auch keinen Mord. Dabei halfen mir mein Status und meine Glaubwürdigkeit als Topsoldat. Ich wurde nur einmal befragt, bei mir zu Hause.

Dr. Camara: Was haben Sie danach getan?

Johnny: Kurz danach bin ich aus der Armee ausgestiegen und bin wieder nach Deutschland gekommen, um ein neues Leben anzufangen.

Dr. Camara: Sind Sie dann sofort nach Darmstadt gekommen?

Johnny: Nein, zuerst war ich bei meiner Mutter in Heidelberg, aber ich konnte nicht lange dort bleiben, und als ich einen Job in der Nähe von Darmstadt bekommen habe, bin ich halt wieder nach Darmstadt zurück.

Dr. Camara: Hier ging es dann richtig los. Wie kam es dazu, als Sie das erste Mal in Darmstadt getötet haben? Können Sie sich erinnern, wie es war?

Johnny: Ich kann mich sehr gut erinnern. Ich war in Heidelberg bei meiner Mutter. Es war früh abends.

Mein Halbbruder ist auch gekommen. Ich wollte nicht mit ihm reden und irgendwie kam es zu Streitereien und er beschimpfte mich. „Geh und lass dich ficken von deinem Transvestiten, du liebst es doch so". Es war, als ob er damit irgendwelche Knöpfe aufgedreht hätte. Wütend ging ich fast rennend weg. Ab da wusste ich, dass ich ein Loch in meinem Gedächtnis habe. Bis dahin war es mir nicht so bewusst bzw. diese fehlenden Erinnerungen fehlten mir tatsächlich nicht, aber auf einmal war mir klar, dass ich diese Erinnerungen haben möchte. Je mehr ich mich konzentrierte, um mich daran zu erinnern, desto erregter wurde ich. Im Zug nach Darmstadt saß mir ein schwarzer Mann gegenüber. Ich war in einem sehr erregten Zustand. Er telefonierte mit jemandem und sprach Deutsch. Sie redeten über die Uni. Eine Stimme in mir sagte, der muss sterben. So fing es an und ich konnte nicht mehr stoppen.

Dr. Camara: Weiß ihre Mutter von diesen Neigungen?

Johnny: Ich glaube nein.

Dr. Camara: Bei dem Streit mit Ihrem Halbbruder, wie hat sie sich verhalten?

Johnny: Sie hat nichts gesagt, wie immer.

Dr. Camara: Hätten Sie gewünscht, dass sie Partei für Sie ergriff?

Johnny: Es wäre gut gewesen, dass sie doch mal etwas für mich tut.

Dr. Camara: Sind Sie sauer auf Ihre Mutter?

Johnny: Ich weiß es nicht. Manchmal ja. Manchmal habe ich mehr Mitleid, aber selten Mitgefühl.

Dr. Camara: Lieben Sie ihre Mutter?

Johnny: Ich möchte nicht mehr über sie reden.

Dr. Camara: Haben Sie das Gefühl, das Ihre Mutter Sie liebt?

Johnny: Ich. ha.be. ge.sagt. dass. ich ü.ber. die.se. Frau nicht mehr re.den möch.te!",

schrie er diktierend, fast buchstabierend, und wurde richtig sauer und fast aggressiv.

Dr. Camara: Seit diesem Vorfall bei Ihrer Mutter, haben Sie sich wiedergesehen?

Johnny: Nein. Aber vor einigen Tagen war ich wieder in Heidelberg. Wir haben uns gesehen, aber nicht gesprochen. Ich glaube, wir haben uns verabschiedet.

Er erzählte ihm alles über die Reise nach Heidelberg zu seiner Mutter.

Dr. Camara: Warum verabschieden? Wollen Sie Deutschland wieder verlassen?

Johnny: Ich hatte einfach so ein Gefühl, dass ich sie nicht mehr sehen werde. Es war komisch. Ich hatte das Gefühl, dass ich nach Heidelberg musste. Dort habe ich im Keller ein Tagebuch von ihr gefunden. Sie stand am Fenster als ich wegging, aber sie rief nicht nach mir. Sie sah aber zufrieden aus und fröhlich, dass ich das Buch gefunden habe.

Dr. Camara: Was haben Sie in dem Buch gelesen?

Johnny: Ha, es war wie ein Erklärungsbuch. Habe gar nicht viel gelesen, aber ich hatte nicht gewusst, dass mein Halbruder eigentlich mein großer Cousin ist.

Dr. Camara: Was heißt das?

Johnny: Angeblich ist er das Produkt einer inzestuösen, unfreiwilligen sexuellen Beziehung zwischen dem Mann ihrer Oma mit ihr. Sie schrieb in dem Buch, dass sie ab 12, glaube ich, von dem alten Mann systematisch missbraucht wurde und dann war sie schwanger mit Philip. Sie trennte sich sehr früh von ihm und er wuchs im Heim und bei Pflegeeltern auf. Mehr habe ich noch nicht gelesen. Es interessiert mich nicht zu wissen, was mit diesem blöden Bruder passiert war. Ich hasse ihn.

Dr. Camara: Bis Sie das Buch gefunden haben kannten Sie die Geschichte nicht?

Johnny: Nein. Vielleicht wäre meine Mutter ohne diesen Philip anders, und ich hätte eine bessere Beziehung zu ihr. Doktor, ich bin müde und ich möchte nach Hause, aber ich will wiederkommen. Ich erfahre durch das Gesprochene viel über mich. Können Sie mir helfen zu wissen, was zwischen meinem 13. und 18. Lebensjahr passiert ist, Doktor? Ich möchte es unbedingt wissen.

Ich habe den Eindruck, dass das mir guttun wird. Ich möchte den Hass in mir austreiben.

Dr. Camara: Sind Sie einverstanden, dass wir die nächste Sitzung mit einer Hypnose anfangen?

Johnny: Wenn mir das helfen kann mein Gedächtnis wieder zu erlangen? Dann ja, Doktor. Ich melde mich. Ich werde Sie anrufen. Darf ich eine Nummer haben, unter der ich Sie anrufen kann, wenn es dringend ist?

Dr. Camara dachte kurz nach und gab ihm eine Handynummer. Er war so oder so schon mittendrin. Er wollte nun wirklich wissen, was da schief gelaufen war.

Frankfurt am Main, Sachsenhausen, Franz-Lenbach-Straße, bei Familie Camara, Samstag, 16.01.10, 20 Uhr 17

Dr. Camara war trotz des Hausverbots seiner Frau wieder nach Hause gefahren. Er wollte noch einmal versuchen, mit seiner Frau zu reden und ihr klar zu erklären, dass er mit den Morden nichts zu tun hatte und ihr helfen wollte.

„Ja, meine Frau braucht Hilfe", hatte er sich ständig gesagt. Wieso hatte er nicht früher gemerkt, dass sie psychische Probleme hatte? warf er sich vor.

Es machte ihm viel Sorge, diese Einbildung und das Festhalten daran. Es war klar, wie das Wasser, dass es nichts gab. Was sie meinte gesehen zu haben konnte gar nicht sein, sagte er. Er hatte den Computer genau durchsucht und alles war wie immer. Er hatte auch seine Mailfächer aus der Praxis überprüft. Nichts war von dort an ihn verschickt worden.

Er war nun zu Hause angekommen und es gab nur im Wohnzimmer Licht, sonst war es überall dunkel. Er kam herein und rief nach Mali, aber keine Antwort kam zurück. Er ging in die Küche, niemand war da, auch oben in den Zimmern war sie nicht zu finden. Er ging in den Keller und fand sie auch dort nicht. Er kam zurück ins Wohnzimmer, dann ging er wieder in sein Arbeitszimmer. Auf dem Laptop lag ein Stück Papier mit einem Satz:

„Ich brauche Ruhe zum Nachdenken. Bitte such nicht nach mir. Die Kinder sind informiert. Mali"

Dr. Camara verstand nichts mehr. Er würde sein ganzes Vermögen ausgeben, um zu wissen, was los war, zumindest, was sie meinte gesehen zu haben. Wie waren diese Bilder, was waren sie? Worüber?

Er dachte an die Kinder und fand es wichtig mit ihnen zu reden. Mit seiner ältesten Tochter Aicha musste er reden, sagte er und wählte die Nummer. Die Mutter von Mali war am Telefon. Sie freute sich, dass er anrief.

„Adou, es ist gut, dass du angerufen hast. Was ist denn los bei euch? Mali hat heute Morgen angerufen und hat nur geweint am Telefon", sagte sie fragend mit einer sanften Stimme.

„Mami, ich weiß selbst nicht, was los ist. Ich dachte, du könntest mir mehr darüber erzählen. Mali ist weg", sagte er traurig.

„Ja, sie hat mir gesagt, dass sie mal Zeit für sich braucht. Sie hat gesagt, dass sie sehr enttäuscht ist von dir, aber warum, wollte sie nicht sagen", sagte seine Schwiegermutter.

Er erzählte ihr seinen Standpunkt und sagte: „Ich dachte, dass unsere Liebe so stark ist, dass wir uns zusammensetzen, wenn es ein Problem gibt und darüber reden können. Nun bin ich sehr durcheinander."

Mami sagte abschließend nur: "Mein lieber Sohn, Liebe allein löst nicht alle Probleme. Ihr lebt wie die Weißen und sucht Lösungen auf europäische Art. Ihr idealisiert die Liebe viel zu sehr und überbewertet den Sinn der Liebe. Ich lebe immer noch glücklich mit Malis Vater aber ich weiß nicht, ob ich ihn liebe. Aber die Bewunderung für ihn hat noch nie nachgelassen. Ich hoffe, Gott hilft euch. Denk an die Kinder. Willst du mit Aicha reden?"

Mami hatte vielleicht Recht. Hatte Mali nicht gehandelt wie eine deutsche Frau? Sie hatte ihn aus dem Haus vertrieben und war dann einfach weg, weil sie Zeit für sich brauchte. In Afrika wäre es anders gelaufen, dachte er.

„Hallo Papa, wie geht es dir?"

„Hallo mein Sch-", er hatte gerade sagen „mein Schatz" sagen wollen, dachte aber an die Wörter von Mami und änderte es zu „Hallo, meine Tochter". *Hallo mein Schatz*, das ist zu europäisch, dachte er. Mein Kind ist nicht mein Schatz. Ihr Schatz ist ihr Freund und nicht ich, sagte er sich.

„Mir geht es gut und euch? Ihr kommt bald, ich freue mich auf euch", antwortete er.

„Wir auch, Papa, aber Papa, was ist los mit Mama?",
fragte Aicha.

„Aicha, du bist schon groß genug, um bestimmte Sachen zu hören. Mama ist heute weg gegangen ohne mir zu sagen wohin. Wir haben kleine Missverständnisse, aber macht euch keine Sorgen, alles wird wieder gut werden", sagte er.

„Papa, wir haben euch lieb und drücken euch die Daumen", sagte Aicha.

„Wir euch auch, meine lieben Kinder. Grüß die anderen und bis Mittwoch."

Er legte auf und ging ins Bad. Beim Duschen entscheidet er sich, den Willen seiner Frau für diesen Abend zuerst einmal zu akzeptieren und nicht weiter nach ihr zu suchen.

20 Minuten später kam er wieder ins Wohnzimmer, schenkte sich ein Glas Wein ein, nahm sein Notizbuch, setzte sich auf die Couch und analysierte das Gespräch mit Johnny Walker.

1. Sexuelle Störung

- Schlechtes sexuelles Vorbild in der Kindheit und kurz vor der Pubertät
- Schock wegen des homosexuellen Sex des Vaters
- Kontroverse Beziehung mit einem Transvestiten
- Halbbruder, Vater, Mutter???
- Penishass
- 13. bis 18. Lebensjahr????

2. Trauma

- Sozialer (materieller) Absturz
- Trennung der Eltern
- Krieg in Somalia
- Verlust eines Kameraden, getötet durch schwarze Afrikaner
- Betrug durch Melissa mit schwarzem Paar
- Halbbruder, Vater, Mutter???
- 13. bis 18. Lebensjahr????

Folge 1: Persönlichkeitsstörung (u.a. multiple Persönlichkeit), psychische Störung

- Sexuelle Störung
- Depression
- Borderline
- Trauma

Folge 2: Hass und Rache

- Morddrang an schwarzen Afrikanern
- Mord an Melissa
- Penistrophäen
- Halbbruder, Vater

Folge 3: Gedächtnisverlust

Wieder-Erinnerung: Das ist das, was er bei der nächsten Sitzung schaffen möchte.

WAS IST ZWISCHEN SEINEM 13. UND 18. LEBENSJAHR PASSIERT????

→ !HYPNOSE!

Er schrieb den letzten Satz dick und fett und unterstrich ihn.

So notierte er alles und konnte sich nun langsam ein Bild von ihm machen.

Zufrieden sagte er: „Dann ist das Rätsel gelöst, und danach werde ich die Polizei informieren."

Darmstadt Ost, Gundolfstraße, bei Johnny zu Hause, Freitag, 22.01.10, 17 Uhr 55

„Schön, Johnny, ja, wieder an der Schulter. Ja, das ist schön. Willst du mich am Nacken massieren, ja, da, entlang der Nervenbahn. Oh, das ist schön, du macht das gut", sagte Catherine, die schwarze Frau aus Kamerun, die die Massage von Johnny genoss.

****

Sie hatten sich letzten Sonntag getroffen und waren sich sehr nahe gekommen.

Für Johnny war es komisch. Es fühlte sich so schön an, dass es für ihn komisch war. Das erste Mal in seinem Leben spürte er etwas wie Verliebtheit, die er auch gern annehmen wollte. Dieses komische Kribbeln im Bauch störte ihn ein bisschen. Er wusste nicht, wie er damit umgehen sollte, aber er wusste, dass es sich sehr gut anfühlte, und dass er das weiter fühlen wollte.

War das schon das erste Ergebnis der Arbeit von Dr. Camara? fragte er sich. Er spürte das erste Mal, was das Gefühl von Glücklichsein sein könnte. Es war noch sehr versteckt, aber er konnte es spüren. Ausgerechnet bei einer schwarzen, afrikanischen Frau war er dabei, das Leben mit anderen Augen zu sehen.

Für Catherine war es etwas Seltsames. Sie hatte einen Freund, einen Afroamerikaner, den sie auch liebte. Sie hatte sich noch nie Gedanken darüber gemacht, sich mit einem weißen Mann privat zu treffen. Ja, Gefühl kennt keine Hautfarbe, lächelte sie, als sie merkte, was sich in ihr so bewegte.

An diesem Sonntag hatte sie sich entschieden mit diesem Mann zu schlafen, egal, was passierte. Sie war auch sehr neugierig darauf, Sex mit einem weißen Mann zu haben. Die weiße Haut zu streicheln, den weißen Penis mit ihrer Zunge zu lecken. Diese Konstellation erregte sie seit Tagen und darüber witzelte sie ständig mit ihrer besten Freundin, die sie zu einem Dreier überreden wollte. Sie war auch fasziniert von diesem super aussehenden und starken weißen Mann.

Nach diesem Sonntag passierte wenig. Er wollte sich melden, aber tagelang geschah nichts.

Die kleine Party von Catherine war wieder verschoben worden, auf diesen Freitag um 20 Uhr. Sie hatte ihrem Freund gesagt, dass sie eine Kommilitonin mit ihrem Freund eingeladen hatte. Aber sie wusste, dass Johnny allein kommen würde. Sie hatten darüber gesprochen und schon ein Alibi für die fehlende Kommilitonin gefunden.

Johnny hatte sich die ganze Woche nicht gemeldet und sie war sehr traurig darüber. Als er eine Stunde vor der kleinen Party anrief, um ihre Adresse zu erfragen, war sie gerade im Netto in der Roßdörfer Straße. Sie musste noch etwas für die Party kaufen.

„Ich habe die Adresse notiert, aber hol mich doch einfach ab, so kannst du sehen, wo ich wohne", traute sich Johnny vorzuschlagen.

„Nur dich abholen?" fragte Catherine in einem provokativen Ton.

„Nur mich abholen, aber vielleicht lässt sich ein Küsschen dazwischen reinschieben, neben dem Abholen und dem Weggehen? Nur 5 Minuten, die Zeit, die ich brauche, um mich wieder anzuziehen, okay?", flirtete Johnny. Das war auch neu für ihn. So locker war er noch nie mit einer Frau umgegangen. „Ja, diese Frau war etwas Besonderes für mich", schrie er vor Freude. Er hatte das erste Mal in seinem Leben – wenn man die „scheiß" Erfahrung mit Melissa abzog – Lust, Liebe zu machen. Nicht nur bumsen und vögeln, sondern Liebe zu machen und er spürte, nein er wusste es, dass das sehr bald, in wenigen Minuten, Realität werden würde.

Catherine dachte ein bisschen nach und zögerte, aber die Versuchung war doch stärker. Diese kleinen Worte und die Idee, eine schnelle Nummer mit einem Unbekannten zu machen, zogen sie sofort an. Ja, sie wollte jetzt mit ihm schlafen und sie war sich sicher, dass es bald, in wenigen Minuten, passieren würde.

****

Johnny massierte sie sehr sanft und sehr liebevoll. Sie küssten und streichelten sich abwechseln hektisch und sanft, aber mit viel Liebe.

Ja, Johnny konnte es nicht glauben. Sie küsste ihn und streichelte ihn. Mit Lina oder Asifa und sowieso mit allen diesen Männern ging es nur um reinen Sex. Johnny war sehr glücklich; er dachte in diesem Moment an Dr. Camara und bedankte sich.

„Machen wir schnell, Johnny, mach schnell, ich habe in 30 Minuten eine Party", sagte Catherine im Lustrausch.

„Ja, aber ich möchte zuerst schnell duschen, ich fühle mich…. Haah, humm, schön, bitte Caty", stöhnte er und blieb doch da, denn Catherine hatte sehr schnell seine Hose geöffnet und seinen Schwanz direkt und schnell in ihren Mund gesteckt und blies ihn gefühlvoll mit ihren vollen Lippen, als ob es Eiscreme wäre.

Catherine war zufrieden mit diesem steifen harten Stück. „So soll ein Mann sein, Johnny, du bist ein Mann", freute sie sich.

„Wie denn?", fragte er.

„Das weißt du doch. Gott hat dich gut bestückt und du bist noch dazu beschnitten. Ich hatte so Angst davor, dass du nicht beschnitten bist", grinste sie.

Sie lagen nun in entgegengesetzte Richtungen. Johnny in Kopfrichtung zu Catherines Beinen, und Catherine mit dem Kopf Richtung Johnnys Beine. Johnny zog ihre

Hose aus. Catherine trug einen feinen String und ließ ihn von Johnny zerreißen. Sie hob das linke Beine und stellte ihren Oberschenkel über seinen Kopf, der wiederum auf ihrem rechten Schenkel lag.

Johnny sah das erste Mal eine schöne Vagina mit einer gut ausgeprägten Klitoris, mit schön symmetrischen, vollen Schamlippen und rosafarbenen Scheide. Er steckte zwei Finger hinein und fing an ihre Klitoris zu lecken und druckvoll zu massieren, während er sich von ihr weiter blasen ließ. Sie hörte von Zeit zu Zeit auf, Johnny zu verwöhnen, um sich selbst auf ihre Lust zu konzentrieren.

„Ja Johnny, c´est bon, c´est bon mon cheval blanc, das ist fein, langsam bitte, ja, ja, die Seite, oh, ja, zieh die Schamlippen auseinander und lecke mich ganz fest und schnell, ja schneller, Johnny, schneller. Fester, mein weißer Hai", stöhnte sie.

Johnny hatte den Eindruck, dass Catherine um seine Finger und sein Gesicht tanzte. Die rhythmischen Hüftbewegungen wurden immer schneller und ihre Stöße immer heftiger.

Sie wickelte mit beiden Beinen seinen Kopf ein, zog ihn noch fester an ihre Klitoris. Langsam begann sie krampfartig zu zucken und ihr ganzer Unterleib begann zittrig zu vibrieren, ihre Vagina zog sich so eng zusammen, dass Johnny den Eindruck hatte, sie würde seine Finger absaugen. Johnny schaffte es irgendwie noch, den Daumen in ihren Po zu schieben, nicht ganz rein, nur so, als ob er ihn zustopfen wollte, während der Zeigefinger weiter ihre Vagina erforschte. Das löste bei Catherine eine starke, unerwartete, lustvolle Kontraktion ihres runden und knackigen Pos und der Muskeln um den Po aus, so dass der Daumen fest steckte.

Catherine war in Ektase. Ihre rasche Atmung und die drückende Kraft ihrer Bauchmuskulatur, als ob sie etwas aus sich nach draußen schubsen wollte, deuteten auf den baldigen Höhepunkt hin. Dies erregte Johnny so sehr. So ein Kraftpaket hatte er noch nie beim Sex gesehen. Bald spürte er, wie etwas von seiner Wirbelzone aus in Anmarsch war und er konnte und wollte es nicht stoppen.

Er fing plötzlich an still zu weinen. Wie lange hatte er warten müssen, um so einen normalen Orgasmus zu bekommen, dachte er in dem Moment.

„Catherine, ich glaube ich komme auch und will es gar nicht aufhalten", hörte er sich sagen.

Er war sich nicht sicher, ob Catherine ihn gehört hatte. Auf jeden Fall hörte er einen vulkan-artigen, langen Schrei von Catherine. Sie war dabei zu kommen. Das machte Johnny noch mehr an und er versuchte auch sofort zu kommen, damit es passte.

Aber leider dauerte und dauerte es. Ohne Grund war der angekündigte Orgasmus wieder weg. Er konzentriert sich und er kam immer noch nicht. Er wurde immer nervöser. Schnell wechselte sie die Position, damit er in sie eindringen konnte.

Sie lag nun unten, mit dem Rücken auf dem Bett und er oben. Die normale Missionarsstellung.

„Du Blödmann, auch hier hast du wieder versagt. Dein Penis ist dein Grab. Schäm dich. Töte sie und du kannst noch kommen, töte sie sage ich dir", sagte der Rebell, die Stimme, die er seit Samstag, seit dem Gespräch mit Dr. Camara, nicht mehr gehört hatte.

Johnny wurde immer hektischer und brutaler. Wie besessen fing er an, sie am Hals zu drücken, wie er es mit Lina machte. Er wollte diesen Orgasmus mit Gewalt erzwingen.

Am Anfang dachte Catherine noch, dass es ein Sexspiel wäre, aber bald bekam sie keine Luft mehr und versuchte sich zu befreien. Gegen so einen Koloss hatte sie kaum eine Chance. Bald bewegte sie sich nicht mehr, was Johnny erschrak.

Johnny stand auf und schaute auf diesen leblosen Körper auf dem Bett. Der Körper der ersten Frau der Welt, der er geliebt hatte. Er schrie, schrie, versuchte sie wieder zu reanimieren, leider ohne Erfolg. Catherine war endgültig tot. Als er das feststellte zucke er am ganzen Körper. Ein Blick auf seinem Penis bewies, dass er gekommen war.

„Du Trottel, du bist der Teufel in Person. Du bist böse. Wirklich böse. Gott hat dich so bestückt, damit du am Ende ein Versager bist? Warum enttäuscht du so? Du elender Hund? Jetzt gibt es keinen Halt mehr, los, bring sie alle um", sagte der Rebell.

Er holte sein Handy aus seiner Jacke und rief Dr. Camara mehrmals an, aber der ging nicht ans Telefon. Johnny wurde wahnsinnig und verlor total die Kontrolle. Er zog sich an, nahm die Tasche mit seinem wichtigsten Mordzeugs und rannte wie besessen aus der Wohnung. Kurz vor dem Haus wo Catherine wohnte beruhigte er sich wieder, machte sich zurecht und klingelte.

„Hallo, ich bin der Johnny Walker. Meine Freundin konnte nicht kommen. Sie ist krank", rezitierte er das, was er mit Catherine abgemacht hatte.

„Komm rein", sagte der Freund von Catherine. „Ich bin Richie, ihr Freund. Sie ist einkaufen gegangen und wird bald da sein. Es kommen noch 3 Gäste und dann sind wir komplett. Sit down, what do you want to drink? Was willst du trinken?", fragte er.

„Eine Cola", sagte Johnny ganz freundlich und zeigte dabei diese Seite von sich, diese Seite, die alle Menschen faszinierte.

Johnny schaute sich um. Es waren schon 3 Personen da: zwei Männer und eine Frau. Sie wären sehr schnell zu bewältigen, rechnete er. Er würde zuerst mit einem Doppelschlag dem Mann und der Frau neben sich den

Schädel zertrümmern. Er musste so heftig schlagen, dass sie keine Zeit zum Schreien hatten. Niemand sollte schreien und Nachbarn alarmieren. Sekunden danach musste er mit einem Judogriff den Freund von Catherine, der ca. 2 Meter von ihm entfernt saß, so neutralisieren, dass er benommen wäre, um ihm dann in diesem Zustand den Mund mit Klebeband zuzukleben, ihn zu fesseln und lebendig ins Schlafzimmer zu bringen. An ihm würde er seinen chirurgischen Wahn umsetzen.

Danach würde er auf die anderen Gäste warten und sie auch genauso umbringen. Er wollte diesmal wirklich abschlachten. Er wollte seine Frustration wegen des fehlgeschlagenen Orgasmus und Catherines Tod auf satanische Art rächen.

„Jetzt wirst du das tun, was dich zu T. Bundys Größe heben wird. Töte sie jetzt", sagte der Rebell, und Johnny konnte nur noch den Befehl ausführen.

30 Minuten später

Das Messer steckte noch im Bauch von Catherines Freundin, als die letzten Tropfen von Johnnys Sperma auf ihr Gesicht fielen. Johnny hielt seinen Penis noch fest in seiner Hand, stöhnte minutenlang und sackte auf den Boden, Augen geschlossen. Er blieb so, wie betäubt, auf dem Boden liegen. Nach zehn Minuten öffnete er seine Augen und sah überall nur Blut. In der Plastiktasche waren alle Geschlechtsteile der vier Männer verpackt. Er wusste aber nicht, wann er das getan hatte.

Er zitterte am ganzen Körper. „Was ist das, was ist das, alle tot? Nein, nein, ich muss es nicht gewesen sein", stotterte er, wie ein kleines Kind.

„Doch Missgeburt, du warst es. Das ist etwas, wozu dein Penis dich gebracht hat, Abschaum", sagte der Rebell.

„Nein, oh mein Gott, was habe ich da getan? Warum nur?", weinte er verzweifelt.

Er nahm das Spezialmesser aus dem Bauch der schwerverletzten Frau heraus, nahm seinen Penis in die Hand und sagte „Du wirst es nie mehr, nie mehr tun", und als er gerade das Stück abtrennen wollte, klingelte sein Handy. Er schreckte auf und dabei fiel das Messer auf den Boden.

Er schaute auf das Display des Handys, es war Dr. Camara.

„Hallo, Herr Walker, Sie haben mich angerufen?", fragte Dr. Camara.

Frankfurt am Main, Bockenheim, Arndtstraße, Praxisgemeinschaft Dr. Camara, Freitag, 22.01.10, 15 Uhr

Doktor Camara war heute erst um 15 Uhr zur Arbeit gekommen. Er schien niedergeschlagen zu sein, abwesend und schwer getroffen. Heute sollten seine Kinder aus Mali zurückkommen. Normalerweise hätten sie am Mittwoch zurückfliegen müssen, aber sie hatten ihn angerufen und mitgeteilt, dass sie den Flug verlegt hatten. Er war am Flughafen gewesen und hatte gewartet und gewartet, und kein Mensch kam, kein Kind.

Später erfuhr er, dass sie doch am Mittwoch gekommen waren und von seiner Frau abgeholt worden waren, und nun bei Freunden wären. Diese Nachricht hatte ihm schwer zugesetzt. In nur drei Wochen war alles vorbei, ohne dass er wusste warum. Trotzdem hatte er den Mut gehabt zur Arbeit zu kommen.

Der letzte Patient war weg. Es hatte lange gedauert, bis fast 20 Uhr 30. Er verließ das Beratungszimmer und ging in sein Büro zurück. Sein Handy auf dem Tisch leuchtete, um einen Anruf zu signalisieren. Es waren mehrere Anrufe von einer Nummer, die er nicht kannte, um 18 Uhr 25.

Etwas sagte ihm, dass es Johnny war. Er ahnte, dass etwas Schlimmes gewesen sein musste, dass er mehrmals hintereinander anrief und dann seit 3 Stunden nicht mehr.

Er beeilte sich und rief die angezeigte Nummer zurück. Es klingelte sehr lange, bevor jemand dranging.

„Hallo Doktor."

Er erkannte die Stimme von Johnny sofort.

„Hallo, Herr Walker, Sie haben mich angerufen?", fragte Dr. Camara.

„Doktor, Doktor, überall Blut, überall Blut, wo waren Sie denn? Warum haben Sie nicht abgenommen. Was habe ich getan? Doktor, sind Sie noch da? Doktor Camara, warum haben Sie mir nicht geholfen? Warum gingen Sie nicht ans Telefon, eins, zwei, drei, vier, wie viele leblose Körper? Ich weiß es nicht. Doktor, überall nur Blut, warum nur ich? Warum nur immer ich? Warum bin ich so böse? Überall nur Blut", lamentierte und weinte er fürchterlich.

„Kommen Sie sofort her. Ich sage Ihnen sofort, bevor die Polizei die Körper findet."

Gegen 22 Uhr war Johnny bei Dr. Camara in Frankfurt. Er war wieder ganz ruhig, als ob nichts passiert wäre.

„Was ist passiert?", fragte Dr. Camara.

„Ich wollte Catherine nicht töten. Ich wollte sie nicht töten. Das ist das erste Mal, dass ich ein Opfer nicht töten wollte. Es war ein Unfall", antwortete Johnny wieder voller Emotion.

„Ruhig, ganz ruhig. Wer ist oder war Catherine?", fragte Dr. Camara.

„Eine schöne afrikanische Frau, die ich gerade kennengelernt habe. Ich habe zum ersten Mal ein normales Gefühl für eine Frau gespürt. Ich glaube, ich liebte sie schon. Sie mochte mich auch. Es hat alles gut angefangen, Doktor. Wir haben uns verwöhnt. Es war schön, sehr schön. Ich dachte, ich erreiche bald meinen Höhepunkt. Es war kurz davor, aber dann ging es doch nicht und ich wurde unsicher und die Stimme, dieser Rebell, machte mich verrückt und ich verlor die Kontrolle. Ich drückt, drückte, drückte, drückte, bis, bis, oh, Doktor, helfen Sie mir doch, ich kann nicht mehr, ich kann nicht mehr. Die erste Frau, die...", und er weinte wieder.

„Und dann, was haben Sie gemacht?", fragte Dr. Camara.

Johnny erzählte ihm den Rest der Geschichte und flehte weiter.

„Doktor, helfen Sie mir bitte, was ist los mit mir? Warum habe ich so ein Problem mit meiner Sexualität? Warum zwingt mich dieser Orgasmus zum Mord? Helfen Sie mir doch. Wer ist dieser Rebell der mir böse Befehle erteilt?!"

„Wir müssen wissen, was passiert ist, als Sie 13 bis 18 waren."

Dr. Camara: Glauben Sie an Hypnose?

Johnny: Ich glaube an alles, was mir helfen kann. Ja, ich glaube daran.

Dr. Camara: Glauben Sie, dass ich Sie durch die Hypnose dazu bringen kann, dass Sie sich an diesen Zeitabschnitt erinnern und darüber reden?

Johnny: Ja.

Dr. Camara: Wollen Sie darüber sprechen?

Johnny: Ja.

Dr. Camara: Sind Sie bereit alles zu wissen, was damals passiert ist?

Johnny: Ja, Doktor, ich will es wissen.

Dr. Camara: Okay. Wir werden nun eine Hypnose-Sitzung durchführen. Stehen Sie auf, ziehen Sie ihre Schuhe aus, legen Sie sich auf die Couch. Ja, genau so. Das ist gut. Entspannen Sie sich. Fühlen Sie sich gut. Atmen Sie tief durch die Nase ein und atmen Sie durch den Mund wieder ganz langsam aus. Ich werde Sie bei der Hypnose duzen.

Dr. Camara fing an, Johnny in einen vertieften Entspannungs- und Versenkungszustand zu führen.

Johnny war nun in einem Trancezustand.

Dr. Camara: Du bist nun 12 Jahre alt, du kommst nach dem Sport nach Hause. Du freust dich auf deine Familie und du hast Hunger. Du siehst das Haus und du freust dich. Du siehst das Auto deines Vaters und du weißt, dass er da ist. Du bist nun am Haus und du siehst, dass die Tür offen steht. Du kommst rein und im Wohnzimmer sind deine Eltern und fremde Menschen, die miteinander Sex haben. Du bist überrascht und möchtest nur schnell in dein Zimmer gehen. Da siehst du deinen Vater, der einen anderen Mann besteigt. Du bist geschockt. Du weißt nicht was das ist, du schreist und rennst weg. Es tut dir weh. Du bist enttäuscht und wütend. Am liebsten hättest du das nicht gesehen, nicht gehört. Und du willst nicht darüber reden. Es kommt wie es kommen musste. Plötzlich kannst du nicht mehr hören und du kannst nicht mehr sprechen. Du erinnerst dich nun an diese Zeit und du willst mir jetzt sagen, wie es weiterging, was du danach erlebt hast, bis du 19 Jahre alt geworden bist. Du erlebst das wieder und du willst darüber reden, um endlich frei zu sein. Ich bin da, um dir zu helfen. Du erzählst mir jetzt alles und ich höre dir zu …

Johnny fing an zu reden. Er wechselte den Ton je nach der Situation. Mal redete er wie ein kleiner Junge, dann wie ein Großer und dazwischen ganz normal. Manchmal schrie er, weinte und schimpfte.

Dr. Camara notierte alles, was Johnny erzählte und nahm auch diese Sitzung auf. Irgendwann als Johnny 18 war und davon erzählte, stand er auf, ging zum Telefon im Nebenzimmer und wählte die 069 / 755-0, nach 5 Minuten kam er wieder hinein. Er schaute traurig auf Johnny, der weiter redete und dann plötzlich stoppte. Er war nun 19 Jahre und nur bis dahin musste er erzählen.

Dr. Camara löste die Hypnose auf, so dass Johnny wieder aufwachte und sich wieder voll angekommen, gelassen, entspannt fühlte.

Dr. Camara: Wie geht es Ihnen? Das ist für Sie. Ich glaube nicht mehr, dass Sie mich noch brauchen."

Er gab ihm ein Notizbuch, eine Kopie der Zusammenfassung und des Ergebnisses der Therapie.

Dr. Camara sah müde aus und sein Blick war leer und kalt.

Johnny sah ihm tief in die Augen und spürte dann, dass etwas nicht in Ordnung war. Als ehemaliger Soldat für besondere, gefährliche Operationen hatte er gelernt, die Blicke und Details von Gesichtern zu analysieren. Nun war er gewarnt, und alle seine sechs Sinne waren in Alarmbereitschaft. Er nahm das Notizbuch, und ohne hinein zu sehen stand er auf, ging hin und her, streckte sich und tat so als, ob er nicht gemerkt hatte, dass Dr. Camara komisch geworden war.

Johnny: Ich fühle mich ganz gut, und es ist so als ob...

Er redete nicht zu Ende. Durch das Fenster bemerkte er eine merkwürdige Menschenbewegung. Als ehemaliger

Spezial-Elitesoldaten mit verschärftem, super trainiertem sechsten Sinn, mit hervorragendem Gefahren-Schnellanalysevermögen, wusste er was los war und was sofort zu tun war.

Er drehte sich zu Dr. Camara um, und mit einem Blick ohne Wut sagte er:

„Doktor? Warum haben Sie das getan? Wann haben Sie sie informiert?", und war schon aus dem Raum.

Dr. Camara sagte nur: „Leb wohl, Johnny."

Darmstadt Ost, Gundolfstraße, bei Johnny zu Hause, Samstag, 23.01.10, 12 Uhr 51

Arzt begeht Selbstmord bei einer gescheiterten Festnahme des Serienmordverdächtigen von Darmstadt

Gescheiterte Festnahme des Monsters von Darmstadt, der Komplizen-Arzt begeht Selbstmord

Arzt tötet sich beim Versuch den Mordverdächtigen zu verhaften

Letzter Ausweg Selbstmord: Ein Komplize des mutmaßlichen Monsters von Darmstadt hat sich erschossen

Polizeieinsatz mit tödlichem Ende in Frankfurt: Der Arzt ist tot, der Serienmordverdächtige ist immer noch frei

Panne beim Versuch, den Serienmörder von Darmstadt festzunehmen. Sein Komplize begeht Selbstmord

Festnahme in Frankfurt gescheitert: Der Schlächter von Darmstadt immer noch frei, sein Arzt erschießt sich

Selbstmord oder Panne beim Versuch, das Monster von Darmstadt zu verhaften?

Der Serienmörder führt die Polizei vor und sein Komplize erschießt sich

Polizeieinsatz mit tödlichem Ende in Frankfurt. Arzt tot, Mörder flieht, das Minutenprotokoll

Johnny hatte über 10 Zeitungen gekauft und die verschiedenen Schlagzeilen ausgeschnitten.

„Keine der Zeitungen beschreibt die Sache wirklich so, wie sie war", beschwerte er sich und warf die Zeitungen auf den Boden. Über die Morde in Darmstadt wusste anscheinend noch niemand etwas, da darüber nichts geschrieben worden war.

Die Leiche von Catherine hatte er in mehrere Tücher eingewickelt und auf den Balkon gestellt. Bei diesen Minustemperaturen konnte der Körper so tagelang vor der Verwesung geschützt werden.

Er fragte sich immer, warum der Arzt das getan hatte. Warum hat er die Polizei informiert und warum hatte er sich das Leben genommen? „Es war vielleicht zu viel für ihn", dachte er, „aber vielleicht wurde er auch von der Polizei erschossen und die stellt das als Selbstmord dar. Ja, ich bin mir 100% sicher, dass es eine Polizeipanne war."

Es war verdammt knapp für ihn gewesen. Er hatte durch das Fenster geschaut und in einer Sekunde gewusst, dass sie da war, die Polizei. Es war ein kleiner Fehler einer Person auf der Straße gewesen, der normalerweise keiner war, und er hatte sofort kapiert. Seine Ausbildung hatte ihm wieder geholfen.

Das erste Mal, als er dort gewesen war, hatte er den Ort genau inspiziert und alle Fluchtwege in seinem Kopf gespeichert. Das war sein Vorteil gegenüber der Kripo. So konnte er flüchten und ein Auto, das 500 m entfernt geparkt hatte, ohne Problem erreichen. Er wusste, dass die Polizei noch stundenlang in dem Bürokomplex suchen würde, weil sie fest davon ausgehen würde, dass er nicht entfliehen konnte.

Zuhause angekommen war er so müde gewesen und sofort eingeschlafen, aber schon sehr früh aufgewacht und hatte dann überlegt, wie es nun weitergehen würde.

Dabei bemerkte er, dass er gestern seinen ersten Fehler begangen hatte. Er hatte seine Mordwaffe in der Wohnung von Catherine vergessen. Als Dr. Camara ihn angerufen hatte, war das Spezialmesser auf den Boden gefallen. Er hatte nicht mehr dran gedacht, als er die Wohnung fluchtartig verließ, um nach Frankfurt zu fahren. Dieses Messer, das eine richtige Todesmaschine war, würde der Polizei sehr helfen. Nur die amerikanische Armee benutzte es.

Er hatte außerdem eine Einkaufstüte in der Praxis von Dr. Camara vergessen.

Er dachte an das Massaker des gestrigen Tages. Es fiel ihm auch auf, dass viele der Schwarzen, die er getötet hatte, wegen ihres Akzents sehr wahrscheinlich Afroamerikaner waren. Das hatte er nicht gewusst und nicht erwartet, da Catherine Afrikanerin war. Damit würden sich nun auch die amerikanischen Ermittlungsbehörden einschalten und es könnte dann sehr schnell gehen. Dazu wusste er nicht, was Doktor Camara für Hinweise, die zu ihm führen konnten, hinterlassen hatte. Gut, dass er sich bei den Treffen immer gut maskiert hatte, so dass die Beschreibung, die Dr. Camara von ihm geben würde, falsch wäre. Das war keine wirkliche Sicherheit, würde ihm aber noch einige Zeit geben. Er wusste, dass nun die Zeit gegen ihn ablief. Er hatte nur noch höchstens 48 Stunden in dieser Wohnung, bevor er verschwände, mehr nicht, dachte er.

Er überlegte, was er tun und wohin er gehen sollte, als die Stimme zu ihm sprach.

„Schau mal in das Notizbuch, schau mal, was der Arzt geschrieben hat. Lies es", sagte die Engel.

„Nein, tu es nicht, du Monster, tu es nicht!", gab der Rebell zurück.

„Johnny, hör jetzt nicht auf ihn. Du hast hart gearbeitet mit Dr. Camara, du musst wissen, was heraus gekommen ist. Das ist dein Recht. Du wolltest doch, dass dir geholfen wird, oder? Deswegen bist du doch zu ihm ge-

gangen, oder? Dann lies sofort in dem Buch!", konterte die Engel.

„Das stimmt", sagte er, „ich muss wissen, was er geschrieben hat, vielleicht steht darin etwas über diese Zeit, die Zeit ohne Erinnerung?"

Er nahm das Notizbuch von Doktor Camara und öffnete es. Auf der ersten Seite stand groß geschrieben:

Damit du nicht mehr tötest: Du trägst vielleicht die Schuld für die Taten, die du begangen hast, aber nicht, für das, was du bist. Hauptsache du bist nun frei!

Das war das erste Mal, dass Dr. Camara ihn duzte. Das hatte er noch nie getan.

Er las das Notizbuch bis zum Ende und nun verstand er, warum er so voller Hass war, warum er eine so kaputte Beziehung zu seiner Sexualität und zu sich selbst hatte, warum er Penisse hasste, sich aber ständig au Parkplätzen vögeln ließ, warum er in keine Vagina eindringen konnte, warum er auf Afrikaner als Opfer fixiert war und wer diese anderen zwei weiteren Persönlichkeiten (der Rebell und die Engel) in ihm waren.

Er erfuhr, was passiert war, als er 13 war und sein Gedächtnis verlor.

Er wurde kurz still und erinnerte sich plötzlich an alles, wie es alles anfing, 1985 musste es gewesen sein. Er konnte es jetzt wieder genau vor sich sehen, wie die Geliebte seines Vaters ihm das erste Mal befahl, den Rücken seines Vaters, der in der Badewanne saß, einzuseifen. Und seine eigene Mutter, die es mitgekriegt haben musste, ging nicht dazwischen. Er erinnerte sich, wie er zitterig diesen hässlichen beharrten Rücken berührte, und wie widerlich er es fand, dass sein Vater eine Erektion bekam. Er sah alles vor sich, wie diese Frau in die Badewanne stieg, sich auf den Schoß seines Vaters setzte und schrie. Er wusste auch noch, dass diese Schreie in den Ohren so wehtaten. Er erinnert sich, wie die Frau ihm befahl, auch in die Badewanne zu kommen. Er erinnerte sich, wie er noch versuchte zu fliehen, aber die Tür abgeschlossen war. Er erinnerte sich, wie er dalag und in seinem Kopf sagte: „Mama, Mama, hilf mir bitte", er hörte noch seine kleine, gedemütigte und verschmutzte stumme Stimme sagen: „Mama, wo bist du? Mama, hilft mir". Ab diesem Moment verlor er die Sprache.

Er erinnerte sich, dass er sich traute, alles das seinem Halbbruder zu erzählen. Der kam aus Deutschland zu Besuch. Er dachte, dass ihn nun endlich jemand verstehen und ihm helfen würde. Er erzählte es auch. Er wollte bei ihm Schutz finden, aber sein Halbbruder nutzte die Situation aus und missbrauchte ihn auch mehrmals, ohne dass die fragile Mutter dazwischen ging.

Der Missbrauch durch seinen Vater und dessen Freundin ging jahrelang. Er verlor sein Gedächtnis, weil er diese Tate nicht wahrhaben wollte.

Ihm war nun klar, die Rebell-Stimme, die Rebellen-Person in ihm, war der Vater, Herr Walker, und die Engel, die zweite fremde Person in ihm, die Engel, die seine Retterin sein sollte, aber ihn leider im Stich ließ, war seine Mutter.

Alles das hatte er 25 Jahre lang unterdrückt und total vergessen. Dieser Teil seines Lebens war einfach 25 Jahre lang aus seinem Kopf verschwunden. Nun war er wieder da, und auf einmal konnte er sich an alles, an alle Details erinnern. Es war so, als ob er einen Sprung 25 Jahre zurück gemacht hätte.

Die Wut und der Zorn übernahmen sein Gefühl und sein Denken.

Er beschloss sich wieder zu finden. Er beschloss alle diese fremden Persönlichkeiten aus sich zu vertreiben und dieses Trauma abzulegen. Er wollte jetzt sein Leben zurück. Er wollte sein Leben wieder fortführen, da, wo es aufgehört hatte. Er musste zuerst nach Heidelberg zu seinem Halbbruder und dann zurück nach Houston zu seinem Vater.

Und dazwischen würde er im kalifornischen Coronado, dem Hauptquartier von dem *United States Naval Special Warfare Command,* seinen ehemaligen Kommandeur in Somalia besuchen. Der ihnen so viele Lügen erzählt

hatte und sie dann aber mit ihren Schmerzen allein gelassen hatte und der nach dem Abzug aus Somalia noch
als Kriegsheld befördert worden war, während Soldaten, wie er, die unschuldige Menschen umgebracht hatten, kaputtgingen.

Darmstadt Ost, Gundolfstraße, bei Johnny zu Hause, Montag, 25.01.10, 11 Uhr 51

Johnny hatte kaum geschlafen. Er hatte die ganze Nacht seine Pläne geschmiedet und danach nur Fernsehen geschaut. Irgendwie fühlte er sich schon leichter als in der Vergangenheit. Er wusste nun, was er tun musste und wie er das tun würde. Der Fernseher lief immer noch und Johnny hatte fast alles gepackt, alles was er brauchte in einer Reisetasche. Seine Aktentasche mit Laptop hatte er auch dabei.

Er schaute sich noch einmal um, ging von Zimmer zu Zimmer und verabschiedete sich von allem, was er zurück lassen würde. Er schaute noch einmal auf die Leiche auf dem Balkon, trauerte einige Minuten seiner ersten richtigen Liebe nach und schloss dann auch diese Tür.

Ja, seine Zeit in dieser Wohnung war nun vorbei. Er wurde nie mehr hierher zurückkommen. Wenn er die Tür der Wohnung hinter sich zugemacht hatte, würde diese Wohnung nur noch ein Teil des alten Johnny sein, lächelte er komisch.

Es wurde immer noch nicht von den letzten Morden berichtet. Er zog die Vorhänge zu, und als er den Fernseher ausmachen wollte, kamen doch erste Meldungen darüber:

...Ein schreckliches Verbrechen erschüttert erneut die Stadt Darmstadt. Vor einer halben Stunde hat die Polizei die Leiche von 6 Menschen in einer Wohnung in Darmstadt gefunden und...

Er wechselte von Kanal zu Kanal

...Ein entsetzliches Verbrechen erschüttert ganz Deutschland. Die Darmstädter Polizei hat sechs komplett zerlegte Leichenteile von Männern und Frauen schwarzer Hautfarbe in...

...Grausiger Fund in einer Darmstädter Wohnung. In Darmstadt hat die Polizei in der Wohnung einer afrikanischen Studentin Leichenteile von insgesamt sechs Menschen, vier Männern und zwei Frauen, gefunden. Sie wurden vermutlich schon vor Tagen getötet und erst heute durch einen Hinweis eines Postboten von der Polizei gefunden. Es handelt sich nach ersten Informationen um fünf Afroamerikaner, vier Männer und eine Frau, und eine Studentin aus Kamerun. Die Mieterin der Wohnung, auch eine Studentin aus Kamerun, ist nicht unter den Opfern und wird vermisst. Die Polizei vermutet die

Rache des Serienmörders, genannt das Monster oder der Schlächter von Darmstadt, nach seiner gescheiterten Festnahme am letzten Freitag in der Praxis eines Arztes, der sich danach das Leben nahm. Die näheren Umstände sind nach den Worten der Staatsanwaltschaft noch vollkommen unklar, eine Mordkommission hat die Ermittlungen übernommen und die Polizei wird sehr bald bei einer gemeinsamen Pressekonferenz von Darmstädter und Frankfurter Polizei noch mehr Details auch zu dem Einsatz am letzten Freitag geben...

Bei CNN wurde auch darüber berichtet.

The U.S. State Department confirmed the deaths of 5 Afro-Americans in Darmstadt, Germany. They were...

Er machte das Fernsehen aus und eilte aus der Wohnung. Die Zeit in dieser Wohnung war endgültig vorbei. Es war nur eine Frage der Zeit, bis sie zu dieser Adresse kamen. Vielleicht waren sie sogar schon unterwegs? fragte er sie sich. Er schaute durchs Fenster auf die Straße und bemerkte nichts Ungewöhnliches. Er musste schnell weg und untertauchen, bis er nach Amerika ausreisen konnte.

Frankfurt am Main, Flughafen-Terminal,
Freitag, 29.01.10, 10 Uhr 47

„Die Passagiere gebucht nach Chicago werden gebeten..."

Als Johnny diesen Aufruf hörte, war er in der Toilette des Flughafens und perfektionierte seine neue Identität. Nun fehlten nur noch die neuen Fingerabdrücke und er war fertig.

Überall liefen Polizisten herum. Es waren auch sehr viele Kripobeamte in Zivil dabei. Er erkannte sie alle und lachte still sie aus. Seine Bilder hingen überall. In allen Zeitungen wurde immer noch über ihn und seine Tat geschrieben. Viele Details wurden mitgeteilt. Er wusste jetzt, dass die Leiche von Catherine gefunden worden war.

Auf einem Fernseher lief eine Pressekonferenz der Polizei über ihn. Er grinste und lief schnell zu seinem Gate. Vor der Passkontrolle stand auch ein großes Suchplakat von ihm. Er las, was darauf geschrieben war. Eine Frau kam vorbei und kommentierte das Plakat. „A goddamn bastard, they will get him", dabei schaute sie zu Johnny, um seine Zustimmung zu suchen. Er sagte nur: „Goddamn bastard." Johnny lächelte sie an und ging ohne Probleme durch die Kontrollen.

Nun konnte ihn nichts mehr aufhalten.

„Have a nice trip, Mr. Coleman", sagte die Stewardess nach der Kontrolle der Boardkarte.

Ja, er hatte es geschafft. Auf jeden Fall würde er nicht mehr so schnell nach Deutschland zurückkommen. Goodbye Germany, sagte er als er ins Flugzeug stieg.

Darmstadt Ost, Dachbergweg, bei Lina zu Hause, Mittwoch, 03.02. 2010, 00 Uhr 20

*Breaking News CNN +++ Johnny Macke-
brandt Walker verhaftet. Der weltweit ge-
suchte Serienmordverdächtige von Darmstadt wurde bei Houston gefasst +++ Breaking News CNN +++ Johnny Mackebrandt
Walker verhaftet. Der weltweit gesuchte Serienmordverdächtige von Darmstadt wurde
bei Houston gefasst+++ Breaking News
CNN*

Lina war dabei, mit ihrem Mann einen Fernsehfilm auf
RTL zu sehen, als diese Nachrichten unten am Bildschirm entlangzogen.

Sie schrie, stand auf, riss die Fernbedienung aus der
Hand ihres Mannes und wechselte auf n-tv, den Nach-
richtensender.

*„Liebe Zuschauer, wir haben hier eine Eil-
meldung aus Amerika. Der Serienmörder
von Darmstadt-Woog, bekannt unter den
Namen das Monster oder der Schlächter
von Darmstadt ist verhaftet. Die amerikani-*

sche Bundespolizei, das FBI, hat mit der Unterstützung des Bundeskriminalamtes eben in einem Restaurant in Beaumont, im Bundesstaat Texas in den Vereinigten Staaten, den Mann verhaftet, der unter dringendem Tatverdacht steht, in Darmstadt und in Frankfurt afrikanische Studenten sowie afroamerikanische Touristen und eine deutsche Frau ermordet zu haben. Johnny Mackebrandt Walker, amerikanischer Staatsbürger mit einem deutschen Pass, soll auch für die Ermordung seines Halbbruders in Heidelberg verantwortlich sein. Er hatte Deutschland fluchtartig vor drei Tagen verlassen. Er wird des Weiteren verdächtigt, die Morde an Herrn Bill Walker, seinem Vater, und dessen Frau in Houston verübt zu haben. Er wurde seit mehreren Tagen mit internationalem Haftbefehl gesucht."

Wir schalten nun nach Amerika zu unserem Korrespondenten Günther Maier.

Herr Maier, ist der Mann wirklich Johnny M. Walker?

„Wir sind ziemlich sicher, dass er es ist", hat gerade ein FBI-Sprecher gesagt. Es gibt keinen Zweifel, er ist es. Wir haben auch gerade die Bilder reinbekommen, die wir Ihnen sofort zeigen. Dieser sehr gut ausse-

hende Mann ist es. Das ist der brutale Mör-
der Johnny Mackebrandt Walker.

Wie ist es zu der Festnahme gekommen und wie konnte er überhaupt Deutschland verlassen?

Zielfahnder des BKA und des FBI waren seit Tagen hinter dem Mann her. Er hatte bei seiner Flucht aus Deutschland eine Identität mit bestimmten Merkmalen angenommen, die nur bestimmten Sicherheitskreisen in Amerika bekannt sind. Routinemäßig haben die Grenzbehörden das FBI informiert ohne zu wissen, dass sie gerade geholfen haben, einen der gefährlichsten Menschen der Welt zu verhaften.

Gab es irgendwelche Probleme bei der Festnahme?

Nein, der Straftäter ließ sich nach Polizeiangaben widerstandslos festnehmen und lächelte dabei sogar und…

Lina atmete tief ein und sackte wieder auf die Couch neben ihren Mann.

„Endlich ist er verhaftet", sagte ihr Mann. „Gott, es ist ein komisches Gefühl, zu wissen, dass dieser Mann nur 500 Meter von uns entfernt gewohnt hat. Er hätte mich, dich, die Kinder treffen können."

Lina aber lag mit dem Kopf auf dem Schoß ihres Mannes und weinte.

85 Meilen von Houston, Beaumont, Texas, USA
Walden Rd,
Dienstag, 02.02.2010, 17 Uhr 51

Johnny sah die Männer immer näher kommen und war fast erleichtert, dass sie da waren, er fragte sich nur, was sie getan hatten, um ihn so schnell zu lokalisieren. Ja, er wusste, was er tun musste. Es würde auf jeden Fall keine weitere Eskalation und kein Töten geben.

Er guckte durch das Fenster und es standen schon viele Menschen mit Kameras und Mikrophonen und Autos mit Fernmeldeantennen auf dem Dach da. Es blitzte schon und Scharfschützer waren überall positioniert

Die zwei Männer im schwarzen Anzug standen nun vor ihm, der eine links und der andere rechts. Sie waren sicher über 1,90m groß und mindesten 90 kg schwer, schätze er. Ihr Gesichtsausdruck, ihr Blick und ihre selbstbewusste Körperhaltung, bereit alle Gefahren und Bedrohungen sofort in Sekundenschnelle zu zerschmettern, bewiesen, dass sie zu den Besten gehörten, wie auch Johnny.

„Mr. Johnny Walker? FBI!" Sie zeigten ihm ihre Ausweise und dabei beugte sich der eine vor und nahm das Tagebuch wieder aus dem Mülleimer.

Er lächelte sie weiter an, biss noch ein Stück von seinem Alligator-Steak ab, trank das Glas Cola leer und ganz gelassen, fröhlich und glücklich sagte er:

„Yes, I am Johnny Mac-ke-brandt Walllll-ker, the one you are looking for."

Er schaute auf seinen Ausweis auf dem Tisch, um den Beamten zu signalisieren, dass er es wirklich war.

Dann stand er auf, hob seine Hände hoch, um zu zeigen, dass er keine Gefahr mehr bedeutete, legte sie danach hinter seinen Rücken und hörte die Handschellen „klack" machen.

Jetzt, da er in seiner Vergangenheit aufgeräumt hatte, fühlte er sich frei, wie Dr. Camara es schon prophezeit hatte. Er war erleichtert, als der FBI-Agent seinen Kopf nach unten drückte und ihn in den Polizeiwagen schubste. Er wusste jetzt, dass er nie wieder morden würde. Diese Gedanken, diese Zuversicht machten ihn so glücklich.

Johnny Mackebrandt Walker, der Psychopath aus Darmstadt, war geheilt.

Weitere Bücher des Autors

Dantse Dantse

BLUTIGER TANZ

Warum tötete Johnny M. Walker die schöne dänische Frau, die Frau mit dem Teufel im Blut?

Das Tagebuch vom tragischen Schicksal meines AIDS-infizierten Sohnes

KriDar Krimis aus Darmstadt

Dantse Dantse

Smart Coaching - knapp auf den Punkt gebracht

Das ultimative Anti-KREBS Buch

NEU: afrikanische Anti-Krebs-Kochrezepte

Unsere Ernährung -
Freund und Feind
Krebszellen-Fütterer
Krebszellen-Killer
Krebszellen-Verhinderer

mit neuen Erkenntnissen und Top-Tipps, die wirklich helfen.

afrikanisch inspiriert wissenschaftlich fundiert

Lebensmittel und eine afrikanisch inspirierte Ernährung, die dich vor Krebs schützen und ihn bekämpfen!

Dantse Dantse

Smart Coaching - knapp auf den Punkt gebracht

Wie Ernährung Krebs auslöst

KREBS

Gifte
Zusatzstoffe
freie Radikale

mag **Weizen**
liebt **Zucker**
und knutscht **Milch**

Einstieg 3:

Krebserregende Ernährung & Giftstoffe in Lebensmitteln

...in Fleisch
...in Gewürzen
...in Getränken
...in Süßigkeiten
...in Fertiggerichten
...in Babynahrung
...und viel mehr!

afrikanisch inspiriert wissenschaftlich fundiert

altes Wissen
neue Erkenntnisse

Dantse Dantse

Smart Coaching - knapp auf den Punkt gebracht

KREBS

Wie Ernährung Krebs heilt

ich **will** dich besiegen
ich **kann** dich besiegen
ich **werde** dich besiegen!
Deswegen fange ich jetzt an!

Einstieg 4:

Lebensmittel und eine afrikanisch inspirierte Ernährung, die dich vor Krebs schützen und ihn bekämpfen!

Kochbananen
Knoblauch
Ingwer
Okraschoten
Himbeeren
...und vieles mehr!

afrikanisch inspiriert wissenschaftlich fundiert

altes Wissen
neue Erkenntnisse

mit Koch-rezepten

Menschen durchschauen

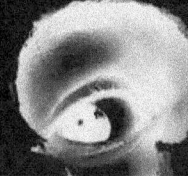

100% richtig

indayi edition

Ich kenne deine Geheim- nisse

Du redest, auch wenn du nichts sagst

Das Handbuch um Situationen blitzschnell einzuschätzen und Handlungen vorauszuplanen

von Dantse Dantse

Weitere Bücher von indayi edition